Les lectrices ont aimé !

« J'ai été charmée par la douceur, la pudeur et la poésie que dégage la plume de Laura Trompette. Le droit de mourir dignement et l'euthanasie sont les sujets les plus importants du récit, et je trouve que c'est courageux et nécessaire d'en parler. L'auteure le fait avec beaucoup de délicatesse, de justesse et d'empathie. »

Chloé, de @lire_encore

« Quel beau roman ! C'est un bonbon que l'on savoure pour sa douceur. *La Révérence de l'éléphant* est un chassé-croisé de beaucoup de sujets humains et actuels, tous aussi importants les uns que les autres. J'ai notamment été sensible au fait que l'auteure aborde la mort, les au revoir possibles ou manqués, le braconnage qui sévit et menace l'extinction d'espèces (ici les éléphants, entre autres)... Un croisement de beaucoup de thématiques auxquelles nous ne pouvons être insensibles et qui correspondent aux valeurs défendues par les personnages. »

Tiphaine, de @je.lis.mes.envies

« Ce roman recèle une beauté particulière, il promet un ancrage au cœur des terres africaines. L'auteure traite de sujets difficiles, la mort, la maladie, mais la plume rend ces sujets doux, avec un regard mature et une écriture poétique. »

Eline, du blog Eline bouquine

« Un roman à multiples points de vue qui nous montre l'importance de la famille et de l'entraide. Un livre qui nous donne envie d'aller serrer nos proches dans nos bras et qui fait ressurgir en nous des souvenirs passés. »

Floriane, de @les_lectures_de_flofloenael

« La plume de l'auteure est d'une délicatesse rare. Pleine de sensibilité, elle délivre au lecteur une invitation au voyage, entre Cannes et la Tanzanie. J'ai eu un réel coup de cœur pour les personnages. »

Adélina, de @livrovore

« J'ai trouvé les personnages très attachants, et l'histoire très belle. Je garderai un bon souvenir de ma lecture et de ces trois personnages à qui la vie a donné une seconde chance. »

Manon, de @lalecturedemanon

« Un roman à trois voix très émouvant. L'auteure soulève des thèmes difficiles mais la finesse de la plume laisse un doux souvenir dans l'âme de son lecteur. »

Leah, de @leahbookaddict

« Un livre qui aborde des sujets primordiaux avec une plume douce et touchante et qui nous fait facilement couler une petite larme… L'histoire prend son temps et s'entrecoupe avec des descriptions de la Tanzanie qui nous coupent le souffle. »

Clémentine, de @helynna_

« Un vrai coup de cœur ! Ce roman nous fait réfléchir sur nos aînés, le respect de leurs volontés, la famille, le fait d'en profiter à chaque instant, le respect de la nature et des animaux, et bien sûr l'amour et l'importance de ne pas refouler ses émotions. »

Aurélie, de @seize__avril

« La partie du roman qui m'a le plus plu est celle du voyage des personnages en Tanzanie. Le personnage de Marguerite et son choix sont très touchants. Un roman très bien écrit, avec beaucoup de poésie. »

Alexandra, de @mes_evasions_litteraires

« Trois destins liés, deux continents, un voyage inoubliable. Trois destins, trois âmes solitaires qui tentent de s'accrocher à leurs idéaux. La plume de Laura Trompette est fluide, lumineuse et nous enveloppe le cœur au fil des pages. Un hymne à la vie, un petit trésor qui nous révèle les clés pour trouver le bonheur intérieur. »

Christel, de @les__miscellanees_de_cookie

« J'ai été particulièrement émue par le personnage de Marguerite, une femme attachante et déterminée et qui ressent un amour inconditionnel pour son petit-fils. Ce roman est un appel au voyage qui met en lumière le cycle de la vie. »

Katia, de @pauselectures

« À travers ce roman, je découvre la plume de Laura Trompette, fluide, douce, empathique. Un roman sur des sujets forts et sombres, empli de lumière, d'amour et de bienveillance ! »

Carole, de @lafilleaux1001lectures

LA RÉVÉRENCE
DE L'ÉLÉPHANT

De la même auteure
Ladies' Taste (Hugo Roman, 2015)
Ladies' Secret (Hugo Roman, 2015)
Si on nous l'avait dit (JC Lattès, Collection emoi, 2016)
C'est toi le chat (Pygmalion, 2017)
Hello (Pygmalion, 2018)
Asphyxie (Pygmalion, 2018)
Vies de chien (Pygmalion, 2019) – Prix littéraire de la SCC 2019
Emmenez-moi (recueil, Charleston, 2020) – Nouvelle « Mauvaise fille »

10, place des Cinq-Martyrs-du-Lycée-Buffon
75015 Paris – France
www.editionscharleston.fr

ISBN : 978-2-36812-604-2
Maquette : Patrick Leleux PAO

Charleston s'engage pour une fabrication éco-responsable !
Amoureux des livres, nous sommes soucieux de l'impact de notre passion et choisissons nos imprimeurs avec la plus grande attention pour que nos ouvrages soient imprimés sur du papier issu de forêts gérées durablement.

Pour suivre notre actualité, rejoignez-nous sur Facebook (Editions.Charleston), sur Twitter (@LillyCharleston) et sur Instagram (@LillyCharleston).

Laura Trompette

LA RÉVÉRENCE DE L'ÉLÉPHANT

Roman

CHARLESTON

« C'est que l'âge se révolte à tout âge contre l'âge ! »
Daniel Pennac

« La photographie ne peut pas changer le monde, mais elle peut montrer le monde, surtout quand le monde est en train de changer. »
Marc Riboud

« Il y a quelque chose de plus fort que la mort, c'est la présence des absents, dans la mémoire des vivants. »
Jean d'Ormesson

À Yoann Lebouteux, toi qui as rendu cette aventure si belle et ce voyage possible.

À Denis, pour nos inépuisables conversations, sources d'inspiration.

À toutes les Marguerite et tous les Éléphants.

PROLOGUE

Il est 7 heures en Tanzanie. Le soleil levant jette sa lumière dorée sur les prairies humides et les troupeaux encadrés par de jeunes Maasaï. Les femmes sont coiffées de seaux encore vides et les écoliers bordent les routes.

Au milieu des plus petits et des plus grands animaux, Emmanuel Vernier, nimbé de poussière, profite de ce ballet visuel. Il ne s'en lasse pas. Des falaises du Grand Rift aux gorges d'Olduvaï, des terres rouges de Karatu aux grandes plaines, des pépinières en développement au lac Eyasi : les paysages multicolores qu'offrent les contreforts du cratère du Ngorongoro sont une source perpétuelle d'émerveillement. Un émerveillement décuplé par la conscience de son extrême fragilité.

Moteur éteint, vitre baissée et objectif en main, Emmanuel s'apprête à passer la matinée au sein de cette nature exubérante. Sous le pépiement des oiseaux et devant les ondulations des collines à perte de vue, il se sent privilégié de pouvoir figer ce royaume qui tient encore, en équilibre.

Sur ce sol chargé d'histoire, il peut imprimer un bout de la sienne.

Certains ont, dans leur portefeuille, des photos d'enfants serrées contre leur cœur. Lui, il a cette terre, dont il est le fils adoptif et qui inonde ses pellicules. Cette terre, ses habitants et ses animaux, qu'il participe modestement à préserver depuis des années.

*

Il est **6 heures** en France. À Cannes, à deux pas de la Croisette, le personnel soignant ne va pas tarder à se mettre en route vers Elia, la maison de retraite du quartier. Alors que la plupart des résidents sont encore à l'horizontale, Marguerite Vernier s'est déjà faufilée dans la chambre de sa sœur. Ces jours-ci, attaquée par la maladie, Suzanne faiblit.

La main posée sur le bras de sa cadette, Marguerite tente de faire circuler l'énergie d'un corps à l'autre. Elle sent que la vie s'évapore et elle veut la retenir de toutes ses forces. Bientôt, l'infirmière sera là et pour être soignée, il faut le vouloir.

Suzanne, dans une demi-conscience, envoie tous les signaux de quelqu'un qui ne veut rien ; si ce n'est que la douleur s'arrête. Mais Marguerite veut tout, pour deux. Il est inconcevable que sa petite sœur s'éteigne. Il est inimaginable de lui survivre ici, entre ces murs qu'elle n'a connus qu'en sa présence. Et, parce que tout dans ce cadre régressif ravive l'état d'enfant, Marguerite fredonne un air qui soudain lui revient. Une berceuse que leur mère leur chantait doucement, lorsque l'une ou l'autre était clouée au lit.

*

Il est **minuit** dans la forêt péruvienne. Loin de la ville et sous la chaleur moite de la végétation luxuriante, Roxanne Salva ne dort pas. Elle est épuisée, mais le sommeil ne prend pas le dessus sur le flux incessant de pensées. En pleine retraite silencieuse, fatiguée par le jeûne qu'elle s'est imposé en venant ici, Roxanne s'abîme dans le doute. La confrontation avec elle-même est plus pénible encore qu'elle ne l'aurait imaginé. Hier est mort, demain n'existe pas et aujourd'hui est flou.

Et si elle n'avait jamais d'enfant ? Et si elle avait passé son tour, en pourchassant un rêve désormais périmé ?

Et si, au contraire, cette volonté de changer lui ouvrait – plus tard – une porte vers l'inconnu que représente une vie plus sage, plus normale ? Mais est-elle faite pour une vie normale ? Et pourquoi pas ? Qui, d'abord, pose les balises de la normalité ?

Comme tous les soirs, cette multitude d'interrogations harassantes finira par la projeter dans les bras de Morphée. Et l'aube signera le début du reste de sa vie.

1.

Marguerite

Six mois plus tard

La chambre de Marguerite sent la rose, au figuré comme au sens propre. Si l'on imagine qu'un prénom peut influencer des inclinations, alors c'est certain, le sien l'a toujours poussée au plus près des fleurs. Elle les a respirées, aimées, entretenues, en toutes circonstances. Ici aussi, dans ce décor d'Ehpad qu'elle s'approprie depuis plus de trois ans, les vases, les suspensions et les petits pots de terre occupent une place éminente. La profusion de couleurs et d'odeurs la rassure. Si ses mains fatiguées peinent souvent à se mouvoir, elles ne rechignent jamais à prendre soin de son maigre jardin intérieur. C'est peut-être tout ce qui lui reste, mais ça vit encore.

Dans son fauteuil, devant la fenêtre entrebâillée, Marguerite parle à voix basse. Elle ne veut pas qu'on puisse l'entendre derrière la porte ou à travers les murs trop fins. Sa voix chevrote plus qu'elle ne le souhaiterait.

Elle s'est habituée aux libertés prises par ses cordes vocales, à leurs ruptures brutales, leurs trémolos imprévisibles. Aujourd'hui pourtant, c'est différent.

— Combien de temps ? demande son amie Sylvie dans le combiné.

— Je ne sais pas.

— Oh, Marguerite. Pourquoi tu fais ça ? Pourquoi tu ne te soignes pas ?

— Parce que c'est mon droit. À quoi bon gâcher mes derniers moments ? J'ai eu une longue vie, déjà. Quatre-vingt-treize ans, tu te rends compte ?

— Et moi, quatre-vingt-neuf. Ce n'est pas une excuse pour abandonner la partie.

— Je n'abandonne pas. Je choisis. Un peu comme Suzanne s'est laissé glisser…

— Tu exagères. On ne se sera même pas revues…

— Tu m'as dit que tu me préférais au téléphone, de toute façon.

— Que tu es chiante !

— Oh, tu as enterré ton humour ? D'ici, au moins, je ne peux pas sentir ton affreux parfum. Et toi, tu as la paix.

— Peut-être que ton odorat en a pris un coup, qui sait ?

— Pas du tout, figure-toi.

— Toi et tes envies de dégobiller à tout bout de champ, vous me manquez quand même.

— Tu es à Paris, moi à Cannes, c'est comme ça, mon amie. Le lien n'a pas besoin des yeux. Et les miens ne voient plus très bien.

— Qu'est-ce que je devrais dire !

— Il nous reste les oreilles, ne nous plaignons pas.

Après avoir terminé sa conversation, Marguerite repose le combiné, retire ses lunettes et clôt ses paupières. Elle laisse son visage prendre un bain de lumière. Elle se concentre sur la sensation du soleil qui balaie, de ses rayons vibrants, les rides de sa peau ancienne. Sa peau fatiguée par les assauts du temps et de la peine. Cette peine, elle a appris à vivre avec très tôt, lorsque, à trente-neuf ans, elle a perdu son enfant. Irène, sa fille de dix-sept ans, décédée en couches. Un deuil contre-nature, dont la brutalité a éteint une partie d'elle-même. Ce soir-là, dans un couloir blafard de l'hôpital Saint-Antoine, elle est tombée sous les mots de la gynécologue-obstétricienne. *Hémorragie du post-partum. Jamais vu ça à son âge. Rien pu faire. Je suis désolée. Mais le bébé va bien.* Toute sa vie, ces bouts de phrase ont résonné dans sa tête. À l'époque, Marguerite et son mari, Auguste, n'ont pas pu céder au chagrin. La douleur était comme un poignard qui ne cesserait de leur lacérer le cœur, mais elle ne pouvait pas gangréner leurs vies parce que Irène, en partant, avait mis au monde leur petit-fils, Emmanuel. Pour lui, il fallait vivre. Il fallait lui donner tout ce que Irène ne pourrait pas lui donner. Il fallait réapprendre, très vite, à verser de la joie dans les journées. À transmettre à ce petit corps, qu'ils berçaient contre les leurs, des ondes qui ne sentaient pas la mort. Un bébé ressent tout ce qu'on émet à son contact. Ces perceptions-là laissent dans son inconscient des traces pour demain. Alors, Emmanuel méritait toute la résilience dont Marguerite et Auguste étaient capables. Ils ne pouvaient se permettre d'être des parents éplorés. Ils devaient être des grands-parents pour ce bébé, orphelin à la naissance. Car il n'avait pas de père non plus. Irène était rentrée enceinte d'une colonie de vacances sans jamais révéler le nom de celui qui avait mis la graine. Marguerite et Auguste avaient cherché à la faire parler, mais elle bottait en touche. Elle leur avait dit que c'était une erreur, que ce garçon n'était pas digne de faire partie de leur vie. Pourtant, elle ne voulait pas avorter. Ils l'avaient donc soutenue dans son choix et, après le drame, ils n'avaient pu se résoudre à trahir la mémoire d'Irène en allant contre sa décision. Au fil des années, mille fois ils s'étaient posé la question, jusqu'à ce qu'il soit trop tard pour savoir. Ce garçon ne s'était jamais manifesté et c'était probablement mieux ainsi.

La mort, Marguerite a aujourd'hui le sentiment de l'avoir assez affrontée. Elle ne veut plus survivre à personne.

Ce serait inconcevable de perdre quelqu'un d'autre. D'abord sa fille, ensuite Auguste emporté par un AVC il y a sept ans. Six mois plus tôt, sa petite sœur, Suzanne, et, trois semaines en arrière, son amie, Paulette, la doyenne de la maison de retraite. Elle a supporté chaque enterrement, avec toute la dignité de son éducation. Mais au fond, elle est à bout de forces. Elle veut être la prochaine sur la liste de la Faucheuse. Et rien ne la fera changer d'avis.

*

Vivre à Cannes, c'est toute une expérience, même derrière les murs d'un établissement spécialisé. Il y a, dans cette ville, une effervescence permanente, grâce au Palais des festivals qui agit comme un poumon. Dehors, il se passe toujours quelque chose, là où, dedans, la vie s'effiloche en sourdine. Lorsque le bruit de la trotteuse devient trop pesant, Marguerite, depuis la fenêtre de sa chambre, profite des distractions sonores offertes par les différents événements. Elle ne voit plus grand-chose, mais elle entend, grâce à ses sonotones. Alors, elle imagine. Elle a appris à aiguiser les sens qui lui restent pour pallier la faiblesse des autres.

Ce matin, elle écoute les embouteillages de l'avant-Festival et elle pense à Suzanne. Elle aimait tant cette période de l'année. C'est la première fois que sa sœur ne commentera pas les tenues des passants, l'excentricité de ce monde qui avait – à son goût – trop changé, les bruits de la nuit qu'elle entendait encore. Suzanne avait des yeux et des oreilles affûtés. C'est l'ostéo-arthrite qui l'avait conduite dans cette maison de retraite, en lui faisant perdre son indépendance et sa mobilité ; et c'est un zona qui l'a emportée, en trois jours. Marguerite, bouleversée, s'est consolée en se disant qu'elles avaient partagé plus d'un millier de jours ici. Trois ans qui leur avaient rendu la sororité de leur jeunesse. Un cadeau pour leur éternelle complicité qui pouvait s'exprimer au quotidien, sans les heurts de la distance. C'était comme une colocation encadrée, comme un retour à l'adolescence. Elles ont fait tourner le personnel en bourrique plus d'une fois, leur laissant par là même des souvenirs impérissables. Lorsqu'elles étaient ensemble, le côté cabot de Suzanne et Marguerite décuplait, et elles aimaient en rire, sans tellement se préoccuper des règles et autres protocoles. Pendant longtemps, l'une a comblé les défaillances physiques de l'autre et réciproquement. Elles sont sorties sous la lune, se sont volatilisées, ont manqué des rendez-vous médicaux, caché un chat, et elles ont même essayé d'avoir une photo avec Line Renaud. Il aura fallu qu'elles approchent de la fin pour retrouver les joies du début.

C'est lorsque les yeux de Marguerite ont commencé à lui jouer des tours que Suzanne avait eu cette idée folle, il y a trois ans de cela : « Viens vivre à Cannes avec moi, chez Elia. » Auguste était parti depuis plusieurs années, Emmanuel parcourait l'Afrique pour ses photographies et rien ne retenait plus vraiment Marguerite à Paris. Pour Suzanne, c'était évident, il fallait qu'elle la rejoigne. Marguerite avait argué qu'elle n'avait pas les moyens de se payer un Ehpad aussi luxueux. Ce à quoi sa sœur avait répondu que l'argent n'était que de l'argent et qu'elle en avait assez pour deux. Marguerite, gênée, s'était d'abord bornée à refuser, puis elle avait fini par céder. On ne disait pas non à Suzanne comme ça, de toute façon. Elle était têtue comme une mule et intarissable en argumentaire. Quelques mois plus tard, Marguerite débarquait donc chez Elia avec ce qu'elle avait emporté comme dernières affaires personnelles. L'euphorie des retrouvailles s'était chargée de lui faire oublier le reste.

*

Dans le couloir, un vieux crie contre un pull qu'il ne reconnaît pas. M. Chazot est comme ça : colérique, impulsif, soumis aux fils qui déraillent dans sa tête. Les autres perdent la boule pendant que Marguerite perd la vie, en pleine conscience. Et ce constat n'appelle aucune conclusion. Son choix est fait désormais.

À l'hôpital, ils n'ont pas été précis parce qu'ils ne sont pas Dieu. À la louche, il lui reste quelques mois. Le crabe a pris ses entrailles, il s'est niché dans le côlon, et il va se répandre. L'idée reçue selon laquelle le cancer se développe moins vite chez les sujets âgés a été révisée depuis un moment. Sans traitement, elle pourra vivre normalement encore un peu, le temps de trouver sa chute. Elle en avait parlé avec Paulette, avant qu'elle ne s'en aille, elle aussi. Paulette était sa confidente. Elles avaient un humour et des humeurs compatibles. C'est la première à qui elle avait annoncé son cancer, avant de s'en ouvrir à Sylvie ce matin.

Il s'est déclaré quatre mois après le départ de Suzanne et ça ne l'a pas vraiment étonnée, Marguerite. La tristesse, poussée à l'extrême, peut réveiller des choses que le corps garde en sommeil. Ça n'a pas loupé. Alors, elle a commencé à échafauder des plans dans sa tête et à les partager avec Paulette. Marguerite ne veut pas mourir chez Elia, dans la souffrance, entre deux soins palliatifs. Elle s'est attachée aux gens et à l'endroit, mais maintenant que Suzanne n'est plus là, elle veut choisir son heure et son lieu. Malheureusement, en France, c'est interdit. Qu'il en soit ainsi. Marguerite a une dernière volonté : s'éteindre dans un pays qu'elle ne connaît pas, sous un ciel nouveau qui l'accueillera et l'aidera à partir.

En attendant de trouver où, quand et comment, elle a une ultime mission à accomplir : redonner le goût de l'amour à Emmanuel. À cinquante-quatre ans, on ne peut pas avoir renoncé. C'est inconcevable. Lorsqu'elle ne sera plus là, elle veut savoir son petit-fils contre une épaule, pour les jours de pluie comme de grand beau. Elle veut qu'il aime et qu'il soit aimé. Et elle attend sa prochaine visite pour le lui faire comprendre. Elle n'a plus le temps de remettre son dessein à demain. Avant la fin de l'année, tout doit changer.

2.

Emmanuel

EMMANUEL EN A VU DES PAYS ET DES DÉCORS. Il en a parcouru des ciels, des chemins, des montagnes, des forêts, des mers même. Il a presque autant d'années que de destinations au compteur. Une cinquantaine. Surtout en Afrique, du désert du Namib aux forêts du Congo, en passant par le fleuve Zambèze, les falaises du Cap ou le delta de l'Okavango.

Pourtant, au départ, son métier de photographe avait d'autres tonalités. Il travaillait à Paris, pour la presse sportive, et il couvrait les grands événements au rythme effréné de l'actualité. Jusqu'au jour où cette position, qui lui avait donné le sentiment d'exister, est devenue un carcan oppressant. Une vie artificielle de laquelle il a ressenti le besoin de s'extraire. Il a commencé par des pauses et des voyages, des photographies d'animaux et de paysages, pour tenter de rendre justice à ce qui lui était donné d'observer. Puis, l'exception s'est muée en habitude, en nécessité.

Il n'a jamais regretté l'effervescence des stades, des rédactions et des médias. En réalité, Emmanuel n'était pas fait pour ça. Ce sont d'autres émotions qu'il aime vivre et qu'il veut transmettre, au contact de l'Animal qui – malgré son attrait touristique – perd du terrain, perd de sa force. En effet, chaque année en Afrique, la population se multiplie ; la précarité, la sécheresse et le manque d'espace s'accentuent.

Le mot « photographie » est issu de deux racines d'origine grecque : le préfixe *photo* évoquant l'utilisation de la lumière, et le suffixe *graphie* qui renvoie à l'action d'écrire, de dessiner, d'aboutir à une image. Emmanuel s'est toujours identifié à cette idée que le photographe est quelqu'un qui écrit avec la lumière. Alors, malgré les ombres au tableau, il s'est donné pour mission de garder cet éclat dans son travail, comme un phare dans la nuit.

Lorsqu'il a décidé de s'installer en Tanzanie, il n'a pas fait le choix de la grande ville d'Arusha, contrairement à la plupart des expatriés. Il se sentait plus proche de certaines tribus traditionnellement nomades que des Européens sédentarisés, même s'il est un peu des deux finalement. Il voulait être au plus près du Serengeti, des villages maasaï, des animaux sauvages et de cette région qui abrite les traces des premiers hommes. C'est ça, son ADN. La nature maîtresse, les terres indomptables et la cohabitation à grande échelle entre les multiples ethnies, les touristes et les espèces endémiques en migration.

Ce matin, comme chaque jour, il s'est levé avant le soleil. Il a quitté sa modeste maison de Karatu dans l'obscurité, sous les yeux presque endormis de Rafiki, le petit primate galago qui a élu domicile dans un arbre de son jardin. Il s'est éloigné des terres rouges riches en fer, du vrombissement de la ville et des lignes de pylônes pour rouler vers des paysages plus dénudés.

Depuis son 4×4, il regarde la clarté du jour s'élever progressivement sur les routes propices aux cahotements. Ces routes dont il aime les imperfections et les défis. Rien n'est lisse ici. Ni les gens ni les sols. On est très loin des univers aseptisés qu'il a fréquentés dans une autre décennie de sa vie. Et l'on n'est jamais à l'abri d'une rencontre exceptionnelle. En l'occurrence, un troupeau d'impalas qui traverse. Une centaine de femelles pour un mâle, qui sait visiblement gérer la polygamie.

Ici, les journées se suivent mais ne se ressemblent pas. Le spectacle éblouissant de la nature est en permanente mutation, selon les saisons.

Hier, au parc national de Tarangire, Emmanuel a dédié son temps à l'observation et à la capture d'instants de grâce venus récompenser sa patience. Pour immortaliser une scène d'exception et en faire une photographie digne de ce nom, il faut accepter d'en louper des centaines. Accepter d'être le témoin silencieux d'un royaume sauvage en action. Composer l'image, attendre l'émoi et saisir ce qui s'offre à l'objectif. Au milieu des baobabs et des tamarins, devant l'horizon vallonné, il a scruté les mouvements d'une famille d'éléphants, qui s'abreuvait en creusant des puits dans le sol. Pour chercher de l'eau – ce Graal interespèce – ils exécutent une chorégraphie bien huilée, forant la terre jusqu'au trophée.

Aujourd'hui, c'est un programme différent qui l'attend. Moins de mouches tsé-tsé et plus de vent. Emmanuel a rendez-vous avec ses amis Xavier, Alvin, et Samwel, un guide maasaï qu'il considère aujourd'hui comme un petit frère.

Il a connu Samwel par l'intermédiaire de Xavier, il y a déjà des années. Xavier est, depuis vingt-deux ans, à la tête d'une agence de safaris qui permet aux touristes, comme aux professionnels de la photographie ou de l'audiovisuel, de vivre une expérience unique au cœur du Nord tanzanien. Et ce, dans le respect de la faune et de la flore. Emmanuel, pourtant intrinsèquement solitaire, s'est lié d'amitié avec lui – parce qu'ils se sont trouvé bon nombre de valeurs communes –, avant d'accepter de collaborer aux safaris-photos. Il ignorait alors que dans la communion autour de cet art et de cette nature, il rencontrerait une nouvelle nourriture de l'âme.

*

Sous un acacia parasol, Alvin, Xavier et Samwel sont en pleine discussion, autour d'une table pliable. Ormataï est juste derrière eux. Ce lieu-dit est la terre d'un village maasaï et de deux villages de paysans, appartenant respectivement à la tribu des Iraqw et des Nyiramba. Un rassemblement improbable de trois modes de vie, aux couleurs différentes, qu'Emmanuel a toujours regardé avec curiosité et considération. Mais il n'est pas tout à fait dupe : les choix d'hier n'ont plus leur place, et la proximité entre les ethnies est inévitable ici, sur les flancs du territoire du Ngorongoro Conservation Area (NCA), et de son cratère classé au patrimoine mondial de l'Unesco.

Au cœur de ce paradis terrestre multicolore, de cette caldeira circulaire époustouflante qu'Emmanuel considère comme l'une des merveilles du monde, vit encore le fameux Big Five : lions, éléphants, léopards, rhinocéros et buffles. De ses mini-tornades aux eaux salées du lac Magadi, de ses marécages à ses zones de pâturage, des parois abruptes bleutées à ses pistes en lacets, ce sanctuaire est saisissant pour tout être qui a la chance de l'observer. Pourtant, sa préservation a un prix que tout le monde n'est pas prêt à payer.

Emmanuel est en train de rejoindre ses acolytes d'un pas décidé lorsqu'il croise Kadogo, un adolescent maasaï, chargé de surveiller les troupeaux. Bâton traditionnel à la main, il porte fièrement sa tenue rouge et bleu, au milieu des vaches et des chèvres. Kadogo vient de quitter l'âge du garçon pour devenir, du haut de ses quinze ans, un jeune guerrier. Emmanuel l'a vu grandir, prendre de la force et se draper de courage en choisissant de renoncer à l'école pour perpétuer les traditions ancestrales de sa tribu. Il a dû affronter sa mère, Nembris, qui aurait aimé le voir profiter de cette éducation désormais accessible. Mais il préfère marcher dans les traces de son père. Après plusieurs mois de transition post-circoncision, Kadogo fait désormais partie du clan des adultes.

Près du Boma*, ils se saluent avec une affection palpable, même si Kadogo apprend la réserve liée à son nouveau titre. Les accolades démonstratives appartiennent désormais aux souvenirs d'Emmanuel.

— Tu te laisses pousser la barbe grise, *babu*** ?

— Fais le malin. Toi aussi, un jour, tu seras gris.

Emmanuel a appris quelques mots de maa, même s'il a plus de vocabulaire en swahili, la langue la plus répandue ici. Langue dont le reste du monde ne connaît tout au plus que l'expression *Hakuna Matata.* Kadogo, de son côté, a quelques notions d'anglais et de français. Dès son plus jeune âge, et comme beaucoup d'enfants en Tanzanie, il a appris en aiguisant ses oreilles, quand il n'avait que ça à faire. Il n'avait pas de jouets, pas de distractions de gosse, ni de quoi vraiment occuper ses journées pendant que sa mère cherchait de l'eau ou du bois, et que son père s'occupait des bêtes. Alors, il s'est évertué à observer et à écouter, pour pouvoir communiquer avec les gens de passage qui représentaient un exotisme récréatif et une potentielle source d'argent.

Avec tendresse, Emmanuel le regarde s'éloigner un instant, puis il remonte la fermeture Éclair de son sweat et s'approche de ses trois amis toujours en pleine conversation. Le sujet du jour, il le connaît déjà : le conflit qui oppose les villageois maasaï, les paysans et les éléphants. Un conflit qui s'est intensifié et qui menace la vie des uns, les récoltes et les infrastructures des autres. Depuis des décennies, les terres de culture maasaï sont drastiquement réduites, au profit du tourisme et de la conservation des espèces, entre autres. Il en va de même pour bien des ethnies traditionnelles. Or, la population, elle, est en croissance permanente ; et elle doit se trouver de la place. Certains le prennent avec philosophie, parce qu'ils ont trouvé leur rôle dans cette industrie touristique, mais d'autres tiennent à préserver leur mode de vie, à tout prix.

---

* Ensemble d'habitations formant un village maasaï.

** *Babu,* en swahili, veut dire « grand-père ».

Alors, si les animaux se mettent en travers de leur chemin, ils ripostent. D'abord avec des moyens pacifiques tels que la lumière et le bruit, pour détourner les mastodontes de leurs champs de maïs, de leurs arbres, de leurs logements, ou encore éloigner les lions de leurs élevages. Si ça ne suffit pas, à bout de nerfs, ils se livrent à des méthodes plus radicales. Renseignements aux braconniers contre un billet ou empoisonnements prémédités font partie des options dramatiques auxquelles Emmanuel et ses amis s'opposent farouchement.

Ils se sont réunis pour discuter d'une solution, avant que juin ne fasse dégénérer la situation autour de ces trois villages sédentarisés depuis deux ans. Ce mois est, en effet, l'un des plus critiques. La récolte approchant, les pachydermes, alléchés par l'odeur des grains mûrs, commencent leurs raids destructeurs, en suivant la matriarche qui ouvre le chemin. Ils traversent les rochers, écrasent tout sur leur passage, et n'hésitent pas à voler de l'eau ou des vivres stockés. Parce qu'il se trouve entre le point de départ des éléphants et le champ de maïs des paysans, le village maasaï subit les raids de plein fouet. Et les hostilités qui en découlent conduisent parfois au pire.

Huile de moteur parfumée, ruches d'abeilles, piment, poivre : il existe bien des moyens pacifiques de faire fuir les éléphants puisque les branches d'acacia piquantes ne suffisent pas. Mais ils ont un coût. Il faut donc trouver, parmi celles-là, une technique durable et une manière de la financer. Un véritable casse-tête que les quatre hommes, à leur humble échelle, s'évertuent à résoudre, en vain pour le moment.

*

Après une soirée rythmée par des chants maasaï autour d'un feu de camp, Emmanuel installe sa tente de toit, au-dessus de son 4×4. Une polaire sur le dos, parce qu'en altitude l'air est frais, il fait son lit pour la nuit. Cet aménagement sommaire lui suffit. Rien ne pourrait le priver d'un de ses plus grands plaisirs ici : dormir dans un camp de brousse tenu par Alvin, sous un ciel piqué d'étoiles, à l'écoute des bruits de la nature. Ce sont des moments privilégiés qui lui servent à contempler, à lire, mais aussi à penser. Souvent à Marguerite, sa grand-mère. C'est elle qui l'a élevé et elle lui manque, même s'il lui rend visite régulièrement. Il pense également à ses choix de vie. À tout ce pour quoi il peut dire *asante* – merci, en swahili – et à tout ce qu'il aurait aimé connaître mais n'a pas eu l'opportunité d'ancrer dans son univers. Une femme, des enfants peut-être, une famille rien qu'à lui.

Avec Anissa, il y a cru. Ils étaient si jeunes qu'aujourd'hui cela lui semble appartenir à une autre ère. Ils ont vécu dix ans ensemble, jusqu'à ses trente-cinq ans. Jusqu'à ce qu'elle tombe enceinte d'un autre homme et qu'Emmanuel la pousse à assumer ses actes, son amant et ce bébé à naître. Cet enfant méritait d'être entouré de ses parents. Lui qui n'avait jamais connu les siens n'aurait pu prendre une autre décision que celle de rompre et d'encourager Anissa à être une bonne mère, aux côtés du vrai père.

Depuis, il n'a plus aimé. Plus comme ça.

Son cœur de loup solitaire s'est durci comme les terres arides à la saison sèche. Il l'a cependant ouvert à d'autres aspirations. Au plus près du NCA et de cette plaine sans fin du Serengeti, il a au moins la satisfaction de donner du sens à chacune de ses journées. De se rendre utile, de participer à d'autres vies que la sienne. De jouer un petit rôle dans la préservation des espèces. De retranscrire en images la beauté que les gens aiment acheter en France ou ailleurs. Et c'est déjà beaucoup.

Après avoir enfilé sa lampe frontale, calé son mètre quatre-vingt-dix dans ce petit espace et trouvé une position pour soulager son dos sur lequel pèse désormais le poids des années, Emmanuel saisit son livre de chevet. Celui vers lequel il revient toujours, même s'il le connaît presque sur le bout des doigts : *Les Racines du ciel*, de Romain Gary. Il lit quelques passages à voix haute, pour ne pas perdre l'habitude.

« Tous ceux qui ont vu ces bêtes magnifiques en marche à travers les derniers grands espaces libres du monde savent qu'il y a là une dimension de vie à sauver. »

Marguerite, depuis que ses yeux lui font faux bond, lui demande souvent de lui faire la lecture, même au téléphone. Elle lui demande aussi de lui décrire ses photographies, avec le plus de détails possible. Il se plie à ces exercices parce qu'il aime la voir ou l'entendre sourire. Cette femme lui a donné tout l'amour qu'elle pouvait puiser dans son être cabossé. Elle l'a entouré, cajolé et elle a su le laisser partir sans lui en tenir rigueur, quand il a compris que son destin était ailleurs. Il n'aurait pas assez de mots pour la remercier, même s'il savait exprimer ce qu'il retient par pudeur.

3.

Roxanne

L'ADRÉNALINE MONTE COMME UNE SÈVE ENIVRANTE le long de sa colonne vertébrale. C'est le jour final des championnats du monde de poker à Las Vegas. Roxanne est assise autour de la table ovale, avec les huit autres finalistes. Elle tripote ses jetons, un peu par habitude, beaucoup par provocation. C'est agaçant la répétition d'un bruit au cœur d'une tension.

Elle est concentrée. Son repas léger et sa routine matinale – une séance de sport, du yoga puis de la méditation – prennent tout leur sens dans ces moments-là. Le mental n'est rien si le corps ne suit pas. Une règle de base qu'elle a durement apprise ces dix dernières années.

Elle observe les huit hommes, ses huit adversaires, qui la séparent du grand titre, du trophée tant espéré. Les traits de leurs visages, leurs gestes millimétrés, leurs bluffs qu'elle calcule selon les statistiques. Elle rentre dans la zone, anticipe les mouvements, analyse les décisions, sonde la psychologie de ses pairs, joue de sa féminité et entretient sa *poker face.* Chaque choix vaut beaucoup d'argent et les erreurs à ce stade sont de celles qui peuvent la hanter longtemps.

L'atmosphère est tendue, les coups de pression multiples et chacun prend son temps. L'intensité du moment est sans pareille. Roxanne le vit avec un mélange d'euphorie contenue et de détermination sans faille. L'énergie qui entoure cette confrontation est très particulière mais elle est faite pour ça. Elle sait cohabiter avec elle. Elle a le jeu dans le sang, maintenant. Et elle est là pour gagner. Pour prouver qu'une femme peut l'emporter autant qu'un homme. Cartes en main, cœur battant, elle joue ses coups, elle donne tout. Elle veut un autre bracelet*.

Mais voilà le réveil qui sonne avec insolence. Roxanne tape dessus un peu trop fort et soupire. Encore un rêve qui l'a ramenée des mois en arrière. Les *chips*, les *bets*, les *blindes*, les *bluffs*, les *bad runs* des uns, les *double up* des autres, ne cesseront donc jamais de coloniser ses nuits et ses pensées.

Tandis qu'elle se lave sous une douche volontairement froide, elle chasse les sensations trompeuses. Non, elle ne sort pas vraiment de cette fameuse partie de poker. Celle qui lui a donné une notoriété mondiale et ce rang de première Française. Celle qu'elle revit en songes depuis des années.

Est-ce parce que, hier soir, elle a cédé à l'appel de la concupiscence qu'elle s'est retrouvée au casino dans son sommeil ? Parce qu'elle a abandonné sa chair à un homme qu'elle avait conscience de ne jamais revoir ensuite ? Est-ce ce retour à la montée du plaisir immédiat qui l'a renvoyée à ce métier qu'elle a choisi de ne plus pratiquer ? Peut-être.

Le duel entre les deux facettes de sa nature n'est pas près d'arrêter de la tourmenter. D'un côté, la goûte-à-tout volcanique et hédoniste et, de l'autre, l'ambitieuse méticuleuse et responsable.

* Lors des World Series of Poker, les championnats du monde de poker qui se tiennent chaque année depuis 1970 à Las Vegas, le vainqueur de chaque tournoi remporte de l'argent et un bracelet.

Sa personnalité addictive l'a conduite à faire de sa passion pour les cartes une vraie profession, à tester des substances illicites, à fumer et à boire plus que de raison, à s'envoyer en l'air avec des dizaines d'hommes sans rien en attendre, et à s'abîmer dans des excès. Roxanne a connu les montagnes russes, avant de s'assagir pour atteindre ses objectifs au poker : le top 10 mondial. Pour cela, il a fallu se rendre à la rigueur, mettre de l'ordre dans ses journées, établir une routine plus saine, s'adonner à une activité physique régulière, accepter d'être coachée, pour que son corps et son esprit fassent équipe vers le succès escompté. Et elle l'a fait. Elle s'est lancée dans le yoga et dans la méditation avec une ferveur de gagnante. Elle a fait face à l'adversité masculine, redoutable dans ce milieu où les femmes ne sont qu'une poignée peu considérée. Elle a gravi, marche après marche, l'échelle du classement, laissant derrière elle tout – ou presque – ce qui pouvait perturber son hygiène de vie. Elle en était si fière. Elle soutenait les regards d'admiration auxquels elle avait droit. On enviait sa détermination, son assiduité, et elle s'en félicitait.

Jusqu'à en oublier qu'elle n'était qu'un être humain sur la Terre.

Jusqu'à en oublier de rappeler sœurs, père et mère. Jusqu'à en délaisser les visites à son adorée grand-mère, Hélène. De circuit en tournoi, de ville en ville, d'aéroport en aéroport, de *buy-in* en *buy-in*, Roxanne n'avait que son objectif en tête. Atteindre le haut du panier. Et l'appât du gain, s'il existe bien, n'a pas été sa motivation première. Le principal, c'était le *game*. La recherche de nouvelles sensations, la performance, la progression.

Jusqu'au coup de fil, jusqu'à l'irréparable. Il était 5 heures du matin à Vegas et sa grand-mère venait de mourir seule, dans son Ehpad en France. Trop tard pour les « au revoir ». Ne restaient plus que les conversations avortées, les rendez-vous manqués, les promesses en suspens et les confidences qu'elles ne se feraient jamais.

C'est ce matin-là, il y a dix mois, que la césure s'est faite. Rien ne pouvait être et ne serait plus comme avant.

*

Après avoir rangé son tapis de yoga, elle prend son deuxième café et se perd dans le bleu du ciel et de la mer. Son nouvel appartement cannois lui offre, du balcon à la chambre, en passant par la grande baie vitrée de la cuisine, une vue plongeante sur les ondulations marines. Elle est du Sud, Roxanne. Mère hyéroise, père d'origine provençale, elle a grandi sous le soleil et dans les odeurs de lavande. Depuis, ses sœurs se sont installées à Paris, ses parents sont restés dans le Vaucluse et, elle, elle a vécu nomade, ici ou là, avec un pied-à-terre à Londres, pour échapper à l'implacable fiscalité française. Un choix plus par principe que par besoin. Elle n'est pas du genre à compter ses sous la nuit. Elle redistribue volontiers mais préfère, comme tout le monde, avoir la main sur cette redistribution. Sans y être indifférente, l'argent n'est pour elle qu'un moyen, pas une finalité. Ses treize millions de gains cumulés en tournois *live* sont avant tout un chiffre qui révèle son potentiel de joueuse. C'est ce qui lui plaît dans ce montant. Sachant qu'elle ne dispose en réalité que de la moitié, le reste étant entre les mains de ceux qui ont investi sur son talent en payant, d'année en année, une partie de ses mises de départ. À cela s'ajoutent les revenus des *cash-games*, non compris dans les classements. Alors oui, elle est à la tête d'un petit pactole. Pourtant, depuis dix mois, elle n'y touche presque plus. Elle a appris à vivre autrement, dans des contrées inconnues, sans casino, sans climatisation ni eau courante. En Inde, au Vietnam, puis au Pérou et au Brésil, Roxanne a tenté d'éponger sa peine, de canaliser sa colère contre elle et contre la vie qui lui avait pris l'un de ses piliers. Là-bas, son sac à dos pesait moins lourd que la culpabilité qu'elle avait dans le ventre. Chaque jour, elle parcourait des kilomètres, comme si elle fuyait son ombre, comme si elle espérait croiser, sur une route, un signe envoyé par sa grand-mère. Et elle se perdait dans les yeux des enfants ; des yeux qui, parfois, paraissaient plus malheureux que les siens. Mais qui irradiaient une forme de pureté à laquelle elle pouvait s'accrocher.

L'horloge annonce 9 heures. Il est temps d'enfiler ses chaussures, d'attraper son sac et d'enfourcher son vélo, direction la maison de retraite. Aujourd'hui commence sa nouvelle vie.

Des rues embouteillées émane l'ébullition typique des premiers jours de mai à Cannes. Bientôt, toute la ville grouillera de stars de cinéma, de paparazzis, de badauds curieux, de caméras et de cartons d'invitation. Roxanne, que le regard de la foule a longtemps grisée, aime désormais se perdre en son sein. Elle pédale à bon rythme, à l'aise avec l'idée d'être une fourmi parmi les fourmis.

Après avoir franchi les portes d'entrée automatiques, Agnès, jolie Guadeloupéenne, l'accueille avec un large sourire et un café. Cette femme respire la joie de vivre et la bienveillance. C'est le premier visage d'Elia et il est agréable à regarder. Lorsqu'elle était venue rendre visite à sa grand-mère pour la première fois, il y a quelques années de cela, Roxanne avait eu peur. Peur de la voir diminuée, contrainte, infantilisée et triste. La douceur d'Agnès avait atténué cette peur, en imprégnant le lieu de sa présence solaire.

La directrice adjointe, Cécile Morel, vient serrer la main de Roxanne et la conduit dans la salle principale où l'attendent certains résidents. Une salle froide, rudimentaire, que quelques touches de couleur vives, au milieu de tout ce beige morne, ne suffisent pas à égayer.

Si elle a l'habitude d'être au centre de l'attention, elle ne peut réprimer une forme d'appréhension. Sera-t-elle à la hauteur de ces gens dévorés par l'ennui ? Saura-t-elle leur apporter un peu de distraction ? A-t-elle jamais su s'occuper de quelqu'un d'autre que d'elle-même ?

Devant un alignement de chaises et de fauteuils roulants, Roxanne s'installe en essayant de dissimuler l'émotion qui la saisit. Sa grand-mère était ici. Elle faisait partie de ces visages ridés, de ces corps décrépits, de ses yeux à demi clos. Une déchéance qui ne s'accepte pas mais qui s'abandonne à une inéluctable réalité, entre les coussins vert olive et les rideaux rouges.

Hélène avait été si forte, pendant si longtemps, avant de finir ses jours en Ehpad. Elle avait perdu son mari, de vingt-cinq ans son aîné, alors qu'elle n'avait que cinquante ans. À cette époque-là, elle était encore vendeuse aux Galeries Lafayette de Cannes et elle avait résisté à la tornade du chagrin. Hélène a toujours été cette femme fière et droite, élégante et vive, douée de ses mains et pleine d'esprit. Aussi, elle assumait sans rougir son petit caractère bien trempé.

À cet instant, Hélène manque à l'espace. Mais, grâce à sa nouvelle philosophie, Roxanne s'agrippe à l'idée qu'à travers le déchirement de son départ, sa grand-mère a su lui offrir un ultime cadeau : lui ouvrir les yeux sur le temps que l'on ne retient pas et le sens de la vie qu'il lui faut désormais trouver. En quittant la Terre, Hélène a créé une secousse et Roxanne l'a sentie sous ses pieds. Un tremblement sans précédent qu'elle a pris pour un message.

Après avoir posé sur la table ses cartes de jeu grande taille, Roxanne s'empare du micro mis à sa disposition. C'est le moment de capter l'attention de son auditoire. D'expliquer à ces âmes fatiguées ce qu'elle vient faire ici. *A priori*, ils connaissent déjà le programme des activités, mais certains oublient trop vite. Cécile lui a recommandé de se présenter avant de commencer. Alors, Roxanne retrace brièvement son parcours, raconte qu'elle vient leur faire des tours de magie et qu'elle finira la séance par une petite initiation à la méditation, dans une autre pièce plus calme, pour celles et ceux que ça intéresse. Elle précise qu'elle fera cela, bénévolement, une fois par semaine et qu'elle pourra aussi relater aux plus curieux les dessous d'une décennie de poker professionnel.

Au deuxième rang, une vieille dame s'endort déjà, tandis qu'une autre arrive avec sa canne – laquelle semble être davantage la béquille de ses yeux que de ses jambes. Coumba, l'une des aides-soignantes, qui encadre aussi les animations, l'accompagne jusqu'à une chaise, à droite du premier rang. Au fond, un homme obèse sourit à Roxanne, comme pour l'encourager, tandis qu'une autre rouspète contre sa diction. Et soudain, un octogénaire du troisième rang se met à ronfler, laissant un mélange de rires et de gronde se propager dans l'assistance.

Roxanne ne se démonte pas. Après ces dix mois de remise en question, elle n'est pas ici pour elle, mais pour eux. Ou serait-ce l'inverse ? Est-ce que, à travers eux, c'est elle qu'elle veut soigner ? Cherche-t-elle encore la caresse du souvenir d'Hélène ? Les réminiscences de leur relation tendre qui a longtemps bercé sa vie mouvementée ? Pour faire leur deuil, certains fouillent dans un grenier, retournent des photos, respirent des vêtements. Elle, elle sait qu'elle a besoin de ce décor. Elle a besoin de racheter ses absences d'hier. De regarder des vieux dans les yeux et de solliciter une forme de pardon.

Elle prend à partie la dernière arrivée qui, à défaut de voir correctement, écoute avec attention.

— Quel est votre prénom, madame ?

— Moi ? Euh, je m'appelle Marguerite. Et vous ?

— Roxanne.

— Pouvez-vous choisir une carte, Marguerite ?

— Je vais avoir du mal à la lire.

— Ne vous inquiétez pas, les index sont en très grand format et vous allez faire équipe avec votre voisine.

— Très bien.

Marguerite pioche dans le tas, précise qu'elle parvient à déchiffrer, et montre la dame de trèfle à sa partenaire, ainsi qu'à l'ensemble des résidents autour d'elle, avant de la remettre parmi les autres.

Roxanne poursuit son tour de magie, fait rouler le paquet avec dextérité entre ses doigts et tente de capter les regards fuyants. Elle met le ton dans le micro que lui tient désormais Coumba. Puis, elle demande à Marguerite de mélanger à son tour les cartes, en guise de bonne foi.

Ensuite, Roxanne extrait deux as rouges en expliquant qu'ils ont pour mission de retrouver la carte choisie par Marguerite. Elle fait monter la tension, ajoute quelques effets de style et étale le jeu sur une tablette légèrement inclinée vers l'auditoire. Les deux as rouges sont les seuls à être retournés, encadrant une carte qu'on ne voit pas encore.

— Comment vous appelez-vous, chère voisine de Marguerite ?
— Simone, répond Mme Huet.
— Eh bien, Simone, si vous le voulez, vous pouvez vous approcher pour venir vérifier si les as ont trouvé ce qu'ils cherchaient !
— Vous nous faites faire de l'exercice, mademoiselle !

Mme Huet peste mais s'exécute sans trop de difficulté malgré son déambulateur. Quelques applaudissements timides s'élèvent dans la salle. C'est la bonne carte.

Marguerite sourit et demande immédiatement quel est le truc.

— Le truc ? C'est de la magie, voyons ! s'exclame Roxanne.

4.

Marguerite

LES ACTIVITÉS POUR LES VIEUX ne sont pas toujours à son goût, loin de là. Censées tromper l'ennui et les secondes qui pèsent des tonnes, censées compenser cette impression que le monde tourne sans elle et sans eux, ce ne sont que des leurres. Dans une maison de retraite, le temps se fige comme un cours d'eau contenu par la glace dans le froid de l'hiver.

Marguerite n'aime pas se sentir infantilisée par ces divertissements factices que l'on injecte dans ses journées. Elle a perdu le goût de la communauté depuis le départ de Suzanne et de Paulette. Avec elles, elle s'amusait encore. Plus maintenant. Le personnel fait de son mieux, mais la notion de plaisir s'évapore. Par exemple, les exercices dits de gymnastique, qui consistent à tourner le pied, monter les bras, étendre les jambes, lui hérissent le poil. Soit elle sait le faire, et ça lui paraît complètement idiot, soit elle n'y parvient pas, et ça la met en rogne parce que c'est pourtant si simple. Quant aux exercices de mémoire, ils l'insupportent. Elle se souvient de tout, même de ce qu'elle aurait voulu oublier pour apaiser son esprit.

Surtout, elle se souvient des voix. Encore plus ces dernières années. Aujourd'hui, lorsqu'elle est descendue voir la joueuse de poker dans la salle commune, elle a reconnu sa voix grave de fumeuse. Celle qu'elle entendait à l'époque où Hélène était sa voisine, au troisième et dernier étage de la maison. Ah, Hélène ! On ne peut pas dire qu'elle la portait dans son cœur ! Elle avait une fâcheuse tendance à faire du bruit. La surdité des uns est l'ennemie de la tranquillité des autres. Loin d'être une mauvaise femme, Hélène avait un caractère relevé et cela ne faisait pas particulièrement bon ménage avec celui de Marguerite ; sauf pendant les jeux de société. Là, chacune reconnaissait la vivacité de son adversaire.

Personne n'avait informé les résidents de l'identité de Roxanne. Ils savaient simplement qu'elle venait présenter une nouvelle activité de tours de magie et une autre de méditation. De toute façon, la plupart d'entre eux n'auraient probablement pas remis Hélène, partie l'an dernier. Marguerite, elle, n'est pas près de l'oublier. Et cette faculté à attirer l'attention doit être de famille ! La petite-fille semble aussi frappante que sa grand-mère.

La magie ne l'a jamais vraiment intéressée jusqu'à présent et la méditation n'est pour elle qu'un terme à la mode, mais cette jeune femme l'intrigue. Marguerite a souvent un sixième sens avec les gens. Elle les jauge et les ressent plus profondément que ce que leur carapace laisse transparaître. Dans les mots de Roxanne, dans son intonation, elle a perçu une jeunesse qui a roulé sa bosse et qui a pris des coups. Elle a aussi senti un appel, à travers ce don d'elle-même, ce bénévolat qui doit masquer une quête. Sous la malice et l'entrain, il y a une face cachée. Quelque chose à creuser. Et puisque Roxanne a choisi de créer un lien avec elle ce matin, Marguerite n'est pas contre fouiller la question. On ne revient pas par pure bonté d'âme dans la maison de retraite où sa mamie est morte.

Par ailleurs, un peu de chair fraîche entre ces murs, c'est une piqûre de divertissement. Et ici, tout dérivatif vaut de l'or.

*

Aujourd'hui, tout est gris. Le moral de Marguerite flanche. Elle n'a pas eu Emmanuel au téléphone depuis plusieurs jours, la nausée l'empoigne, et l'une de ses plantes est soudainement mal en point. Elle l'a senti sous ses doigts.

Est-ce un message subliminal ? Un miroir qu'on lui tend ? Ou tout simplement une maladresse de la femme de ménage ?

Avec tous les produits chimiques que l'on utilise désormais, un accident est vite arrivé. En plus de répandre une odeur infecte qui lui retourne l'estomac, ces produits sont l'ennemi de ses fleurs et de ses plantes qu'elle chérit tant. Celles qu'elle s'est battue pour garder dans son espace depuis qu'elle est arrivée ici. Les résidences spécialisées, comme les hôpitaux, tendent à les interdire dans les chambres la nuit sous le prétexte fallacieux qu'elles pourraient être nocives. Elle en a entendu des inepties : « C'est pour des raisons bactériologiques, il y a des risques de moisissures… Elles vont vous empoisonner au CO_2. » Elle ne s'est jamais laissé faire : il était hors de question qu'on la prive des derniers rappels de son jardin. Au départ, le personnel sortait chaque soir les plantes de la chambre et les réinstallait aux premières lueurs du matin. Puis, avec l'aide de Suzanne, et de Coumba qu'elle avait ralliée à sa cause, Marguerite avait réussi à prouver ce qui, pour elle, était une évidence : sur un cycle de vingt-quatre heures, une plante absorbe en réalité beaucoup plus de CO_2 qu'elle n'en rejette, et produit bien plus d'oxygène qu'elle n'en consomme. Même si son processus de photosynthèse est en sommeil la nuit, il n'y a aucun danger à cohabiter avec elle. C'est ainsi qu'elle avait gagné la première bataille. Mais elle n'a toujours pas gagné la guerre : pour des raisons d'hygiène, la direction a refusé de bannir l'utilisation des désinfectants et autres nettoyants corrosifs.

Le regard perdu par la fenêtre, Marguerite détourne le fil de ses pensées. À cet instant, elle est happée par une autre croisade. Celle qu'elle sent dans son corps. Et si elle mourait ici, finalement ? Et plus tôt qu'elle ne le croyait ? Ce constat fataliste la secoue. Les dernières volontés, ce n'est pas pour les chiens ! Il faut les respecter. Et il est sûrement temps qu'elle fasse part de la sienne, pour provoquer la suite. La chute. Celle sur laquelle personne n'aura le pouvoir de la faire changer d'avis. Pas même ce bégonia en berne.

Pas même Ismaël, l'infirmier malien, que Marguerite adore entendre entrer dans sa chambre.

— Bonjour, madame Vernier ! Comment allez-vous aujourd'hui ?

— Ismaël, combien de fois vais-je vous répéter de m'appeler Marguerite ? Jusqu'à ma mort, vous croyez ?

— C'est quoi cet humour noir ? Vous savez bien que je n'ai pas le droit. C'est dans le règlement…

— Oh, les règlements… On s'en moque, non ?

— Seulement quand les portes sont fermées !

— Ils sont tous sourds, ou presque, de toute façon.

— Sauf la direction !

Marguerite laisse un rire s'échapper. Ismaël a cette faculté de la dérider, à chaque visite ou presque. Elle apprécie tout ce qui jaillit de lui. Sa bienveillance à toute épreuve, son accent d'ailleurs, son histoire semée d'embûches et de courage.

Au départ, il n'était qu'un visage inconnu de plus. Un membre de l'équipe soignante. Puis, les semaines et les mois passant, il est devenu son ouverture sur un monde étranger.

Elle lui a posé tant de questions qu'il a fini par se raconter. Il lui a confié sa vie de médecin à Bamako, le troc, la débrouillardise, les moyens du bord. Il lui a dépeint la situation chez lui et l'envie qu'il avait eue de faire des études plus poussées à l'étranger pour revenir aider son pays et les siens. Une envie qu'il a suivie sans imaginer qu'en rentrant, il y aurait la guerre au Mali. Cette guerre qui a tout changé. Ismaël a relaté à Marguerite sa tentative de nouveau départ en Belgique avant d'atterrir en France, où il a dû repartir à zéro parce que ses qualifications n'étaient pas reconnues ici. Il n'était pas un docteur européen mais africain, et ses diplômes supplémentaires ne suffisaient pas à lui donner une équivalence. Lui, il savait soigner les gens sans machine. Il savait utiliser ses propres intuitions pour diagnostiquer et guérir les maux des patients, mais il n'avait pas dans ses bagages la maîtrise de la médecine moderne. De la technologie souveraine.

Alors, il a commencé en tant qu'aide-soignant, puis il a suivi une autre formation et il est devenu infirmier chez Elia. Malgré le mi-temps au début, le maigre salaire et les contraintes, il a choisi de rester dans cet Ehpad parce qu'il y a trouvé une famille. Professionnelle d'abord, personnelle ensuite. C'est ici qu'Ismaël a rencontré la femme de sa vie. Ce feuilleton improbable a été le divertissement préféré de beaucoup de résidents : Ismaël, l'infirmier, et Andréa, l'ASH. Lui, faisant ses tournées dans les chambres et son travail administratif dans le petit bureau ; elle, s'occupant de l'entretien des locaux, de la toilette, des repas et de tant d'autres choses.

Marguerite aussi s'est passionnée pour leur amour naissant.

Ismaël et Andréa mettaient de la vie dans les espaces communs. Entre les déambulateurs, les fauteuils roulants, les cris, les départs à l'hôpital, les arrivées, les visites et les cheveux blancs attroupés autour d'une activité, ils souriaient, ils s'apprivoisaient et ils donnaient aux moins ronchons une distraction pour la journée. C'était comme dans un film, mais en vrai. Un spectacle, en plusieurs actes. Le béguin, le flirt, la passion et l'engagement. Parfois, il n'y avait même pas besoin du son. Les voir se regarder, se frôler, se chercher, puis s'aimer, a réveillé, dans tous les cerveaux encore actifs, le souvenir de ce sentiment-là ou de la quête pour le connaître.

Les deux tourtereaux ont bien rendu cette affection aux pensionnaires puisqu'ils ont baptisé leur fille, née il y a quelques semaines, Elia. Marguerite a même gardé le faire-part dans le tiroir de sa commode.

*

Au crépuscule de sa vie, elle ne parvient plus à se concentrer sur la moindre futilité. Drucker à la télévision, les infos à la radio, le goûter, les rendez-vous au salon de coiffure : quel intérêt désormais ? Aucun. Pas plus que la récente guerre entre les résidents du dernier étage et le gros pigeon qui a élu domicile sur le Velux de la partie commune. Oui, il fait du bruit avec son bec et ses griffes. Mais qui l'entend vraiment ?

L'ennui et la vieillesse poussent certains à occuper leur cerveau avec tout ce qui passe. Même ce qui, au fond, ne les touche pas. Il y a aussi ce sentiment d'injustice qui exacerbe les réactions comme les émotions. Jamais personne, avant d'atterrir dans une maison de retraite, n'imagine qu'un jour c'est là que le parcours s'achèvera. Que la mort prendra ses droits. Ce n'est pas une fin que l'on envisage. D'abord, on n'y songe même pas. Et, lorsque l'on entre dans les décennies critiques, on chasse l'idée. On s'accroche à tout prix à la liberté.

Ensuite vient l'acceptation. Si la plupart des gens affirment qu'ils préfèrent se tuer que de se retrouver dans un mouroir, peu d'entre eux sont capables, le moment venu, de se résigner à abandonner la vie. Alors, ils s'accrochent. Ils consentent à tout ce qui leur paraissait inconcevable. Parce qu'ils ne sont pas prêts pour le grand plat. Ils ont encore des choses à dire, à faire. De la souffrance à endurer, des au revoir à prononcer. Ce n'est que l'usure qui les conduira insidieusement à accueillir la mort.

En attendant, ils se cherchent et se trouvent des combats. Quels qu'ils soient.

— Monsieur Chazot, vous allez tomber ! s'exclame Coumba.

— Oh, ne me dites pas ce que je vais faire ! Vous êtes incroyable ! Vous n'allez pas laisser un pigeon gagner la guerre sur nous tous..., répond-il en essayant de monter sur une chaise pour s'approcher du Velux.

— Monsieur Chazot, calmez-vous.

— Laissez-moi tranquille ! Vous n'en avez rien à foutre de nous.

— C'est complètement faux, et vous le savez très bien.

Marguerite, qui écoutait ce triste spectacle depuis le couloir, retourne dans sa chambre. Elle s'assied sur son fauteuil, téléphone en main. Elle veut appeler Emmanuel, avec le wifi, comme il le lui a appris. C'est le seul numéro dans ses favoris, elle ne peut pas se tromper, même si elle voit flou.

Il faut qu'elle lui dise tout.

5.

Emmanuel

À CET INSTANT, L'ÉCRAN D'ORDINATEUR d'Emmanuel est une ode à la beauté singulière du Nord tanzanien. L'explosion de couleurs chaudes est en elle-même une invitation au voyage. De celles que recherchent les futurs acquéreurs de ses photographies. L'évasion est devenue un besoin pour beaucoup et, en y répondant, Emmanuel tente d'insinuer en chacun l'envie de préserver ce monde fier et libre. Au plus proche du sujet qui occupe bien des lanceurs d'alerte, il sait que l'avenir de la cohabitation entre l'homme et l'animal est compromis. La surpopulation mondiale ainsi que le profit roi sont en train de signer l'arrêt de mort du royaume sauvage. Mais le fatalisme n'est pas dans sa nature. Il veut, à travers son travail, donner un aperçu de tout ce qui existe encore. Il veut transmettre sa passion, parce que la passion donne des ailes pour agir. Pour repousser ce que certains qualifient, aujourd'hui, d'inévitable.

En sirotant un thé glacé maison, il gratte sa barbe grise comme pour y trouver des réponses. Les clichés qu'il parcourt ont été pris il y a plus d'un mois. C'est sa règle : laisser reposer les images pour se détacher de l'émotion du moment, et n'avoir qu'un œil de photographe lors du choix. Des plis de concentration se forment au coin de ses yeux bleus tandis qu'il scrute chaque détail.

La série sur laquelle il planche est celle de deux guépards chassant une jeune gazelle de Thomson dans les plaines du Serengeti. Une aubaine, avait-il pensé ce jour-là, après des heures de patience. Bien sûr, se réjouir d'une mise à mort est toujours particulier pour un cœur de végétarien mais, ici, il n'y a ni industrialisation ni certitude. C'est, tout simplement, le cycle de la vie. Les lois de la savane. Alors, il oublie le sentiment de privilège, comme la gêne ou la peine ressenties, et il traque la photo qui va se détacher des autres par le bouleversement, le saisissement qu'elle provoquera.

D'image en image, il revit la scène : les ombres qui s'allongent, le soleil amorçant sa chute et la lumière rasante qui entoure les guépards au pied de l'arbre élu pour consommer leur proie.

Emmanuel est interrompu par l'entrée, sans discrétion, du petit singe galago dans sa maison.

— Rafiki ! Arrête !

Ce *bush baby* est une vraie tête de mule. Sa gourmandise ne s'arrête ni à la fenêtre ni à la porte. Et si sur le chemin entre un coléoptère et sa bouche, se trouvent, par exemple un cadre, une lampe, un verre ou une sculpture en bois, peu importe. Il fonce dans le tas. Ce primate saute d'arbre en arbre ou, en l'occurrence, de meuble en meuble, avec une dextérité sans pareille. Et, à mesure qu'il a décidé de faire du jardin et de la maison d'Emmanuel son territoire, Rafiki a appris à ignorer les rappels à l'ordre. Il aurait pu le chasser dès le départ, mais Emmanuel a choisi d'accueillir cette compagnie. Peu commune, elle n'en reste pas moins une compagnie.

Dès que la nuit tombe, après 18 heures, Rafiki se met en activité et traîne ses petites pattes humectées d'urine partout où il juge nécessaire de marquer son territoire.

Lorsqu'Emmanuel le reprend et que le petit singe fait mine d'être concerné, il se place en position de boxeur, crache un peu et jacasse pour signifier sa désapprobation. Parfois, aussi, il démontre sa force en détalant dans le jardin pour aller faire des bonds de plusieurs mètres, comme un gosse qui ferait son intéressant.

— Rafiki, je suis sérieux, l'invective Emmanuel, en se demandant une énième fois pourquoi il lui a donné ce nom qui, en swahili, veut dire « ami ».

Est-ce qu'un ami détruit les objets d'autrui sans aucun scrupule ? La question restera en suspens : le téléphone vient de sonner. Emmanuel exècre l'aliénation provenant de ce moyen de communication. Pourtant, même en plein travail, il y a un nom qui, en s'affichant, fait exception. Celui de sa grand-mère, Marguerite. C'est pour elle qu'il garde son portable à portée de main.

— Allô !
— Bonjour, mon grand.
— Comment tu vas, Ma ?
— Comme un baobab desséché. Et toi ?
— Pourquoi tu dis ça ? T'as le moral dans les chaussettes ? Je viens te voir dans moins de deux semaines, tu sais bien…
— Oui, j'avais fait une croix rouge sur le calendrier, tu penses.
— Bon, et tu as rencontré des nouvelles ou des nouveaux ?
— Non. Enfin, rien qui mérite d'être raconté, chéri. Le ballet des vieux croulants dont je fais maintenant partie.
— Tu ne croules pas, tu rayonnes, je le vois d'ici, ça perce la nuit ! Et puis, bientôt, je vais venir te gratter les joues avec ma barbe.
— Oh, tu l'as encore laissé pousser ? Il faut te raser… Tu sais, de mon temps, les femmes n'aimaient pas quand ça grattait.

— Aujourd'hui, c'est très tendance, dit Emmanuel dans un sourire ironique.

Il s'est toujours moqué de la mode et de ses saisons.

— Emmanuel…
— Quoi ?
— Un homme doit se raser, c'est plus propre.
— Je suis un homme de la brousse maintenant, c'est différent.
— Bon, de toute façon, tu es plus têtu que ton grand-père, peste Marguerite.
— Oui, c'est de famille. Dis-moi plutôt à quand remonte ta dernière partie de dames ?
— Et toi ? répond-elle, espiègle.
— Ah, bah voilà un peu d'humour !
— Depuis la mort de Paulette, c'est vrai que j'ai perdu le goût de rire. Et le goût de jouer.
— Tu vas finir par m'inquiéter. Ce ton résigné, ça ne te ressemble pas, Ma. C'est toi qui dis toujours qu'il faut se tourner vers le soleil pour que l'ombre soit derrière.

Emmanuel entend le silence de Marguerite. Tandis qu'elle se racle un peu la gorge, il reprend :

— Je sais que la dernière année a été dure. Il faut que tu t'accroches. Si tu es en forme, on sortira un peu ? On ira manger au restaurant, écouter le bruit de l'eau, respirer l'air iodé, souffler sur les nuages, jouer à la vie qui sourit…
— Oh, mon chéri, tu devrais mettre toute ta poésie dans les oreilles d'une jolie femme… Tu sais, moi, je n'ai plus tellement d'appétit. Les choses ont changé. J'aimerais t'en parler. Je voulais attendre, vraiment, je voulais que tu sois près de moi, mais je ne peux plus garder ça.
— Ma, tu me fais peur, qu'est-ce qui se passe ?
— Je suis malade.
— Oui, mais on te soigne.

— Non, je ne parle pas des bobos de vieux. J'ai un crabe, mon grand.

— Hein ? Mais… Tu l'as su quand ? Enfin, t'en es sûre ?

— Oui.

— Il est où ? À quel stade ? Tu commences quand le traitement ? Il faut que je parle au médecin. Quel est le protocole ? Tu…, avorte Emmanuel dont le souffle vient de se couper.

Il cherche l'air, en veillant à ne produire aucun son. Il sent la fissure à l'intérieur de son corps. La secousse de la foudre qui s'abat.

Heureusement, il ne peut voir le visage de Marguerite. Il la connaît. Il sait que rien ne lui est plus insupportable que l'idée de faire souffrir son grand garçon. Il imagine les larmes, comme un aveu, venant perler au coin de ses yeux. Mais, tant qu'elle sera en ligne, elle les retiendra, pour qu'il ne les entende pas. Comme celles qu'elle retenait à chacun de ses anniversaires. Eux qui symbolisaient sa naissance à lui et la mort d'Irène.

— Mon chéri, on en avait déjà discuté. On avait dit qu'un jour ce serait mon tour. C'est l'ordre des choses et, encore, il a été beaucoup bousculé. Maintenant, je suis prête…

— Pas moi. Et puis, pourquoi tu me dis ça comme si c'était fini ? On va se battre !

— Non, je ne veux pas me battre. Les traitements sont si lourds qu'ils gâcheraient mes derniers mois. Ça ne sert à rien. Je veux qu'on envisage la fin, le mieux possible. J'aimerais… Tu sais… Partir dans la dignité.

Elle marque une pause. L'étau qui lui serre la gorge étrangle ses mots.

— Bon, je vais prendre un avion plus tôt. On va se poser calmement et…

— Mais non, enfin, je peux attendre une dizaine de jours. Je voulais juste… j'ai été prise de panique. Je ne veux pas mourir ici. Tu m'aideras ?

— Ma…

— Mon chéri, je suis désolée de t'imposer ça au téléphone. C'est sûrement lâche, ou égoïste, ou un peu des deux. C'est parce que j'ai peur, je voudrais pouvoir décider du lieu et de l'heure, tant que je tiens encore debout. Et j'avais besoin que tu le saches, que tu m'aides à me renseigner et à m'organiser. Que tu te fasses à l'idée, aussi.

— Je comprends, tu es seule, tu es perdue. Je vais appeler le médecin, on va tout revoir. En attendant, il faut que tu t'accroches. Tant qu'il y a de la vie, il y a de l'espoir, d'accord ?

Emmanuel n'entend pas ce qu'elle lui dit. Ou il ne veut pas l'entendre. Alors, sans doute parce que la culpabilité l'assaille déjà, elle n'insiste pas.

— D'accord. Tu en es où avec ton prochain livre ? Tu avances bien ?

— Oui, ça prend forme.

— Tu me raconteras les photos ?

— Bien sûr !

— Allez, je t'embrasse, mon grand. Fais attention à toi et rase-toi que je puisse te biser.

— T'es aussi têtue que papi et moi, hein. Tu me promets que tu vas reprendre du poil de la bête ? Je te rappelle dès que j'ai pu changer mon billet.

— Ne change rien ! Tu as ton organisation pour le travail, ne bouscule pas tout pour moi. Je t'attends, ne t'inquiète pas, je ne vais pas m'envoler.

— On va voir. Je t'embrasse.

— Je t'aime fort.

— Moi aussi.

Emmanuel lâche le téléphone un peu brutalement et laisse sa tête lourde tomber entre ses grandes mains marquées par le soleil. Sa nature endurcie ne peut rien pour lui. Marguerite est son point d'ancrage, sa seule constante, sa seule famille.

— Manu, t'es là ? demande Samwel en poussant la porte d'entrée déjà entrouverte.
— Ouais, soupire Emmanuel.
— Ça ne va pas ?
— C'est ma grand-mère. Elle a un cancer.
— Merde, je suis désolé.
— Tu voulais quelque chose ?
— Il y a un problème à Ormataï. Ça chauffe avec les éléphants. La matriarche a forcé le passage dans le village. Elle a plié la hutte avec les réserves de fruits et légumes. Ils ont sorti les armes. C'est Alvin qui m'a appelé. Mais je peux y aller sans toi, si tu préfères rester seul.
— Non, on y va. Laisse-moi juste me passer un coup d'eau froide, je te rejoins dehors.

Face au miroir de sa petite salle de douche, Emmanuel fixe son reflet comme pour se reprendre. L'abattement n'a jamais été son choix, en aucune circonstance. Il fera entendre raison à Marguerite, comme il va tenter, avec ses acolytes, de faire entendre raison à Saitoti, le chef du village maasaï. Pour le moment, la césure s'impose. Marguerite est à des milliers de kilomètres, en sécurité dans l'Ehpad, et la matriarche est tout près, en danger. Il dépose donc ses angoisses dans un tiroir, pour trouver la force d'affronter, dans l'instant, la situation à portée de main.

Lorsqu'ils arrivent à Ormataï, la tension est palpable. Le clan d'éléphants, tenu à distance par des guerriers, attend, à quelques mètres, le retour de leur guide. Les Maasaï ont allumé des torches, élevé leurs lances, et la matriarche, prise au piège, manifeste tous les signes d'un pachyderme effrayé qui va charger pour sortir.

— Ça suffit, c'est terminé ! s'exclame Saitoti, le grand chef qui parle moitié maa, moitié swahili.
— Qu'on la brûle ! s'enquiert un autre.

Samwel et Emmanuel, qui ont rejoint Alvin et Xavier, tentent de relancer le dialogue. Ils se font rabrouer, sèchement. L'heure n'est pas aux bavardages. L'heure est à l'action.

— Si les animaux ne nous respectent plus, on va leur apprendre la discipline !
— Vous les défendez, mais ce ne sont pas vos champs, vos maisons ou votre nourriture qu'ils ravagent ! Ce sont ceux de notre village et des autres autour.

Au centre des cases, le troupeau de bovins est presque aussi agité que la tribu.

— On va trouver une solution ! Si vous attaquez, il va y avoir des blessés, dit Emmanuel. Et puis c'est interdit, vous risquez dix ans de prison…
— C'est une menace ?
— Non, pas du tout. Je crois qu'il faut qu'on reparle de l'idée d'une clôture de ruches autour des trois villages.
— On n'a pas les moyens ! Et on ne va pas vivre enfermés dans un enclos ! La sédentarisation d'abord, et maintenant quoi ? Ce n'est pas un zoo, ici ! hurle Saitoti.

Xavier essaie de tempérer la discussion :

— L'argent, on peut le trouver, il nous faut juste du temps. Et la clôture de ruches ne vous empêchera pas de bouger, c'est juste un moyen de dissuader les éléphants. Ça a déjà fonctionné ailleurs, avec de l'huile de moteur, du piment et tous les répulsifs que l'on peut utiliser pour maintenir la paix.
— Ce sont des foutaises, tout ça. On brûle la matriarche, et les autres comprendront la leçon, point.
— Vous allez vous faire piétiner avant de la brûler. Si vous ne voulez pas de clôture, il faut qu'on vous trouve un endroit plus calme pour vous installer…

— C'est ça, vous nous chassez, encore et encore. Tout ça pour maintenir votre tourisme. Et tu vas laisser faire ça, toi, Samwel ?

Emmanuel regarde son petit frère de cœur avec un pincement. Il sait que cette phrase lui a fait mal. Pourtant, Samwel encaisse, et répond avec la mansuétude qui le caractérise :

— Non, mais vous devez parcourir des kilomètres pour chercher de l'eau, les écoles sont excentrées... Vous pourriez trouver un avantage à ce déménagement, près d'un puits pérenne, et loin du chemin des pachydermes.

— Oui, l'eau que les éléphants viennent nous voler !

— On sait...

— Et il est où, cet endroit ?

— Il faut qu'on cherche. Mais, en attendant, on peut apaiser les choses ce soir, chasser les éléphants sans les blesser. Et, demain, on s'engage à commencer par remplacer vos provisions de haricots, de maïs et de lait, propose Xavier.

— Vous allez les payer vous-mêmes ?

— Oui, vous avez ma parole.

— Tout ce qu'elle a détruit ?

— Tout.

Le chef se concerte à voix basse avec les autres anciens. L'heure tardive, l'agitation générale qui met des vies en danger, et la fatigue jouent en la faveur des quatre hommes. Ces derniers ont le mérite d'être moins radicaux que des rangers officiels.

— Faites-la sortir tout de suite. Et demain, on se réunit et on discute du reste. Si les choses ne changent pas, vous ne pourrez pas les protéger indéfiniment. Ce sera la guerre et on la gagnera, termine le chef en tournant les talons.

La plupart des villageois, qui n'écoutent qu'une seule voix, s'écartent de la matriarche. Ils rejoignent leurs maisons, faites de bouse de vache, de bois d'acacia et de paille. D'autres avancent vers la hutte saccagée pour tenter de sauver ce qu'ils peuvent.

Samwel, avec toutes les précautions nécessaires, explique à Emmanuel, Alvin et Xavier quoi faire pour chasser l'éléphant en douceur, et éloigner son clan rapidement. La manœuvre est complexe mais son expérience de Maasaï et sa connaissance de l'animal sont de précieuses alliées. C'est aussi grâce à lui que le dialogue est encore possible avec le village aujourd'hui. Son grand-père, le frère aîné de Saitoti, n'est plus de ce monde, mais il a longtemps dirigé ce clan. Par ailleurs, malgré ses choix de vie loin des traditions, Samwel est respecté pour la situation financière et professionnelle qu'il s'est bâtie en tant que guide-chauffeur, et l'aide qu'il apporte encore à sa tribu.

Rien ne s'embrasera cette nuit, entre les haies épineuses et les phares des voitures qui percent l'obscurité. Mais, demain est, plus que jamais, incertain.

6.

Roxanne

DANS SON APPARTEMENT, Roxanne, au téléphone, fait des grimaces que son interlocutrice n'entend pas. Des grimaces qui la soulagent et l'aident à retenir certains mots.

— Ce n'est pas en fréquentant des vieux tout le temps que tu vas trouver un homme pour fonder une famille. Avant tu jouais à l'excès et tu voyageais trop, maintenant tu t'enfermes. Ton goût des extrêmes est le pire ennemi de tes projets de vie, crois-moi... Tu sais, c'est comme ça que ta cousine Sabine a fini sans enfant et sans rien.

— Sabine n'a pas rien, maman. Elle est à la tête de sa propre entreprise, rétorque Roxanne.

— Oui, et sa maison est vide.

— Il vaut mieux une maison vide que mal remplie.

— On peut savoir ce que tu insinues ?

— C'est qui, « on » ?

— C'est ça, cherche la bagarre, comme toujours. Tu n'en fais qu'à ta tête, tu ne suis aucune règle, et après tu viendras chouiner.

— Je ne chouine pas.
— Quand ta grand-mère est morte…
— Bon, bonne journée, maman.

Roxanne raccroche, la rage au ventre. Une boule de feu qu'elle sent dans ses tripes depuis l'enfance et qui, tantôt se tient sage, tantôt prend l'espace et brûle la chair à l'intérieur. Elle a beau essayer de faire abstraction de cette part d'elle-même, l'animosité de sa mère arrive toujours à raviver ce feu.

Sa mère, aigrie. Sa mère qui, elle, a bel et bien raté sa vie. Elle est tombée amoureuse d'une image, à vingt et un ans, comme on se pâme devant un poster bien lisse sur papier brillant. Elle a arrêté ses études de droit moins d'un an plus tard, sans même le master en poche. À quoi bon devenir une grande avocate, lorsqu'on peut devenir l'épouse d'un homme bien né qui reprendra l'affaire viticole familiale ? Sa mère a donc mis ses aspirations au placard pour se trouver de nouvelles occupations : décorer une belle maison, procréer, briller au bras d'un mari moins concerné par ce qu'elle avait à dire que ce qu'elle avait à montrer.

Roxanne, aînée de la fratrie, a très vite eu la lucidité d'examiner la réalité sous les photos de famille parfaite. Elle a décortiqué les attitudes, épluché les couches d'apparat, perçu les failles. La comédie du bonheur lui est rapidement apparue comme une musique qui sonnait faux, mais qu'il faudrait, pour toujours, continuer de jouer.

Une mère creuse qui s'accroche à un vieux mauvais choix, un père libre et absent, des enfants qui ont pris de l'une, de l'autre, ou des deux, parce que les gênes s'infiltrent et font leur nid. Tel est le froid constat que chacun s'est borné, et se borne encore, à nier.

La cadette, Eva, a trente-deux ans, et la plus petite, Bianca, vingt-sept. Si Eva a suivi le schéma maternel, Bianca, elle, navigue entre deux eaux. Après avoir vécu des années avec un homme qui l'a trompée et qu'elle a quitté, elle s'est jetée à corps perdu dans sa passion pour la photographie. Le problème, c'est que la mère rôde, la mère veille, la mère enserre, même à distance. La nouvelle Roxanne, départie de ses anciennes habitudes, voudrait prendre Bianca sous son aile mais elle a passé trop de temps à voler au loin. Aujourd'hui, il est plus difficile de resserrer les liens. De contrer l'influence de la mère, de combler le manque d'intérêt du père. Lui qui les félicite quand le succès est là, parce qu'il pourra se l'approprier, mais qui ne sait pas vraiment ce que ses filles ont dans le ventre. Il ne les connaît qu'en surface. Et, Roxanne le sait, il a une préférence pour elle, parce qu'elle fait rayonner son nom, et donc son véritable héritage : son domaine.

Elle voudrait crier. La boule ne rétrécit pas. Elle s'agite, elle secoue ses entrailles. Est-ce que les enfants ne sont que des faire-valoir, de la pâte à modeler, un réceptacle de pensées préfabriquées ou un défouloir ?

Durant toute sa vingtaine, elle ne voulait entendre parler ni de mariage ni de grossesse. Elle voulait fuir la route toute tracée sur laquelle marchent la plupart des gens. Elle voulait vivre, vibrer et construire par elle-même, pour elle-même. Là où la magie était un exutoire de petite fille, le poker était devenu un exutoire d'adulte. Ce qu'en pensaient ses parents ou Eva ne l'intéressait pas. Elle se contentait de la présence discrète de Bianca et des encouragements de sa grand-mère, Hélène. Ce qu'elle n'écoutait pas non plus, ou plutôt ce qu'elle rangeait dans un coin de sa tête, c'étaient les mises en garde de cette dernière. Hélène avait un esprit vif, une analyse fine et un caractère franc mais bienveillant. Elle lisait en Roxanne comme personne. Elle était fière de ses réussites, de sa détermination de femme et de joueuse, mais avec tendresse, elle lui soufflait l'idée que, en vieillissant, ça ne suffirait pas à son équilibre. Roxanne a gardé ces phrases en sommeil, sans vraiment y croire, mais sans les rejeter non plus.

Aujourd'hui, elle les comprend parce qu'elle le ressent dans sa chair. Si elle a longtemps délayé cette quête d'une vie personnelle dans d'autres quêtes, à présent, elle entend cette voix qui rugit dans son corps de femme. Celle qui lui dit qu'elle veut y goûter. Goûter à la transmission, à l'amour, au clan qu'elle est capable désormais d'imaginer à son image et non en miroir d'un souvenir qu'elle ne respecte pas.

Ce qui lui manque, c'est la rencontre qui lui donnera le courage de laisser l'envie gagner la bataille contre la peur d'être déçue.

*

Cette journée, Roxanne l'attendait. Le sourire d'Agnès à l'accueil, la poignée de main de la directrice adjointe, le café offert par le directeur, les couloirs parsemés de visages anciens qui, sans un mot, racontent tant d'histoires. C'est la deuxième fois qu'elle vient, qu'elle se remémore chaque moment passé ici avec Hélène. Elle se sent moins perdue que dans son appartement, entre le yoga, les questions existentielles et les appels incessants du poker. Entre ces murs, elle oublie cette impression d'inutilité qui l'oppresse depuis qu'elle ne joue plus.

Dans la pièce principale, il y a beaucoup moins de chaises et de fauteuils que la dernière fois. Roxanne est troublée par la vue de ces quatre personnes de dos. Les seules qui ont donc accepté de participer à son atelier de magie. Pourtant, elle a travaillé d'autres tours, plus visuels, qu'elle avait hâte de présenter. Lorsqu'elle arrive face à eux, elle constate que deux dorment profondément, une parle toute seule et une autre a les yeux dans le vague. Cette dernière, c'est Marguerite.

— Bonjour, Marguerite !

— Ah, bonjour, Roxanne. Enfin quelqu'un qui nous appelle par notre prénom. C'est bien.

— C'est plus convivial.

— Absolument.

Les deux écroulés ne se réveillent pas et la troisième continue de marmonner dans sa barbe un charabia indéchiffrable. Roxanne s'installe, un peu inquiète. Va-t-elle vraiment exécuter ses tours pour une seule personne, aussi charmante soit-elle ? La magie, pour donner une impression de spectacle, nécessite une certaine participation.

— Bon, je n'ai pas trop de succès, aujourd'hui.
— Oh, vous savez, les gens ont du mal à se concentrer. Il y a un mois, une femme est venue lire un bout de son roman. Elle devait le faire tous les jours, puis elle a abandonné, parce que personne, ou presque, ne suivait. Moi, j'aimais bien, mais je n'aurai jamais la fin de l'histoire. Ce sont les meilleures activités qui ont le moins d'audience, soupire Marguerite.
— C'était quoi, le titre du livre ?
— *Les Couleurs du Pérou.* Ça a l'air beau, là-bas.
— Oh oui, c'est magnifique, le pays des Incas ! s'exclame Roxanne qui, soudain, est envahie par tant d'images.
— Vous connaissez ! On joue au poker au Pérou ?
— Non, j'y suis allée pour une retraite silencieuse et un jeûne de vingt jours.
— Quelle idée ! Ne pas manger et se taire, à votre âge, c'est terrible, non ?
— C'est difficile, mais riche en enseignements. On est guidé par des chamans, et on apprend à se reconnecter à soi-même, sans artifice, sans distraction, sans compagnie, sauf autour des camps nocturnes où, là, on se tait ensemble.

Marguerite hausse les épaules et reprend :

— Eh ben, je n'aurais jamais pu faire ça, moi. J'ai toujours vécu dans l'effervescence et le bruit, quand je travaillais encore.
— Vous faisiez quoi ?
— J'avais un restaurant avec mon mari, dans le douzième à Paris. On avait économisé dix-sept ans pour monter notre affaire. Il cuisinait, je supervisais le service en salle et on faisait les comptes tous les deux.

— Vous aviez des spécialités ? demande Roxanne.

— La cuisine française, traditionnelle et à la bonne franquette comme on disait avant.

— Je suis sûre que c'était bon.

— On n'a jamais mis la clef sous la porte en trente ans, donc je pense que oui.

— Je peux vous poser une question ?

— Une autre ? plaisante Marguerite.

— Vous avez de l'humour, comme ma grand-mère. Pourquoi êtes-vous revenue à mon atelier ? Vous aimez la magie ?

— Parce que je m'ennuie. Tout ce qui pique ma curiosité me donne le courage de passer d'un étage à l'autre, avec ma canne. À mon tour de poser les questions : pourquoi vouloir venir ici bénévolement toutes les semaines ?

— Pour faire des tours de magie, des initiations à la méditation…

— Non, mais vraiment ? Épargnez-moi le discours préparé, dites-moi la vraie raison, insiste Marguerite.

— Parce que ma grand-mère me manque.

— C'est plus clair, déjà.

— Je n'étais pas là quand elle est partie… Et je ne sais pas tellement quoi faire de ma vie depuis que j'ai arrêté le poker. C'est ce genre de raisons-là que vous voulez entendre ? répond Roxanne, un peu piquée.

— Je ne veux que la vérité. Et vous avez l'air de regretter ce poker… Pourquoi avoir arrêté alors que vous étiez douée ?

— C'est addictif. L'adrénaline, les endorphines, tout ça. Et en attendant, je n'étais pas là quand mamie est morte. Depuis, je n'arrive plus ni à jouer ni à envisager autre chose. J'ai l'impression de flotter. Et je me suis dit qu'ici, en apportant quelque chose aux résidents, j'obtiendrais peut-être des réponses. Vous trouvez ça con ?

— Non, ce n'est pas idiot, c'est humain. C'est d'ailleurs de ça dont les gens ont besoin quand ils viennent finir leur vie chez Elia : d'humanité, d'échanges, de discussions.

Pas vraiment de tours de magie… Enfin, pour ceux qui ont encore les facultés nécessaires.

— Vous pensez que vous êtes plus intelligente que nous, hein ? lâche, les dents serrées, Mme Renard, qui interrompt le fond sonore qu'elle créait jusque-là.

— Pas du tout, rétorque calmement Marguerite.

— Coumba ? Ramenez-moi dans ma chambre. Je ne veux plus être là. La vermine est partout. C'est la vermine qui nous tue. La vermine se cache, mais elle est partout…

La litanie s'éloigne à mesure que Coumba pousse le fauteuil roulant de Mme Renard vers l'ascenseur.

— Vous voyez pourquoi, quand on a toute sa tête, on a soif de discuter avec d'autres personnes qui ont la leur ?

— Je vois, Marguerite, je vois. Alors, on ne réveille pas ces deux-là ?

— À quoi bon ? Ils vont se rendormir aussitôt.

— Vous avez envie de faire quoi, vous ? Qu'est-ce qui vous ferait plaisir ? l'interroge Roxanne.

— Qu'on s'installe dehors sur un banc au soleil, et que vous me racontiez vos voyages, si ça vous convient ? Mon petit-fils voyage beaucoup aussi, et il me conte ses histoires quand il vient ou qu'on se téléphone.

— Il fait quoi votre petit-fils ?

— Emmanuel, il s'appelle Emmanuel Vernier. Il est photographe animalier. Il a vu du pays et publié plein de livres avec ses photographies. Il expose régulièrement aussi. Et, maintenant, il vit surtout en Tanzanie.

— Super ! Ça doit être passionnant comme métier.

— Il est passionnant tout court, dit fièrement Marguerite.

— Vous avez besoin d'aide pour sortir ? Mon bras ? demande Roxanne en se levant de sa chaise.

— Oui, vous êtes mignonne. Vous serez mes yeux.

— D'accord.

Une heure et demie plus tard, Roxanne et Marguerite sont toujours sur leur banc, sous le vieux platane. Elles discutent sans interruption, à s'en assécher la bouche.

— Et vous connaissiez ma grand-mère ? Elle s'appelait Hélène.

— C'était ma voisine de chambre.

— Vraiment ? Vous êtes au troisième étage ?

— Oui.

— Vous vous entendiez bien ?

— Ce serait mentir de vous dire que oui. Elle avait son petit caractère et, moi, j'ai le mien. La proximité forcée ne facilite pas l'entente, vous savez. Et puis, j'étais toujours avec ma sœur, Suzanne, et mon amie, Paulette. Avec les autres, j'étais plus sauvage. C'est pour ça que maintenant je suis toute seule.

— Vous n'êtes pas seule, il y a l'équipe, et votre petit-fils qui va venir bientôt.

— De toute façon, je n'en ai plus pour longtemps.

— Bah, ne dites pas de bêtise.

— Dites donc, j'ai toute ma tête, hein !

— Pardon, ce n'est pas ce que je voulais dire, dit Roxanne en baissant les yeux.

— Je sais. J'ai un cancer et je ne veux pas du traitement. Je veux partir, dans les meilleures conditions. J'attends Emmanuel pour organiser ça avec lui.

Roxanne se tait. Elle a la gorge nouée, tout à coup. Elle savait, en s'engageant ici, que celles et ceux qu'elle rencontrerait étaient susceptibles de mourir. Mais elle s'accrochait à l'idée qu'elle ne les connaîtrait pas assez pour en être bouleversée. Qu'elle serait juste là pour la distraction à offrir et pour le pardon à trouver. Pourtant, face à cette dame de quatre-vingt-treize ans qu'elle apprend seulement à découvrir, elle se sent déjà concernée.

— Vous ne dites plus rien ? Ce n'est pas très grave, je vous assure. Je suis prête. Je veux juste régler deux choses avant : choisir mon moment et planter chez Emmanuel la graine de l'amour, si j'ose dire. Il faut que je le déverrouille avant de partir pour qu'il puisse, ensuite, aimer et être aimé par quelqu'un d'autre. Par une femme.

— C'est touchant. Vous êtes très touchante, Marguerite. Vous vous seriez bien entendue avec ma grand-mère si vous aviez pu vous rencontrer vraiment.

— Peut-être, si vous tenez d'elle.

— On avait quelques points communs, oui. C'était une femme libre, si vous voyez ce que je veux dire. Et cette liberté, ça m'a toujours inspirée. Et puis, elle n'émettait jamais de jugement hâtif, et elle ne s'arrêtait pas aux apparences. J'avais l'impression qu'elle me regardait l'âme. Enfin, je ne sais pas si je suis claire, dit Roxanne.

— Vous l'êtes, vous l'êtes. Quand on entend quelqu'un parler des autres, on en apprend sur lui. Donc, là, j'en apprends beaucoup sur vous.

— Madame Vernier, il va être l'heure de déjeuner, les interrompt Coumba, en s'approchant du banc.

— Je n'ai pas faim, vous savez bien, râle Marguerite.

— Et comme tous les jours, je vais vous répondre qu'il faut vous nourrir, même un petit peu, rétorque Coumba.

— Je finis avec mademoiselle, et je rentre.

— Oui, je l'accompagnerai à table, dit Roxanne.

— D'accord, convient Coumba.

— Vous allez revenir ? demande Marguerite en se tournant vers Roxanne.

— Évidemment. Je peux même passer plus souvent, pour qu'on discute, si vous voulez… Et pour les activités, il va falloir que je trouve une autre idée.

— Une séance, un voyage ? Certains écouteront, d'autres s'endormiront mais vous aurez plus d'audience, suggère Marguerite.

— Je vais y réfléchir. J'aimerais vraiment qu'on reparle ensemble de la méditation aussi. Elle a des vertus que vous ne soupçonnez pas. Ça vous ferait du bien.

— On verra.

— Après-demain matin ? propose Roxanne.

— Emballé, c'est pesé ! Je vous attendrai. Et on abordera vos grandes recherches sur l'avenir, aussi.

— D'accord.

— En revanche, si vous pouviez éviter de fumer avant, ce serait mieux. L'odeur m'est très désagréable. Excusez-moi de vous le dire.

— Je note, mais je ne vous promets rien.

Après avoir conduit Marguerite à sa table, Roxanne remonte sur son vélo. Elle est à la fois plus lourde et plus légère qu'en arrivant.

Si cette grand-mère est la réponse que la vie lui offre, alors elle veut bien écouter la suite.

7.

Marguerite

MARGUERITE N'AVAIT PAS PASSÉ un aussi bon moment depuis la dernière visite d'Emmanuel. Elle pensait être intriguée par Roxanne, comme on est intrigué par une expérience à vivre, mais ce n'est plus l'émotion dominante. Elle a été touchée. Elle s'est sentie connectée à cette gosse de trente-cinq ans qui arbore par intermittence des mines déconfites alors que demain lui appartient. Elle a vu chez Roxanne l'amertume et la culpabilité livrer bataille à une fureur de vivre. Elle a vu une femme en manque d'amour. Et, quelque part, dans cette grande envie de rien qui est la sienne depuis quelque temps, ça a réveillé son instinct maternel.

— Madame Vernier, c'est l'heure du dîner.
— Oh non, je n'ai pas faim.
— Vous avez déjà sauté le goûter !
— Mais qui goûte encore à mon âge, Coumba ?
— Beaucoup de résidents…
— Ce n'est qu'une façon de tromper l'ennui.
— Allez, on y va ?

— Non, vraiment, arrêtez, je vais dégobiller.

— Bon, je vous apporte un plateau dans votre chambre et vous mangerez ce que vous voulez.

Marguerite acquiesce, par simple politesse. Coumba ne fait que son travail. Lequel consiste à respecter toutes les petites balises qui, chez Elia, fixent le quotidien.

Dans le silence de sa salle de bains, régulièrement, Marguerite vomit. Elle vomit les odeurs qu'elle exècre ici. Elle vomit sa maladie, sa lassitude et ses repas quand ils sont trop denses pour son estomac verrouillé. Elle vomit mais elle l'accepte parce qu'elle sait qu'avec la chimiothérapie et tout le tintouin, ce serait pire. Bien pire.

Le reste de la journée est un long flottement.

*

Ce matin, Ismaël est inquiet. Il regarde Marguerite avec une expression à la fois solennelle et suppliante. Il pose des mots sur ce qu'il constate et ce n'est pas bon. Le cancer gagne du terrain, les constantes sont mauvaises, le poids décroît, et la fatigue s'installe. Le corps n'a pas les bonnes armes pour lutter.

— Faut vous soigner, Marguerite, déclare-t-il à voix basse.

— Pas de « madame Vernier » ?

— Ce n'est pas ça que vous vouliez ?

— Si, mais c'est la première fois que vous cédez.

— Je n'aime pas vous voir dans cet état et si je dois vous faire plaisir pour que vous fassiez pareil, eh ben, OK, dit l'infirmier.

— Je ne suivrai pas ce traitement. C'est ferme, définitif… Immuable. Ça ferait un bon mot au Scrabble, ça, en s'accrochant à un « i » ou à un « e », par exemple. Vous jouez au Scrabble ?

— Pas vraiment, je ne suis pas très fort, je n'ai pas la patience et mon orthographe n'est pas bon.

— Bonne, on dit bonne parce que « orthographe » est féminin.

— Vous changez de sujet... Pourquoi vous vous entêtez ?

— Parce que j'ai besoin de tout mon cerveau pour accomplir mon ultime mission.

— Quelle mission ?

— Aider mon petit-fils.

— C'est vous qu'il faut aider.

— Non, j'ai juste besoin de partir l'esprit tranquille. Et j'ai un plan.

— Quel plan ?

— C'est trop tôt pour vous le raconter.

— Tout ce que je vois, moi, c'est que vous diminuez.

— C'est une baisse de tension de rien du tout, j'irai mieux demain.

— Vous êtes docteur ? demande-t-il en changeant de ton.

Marguerite glousse nerveusement. Se confronter à un Ismaël un peu énervé, c'est inédit.

— Vous prenez bien les autres médicaments depuis des années...

— Parce que les autres, ils me maintiennent en état. Ils ne détruisent pas un bout de moi pour guérir une autre partie alors même que c'est perdu d'avance.

— Marguerite..., soupire Ismaël. Il faut que je finisse ma tournée des chambres. Mais on en reparlera. OK ?

— Pour vous faire plaisir, d'accord. Bon courage.

Marguerite se redresse dans son fauteuil, saisit sa canne et s'approche de la commode. Elle en sort un gilet en laine et se rassoit pour l'enfiler. Mme Renard, la femme de la chambre voisine, s'est remise à geindre, comme tous les jours. Elle geint depuis son lit, qu'elle ne peut plus quitter seule. Elle geint à table ou pendant les activités. Parfois même, elle geint en chantant. Les mêmes phrases tournent en boucle : « on a faim », « venez nous chercher », « au secours », « il faut préparer les valises », « mettez les casseroles à chauffer »,

« donnez-nous des morceaux de viande... » Lorsqu'elle a de la visite, elle semble pourtant retrouver ses esprits. Certains la disent comédienne, d'autres la pensent dérangée. Marguerite, elle, se contente de retirer ses sonotones quand ce monologue incessant finit par venir à bout de sa patience. Ce matin, son seuil de tolérance n'est pas encore atteint.

Dans le couloir, par-dessus le bruit des chariots, M. Chazot hurle déjà à propos du méchant pigeon. Et, soudain, une autre agitation se fait entendre. Cela ne peut signifier qu'une chose : l'équipe soignante est mobilisée autour d'un résident à l'étage. Tout ça empeste la matinée gâchée. Alors, pour prouver à Ismaël qu'il a tort et qu'à ce stade elle vit encore, Marguerite a la ferme intention de sortir d'ici. D'aller prendre l'air, comme hier avec Roxanne. Elle trouvera bien un bras auquel s'accrocher sur le chemin. En attendant, elle s'empare d'Auguste, enfin, de son urne, et elle la glisse délicatement dans le sac en toile qui lui sert à transporter des affaires légères. Quand on marche avec une canne et qu'on ne voit plus clair, il faut s'organiser.

Si la plupart des gens préfèrent oublier, Marguerite, quand il s'agit d'Auguste, préfère se souvenir. Le garder près d'elle depuis sept ans la rassure. Elle veille sur ses cendres comme lui veille sur elle, d'en haut, près de leur fille Irène, et de sa sœur Suzanne. Cette croyance ne la quitte pas. Ça a toujours été un refuge. Une échappatoire face au néant. Le cœur s'arrête, le visage sort du champ, le corps devient poussière, mais l'âme poursuit sa route. La matière n'est que matière. Ensuite, on rencontre Dieu et c'est une nouvelle histoire qui s'écrit.

Lorsque Irène est décédée, si jeune, Marguerite a renié sa foi. Pendant un temps, elle ne pouvait plus entendre un mot qui avait trait à la religion. Puis, sous le poids du vide, elle y est revenue. Progressivement. Ce fut une manière de lutter contre la colère qui lui avait grignoté les viscères. L'idée d'un ailleurs apaisait la rage d'un ici exempt de son enfant. Elle s'était rappelé les paroles des adultes pendant la guerre, alors qu'elle n'était qu'une petite fille.

Ces grandes personnes qui trouvaient des réponses dans leur foi en Dieu. Et elle avait pris exemple sur eux.

*

— Comment va la fleur, aujourd'hui ? l'interroge Mme Puliano, une vieille dame moitié algérienne, moitié italienne.

— Doucement mais sûrement, Samira. Et vous ?

— Je suis dans la lumière de Dieu, comme vous. Il bénit les gens bons, et nous en sommes. On ira bien, vous savez. On n'a rien fait de mal, c'est tout ce qui compte, la fleur, dit-elle en s'approchant de la croix que Marguerite porte autour du cou.

Marguerite lui prend la main et sourit, comme chaque fois. Cette femme répète, elle aussi, inlassablement les mêmes phrases, tous les jours. Une ritournelle bienveillante, mais fatigante comme la chanson unique d'une boîte à musique. À cause du pendentif qu'elle porte, Marguerite est devenue l'une de ses interlocutrices préférées. Pourtant, cette croix n'a pas grand rapport avec Dieu dans son cœur. Elle n'a jamais été du genre à étaler ses convictions et ses croyances. Pour elle, ça relève de l'intimité. Elle n'est jamais allée à l'église tous les dimanches, elle avait bien d'autres choses à faire avec le restaurant. Elle vit sa foi à sa manière. Cette croix, elle la porte parce que sa mère l'avait offerte à Irène le jour de sa communion. C'est un lien matériel avec celle qui l'a portée dans son ventre et celle qui est sortie du sien.

Mme Puliano s'est éloignée vers le fond de la salle et Marguerite, depuis sa table attitrée, écoute les voix qui l'entourent. Elle a accepté de venir dans la pièce commune cet après-midi parce que Coumba lui a dit qu'il y avait un nouveau. Et les nouveaux, ça l'intrigue toujours un peu. Elle est si lasse de la monotonie de ces journées ; étourdie par la cacophonie de plaintes, de gémissements, de ronflements, comme un disque rayé.

— Vous voulez que je vous présente M. Rey ? demande Coumba.

— Oh, non, il a sûrement mieux à faire.

— Il joue aux dames et il m'a dit qu'il cherchait un ou une partenaire.

— Ah oui ? Je n'ai pas joué depuis une éternité.

— Un mois, ce n'est pas une éternité, madame Vernier.

— Oui, enfin, à brûle-pourpoint comme ça, là, je ne sais pas.

— Vous avez d'autres plans ?

— Y'a belle lurette que mon agenda est vide, avoue Marguerite.

— Bon alors, on y va ?

— Vous, vous voulez encore jouer les entremetteuses !

— J'ai l'œil, vous savez. Si je ne vous avais pas présenté Mme Nadau, peut-être que vous ne vous seriez jamais vraiment connues.

— Bon point. Elle me manque, Paulette.

— Je sais. C'est pour ça qu'il vous faut une autre compagnie. Vous vous entendez bien avec la fille de la magie, j'ai vu. Mais elle n'est pas là tous les jours.

— Elle m'a dit qu'elle reviendrait demain.

— C'est super, ça. En attendant, on y va ? insiste Coumba.

— Vous êtes tenace !

— Oh ben avec vous, il faut, hein.

— Vous dites ça parce qu'on vous en a fait voir de toutes les couleurs avec Suzanne. C'était reparti comme en quarante, elle et moi, sourit Marguerite.

— L'important, c'est que vous ayez pu passer de bons moments ensemble.

— Vous rouspétiez quand même. Vous aviez même changé les codes de sortie !

— Fallait bien, vous étiez incontrôlables parfois. Mais on vous aime beaucoup. Toute l'équipe vous aime beaucoup, madame Vernier.

— Bon, d'accord, présentez-moi ce M. Rey même si, à l'origine, j'étais juste descendue pour écouter.

— Il a un jeu grand format. Vous pourrez écouter, et voir un peu.

M. Rey sent bon et c'est déjà une excellente nouvelle. Il sent le propre, sans parfum entêtant, ni reste de repas incrusté dans les vêtements. De surcroît, Marguerite le trouve poli et il a l'air d'avoir un cerveau qui fonctionne. Une aubaine, Coumba n'a pas tort. Et puis ça lui évitera de ressasser sa dernière conversation avec Emmanuel, qui continue de la hanter.

8.

Emmanuel

UN AIGLE MARTIAL ÉCARTE SES AILES pour se sécher au soleil, après avoir déchiqueté sa proie sur une branche. Emmanuel l'observe comme si c'était la première fois. Devant la nature, il garde des yeux neufs d'enfant ébahi. D'enfant aux cheveux grisonnants et aux rides bavardes. S'il connaît la prostration solitaire, qu'il combat souvent, il sait aussi se laisser hypnotiser par les rencontres humaines ou animales. Hier, en fin de journée, il a assisté à la chasse ratée d'un léopard qui, en un craquement de branche, a fichu en l'air une lente approche discrète. Les oiseaux ont répandu la nouvelle et, alerté, le troupeau de zèbres, de gnous et d'antilopes qui broutaient l'herbe courte s'est dispersé. Cette fois-ci, le léopard est reparti bredouille, laissant simplement à Emmanuel le souvenir sur pellicule de son passage, si rare, dans le cratère du Ngorongoro.

Aujourd'hui, il est dans le parc national du lac Manyara, corridor emprunté par les innombrables troupeaux pour les différentes vagues de migration, vers le sud ou vers le nord. Ce lac, habillé de milliers d'oiseaux en mouvement, et de lignes de flamants roses qui tranchent avec le bleu, est vieux de plusieurs millions d'années. Pour y accéder, il faut d'abord traverser une forêt de baobabs, d'acajous, de ficus, de figuiers-sycomores et de palmiers, peuplée de papillons sauvages et de babouins qui font des singeries au bord de la route.

Emmanuel est en mission safari-photo, avec des touristes amateurs ou semi-professionnels. Ces derniers sont venus tester leur boîtier par l'intermédiaire de la compagnie de Xavier. Avec eux, et avec Samwel comme guide, il arpente les pistes, entre forêt, brousse et marécages. Il transmet ses connaissances, ses anecdotes, ses recommandations. Il transmet sa vision. Aussi, il répond à certaines questions, lorsque Samwel est occupé à scanner les lieux de ses yeux de lynx ou qu'il préfère faire des blagues. À quarante ans, Samwel a gardé un humour que tant d'autres perdent avec les années. Un humour qui séduit tout le monde autour de lui.

— Ils ne respirent jamais, les hippos ? demande l'une des touristes.

— Si mais ils peuvent rester sous l'eau pendant sept minutes, répond Emmanuel.

Quand on attend le juste moment pour faire une photo, on apprend à compter les minutes, les secondes même.

— Il n'a pas l'air si menaçant qu'on le dit, déclare une jeune fille de dix-huit ans, venue avec son père.

— Et pourtant, c'est le mammifère le plus dangereux d'Afrique, affirme Samwel.

— Il est herbivore, c'est ridicule ! s'exclame-t-elle en riant. On ne peut pas s'approcher plus près de la berge ?

— Non, on ne peut pas. Qu'importe son alimentation, il protège férocement son territoire et ses petits. Il pèse des tonnes mais il court très, très vite. À quarante-cinq kilomètres-heure ! rétorque Samwel.

— Je confirme, dit Emmanuel. Il y a quelques années, je me suis fait charger à cause d'un excès de confiance… Moi aussi, j'avais voulu prendre une photo de plus près.

Une des plus grandes frayeurs de ma vie ! J'ai tapé un sprint pour remonter jusqu'à mon 4×4 et, heureusement, il a fini par s'arrêter. Croyez-moi, un temps si court m'a rarement paru si long.

Tout le monde écoute Emmanuel avec attention. La gamine, rabrouée par son père, finit par se ranger derrière l'expérience et réprimer la verve typique de son âge. D'autres prennent le relais :

— En tant que guide, vous connaissez toutes les sortes d'oiseaux ?

— Un bon nombre, répond Samwel. Il y a plus de mille espèces répertoriées en Tanzanie… Ici, à Manyara, c'est un sanctuaire majeur, avec plus de cinq cents espèces. Flamants roses, cigognes, ibis, pélicans, vautours, grues, marabouts, aigles, hérons…

— Waouh !

Plus tard, Emmanuel parle des éléphants. Samwel le laisse faire. Il sait que cette transmission-là est primordiale pour lui. Apprendre aux autres ce que l'on a appris est à la fois un don de soi et une récompense. Et, en ce qui concerne les éléphants, Emmanuel n'est jamais à court de mots.

Pour trouver le chemin des pachydermes, il suffit de suivre les traces qu'ils laissent : les déjections, bien sûr, les empreintes sur le sol, mais aussi les écorces arrachées et les arbres qu'ils ont abîmés à coups de défense pour atteindre leur pulpe désaltérante. Une fois qu'on les aperçoit, l'essentiel, c'est de bouger tout doucement et de parler à voix basse. Les éléphants ne voient pas bien mais ils ont une ouïe particulièrement fine.

— Pourquoi certains sont si maigres ? l'interroge une femme du groupe.

— Parce que, parfois, ils ne mangent pas autant que leur corps le réclame. Et, pour les plus vieux, il y a une autre explication, pas jolie du tout…

— C'est-à-dire ?

— Naturellement, les éléphants ne meurent pas de vieillesse mais de faim, révèle Emmanuel.

— C'est trop triste ! Pourquoi ?

— Parce qu'en fait, leurs dents tombent à un rythme précis, décennie après décennie. C'est inéluctable. Et, lorsqu'ils n'en ont plus, ou presque plus, ils deviennent incapables d'absorber leur nourriture.

— C'est horrible !

— Je vous avais prévenus…

— Est-ce qu'on va voir des Pumbaa ? demande la gamine qui sort de son silence boudeur comme pour remettre de la légèreté dans l'atmosphère.

— Peut-être, mais les phacochères sont plus faciles à voir dans le Serengeti ou le Tarangire.

— Vous en avez déjà vu un avec un Timon ?

— Oui, ça arrive, mais en général, c'est plusieurs Timon et plusieurs Pumbaa, répond Emmanuel sur le même ton.

— J'aimerais trop voir un suricate !

— Timon n'est pas un suricate mais une mangouste rayée. Il n'y a d'ailleurs aucun suricate en Tanzanie.

— Ah bon ?

— Juré.

Le reste de la journée, ponctué de rencontres et de questions, s'écoule paisiblement jusqu'au retour au campement, à la tombée de la nuit, après douze heures d'exploration.

*

Au milieu des deux tasses et des biscuits, Emmanuel dépose un broc de thé glacé sur la petite table de son patio. Il attend de la visite. Elisabeth. Biologiste d'origine anglaise, elle a grandi en Belgique et s'est installée en Tanzanie un peu avant lui. Elle venait régulièrement ici étudier les lions et, après son divorce, elle est restée. Elle poursuit ses recherches sur les fauves et s'est investie dans d'autres projets pour aider les communautés avoisinantes.

Depuis plusieurs mois, l'amitié qu'elle nourrissait pour Emmanuel a pris une couleur différente. Il le ressent chaque fois qu'ils se retrouvent tous les deux. De son côté, il ne parvient pas à considérer la moindre intimité avec elle. Cela fait si longtemps qu'il n'a pas touché une femme, il en a presque perdu le goût. C'est en tout cas ce qu'il se raconte. Auparavant, pendant ses voyages, il s'octroyait des aventures, des parenthèses sans lendemain. Aujourd'hui, entre la France et la Tanzanie, et malgré ses autres escapades photographiques en Afrique ou en Amérique latine notamment, ces envies passagères semblent l'avoir déserté. Lorsqu'il s'autorise à y penser, bien sûr, il a conscience qu'il aimerait retomber amoureux, comme il a aimé Anissa. Mais peut-on, passée la cinquantaine, espérer vivre des émotions de jeune homme ? Il s'est convaincu que non. Et, puisque Elisabeth ne verbalise pas ses sentiments, il se contente de faire comme s'il ne voyait rien. Il apprécie sa compagnie, son intelligence aiguë et les valeurs qu'elle défend, mais, bien que sensible au charme de son visage, il n'a pas de fourmillements impatients à son contact.

D'après Xavier, Elisabeth serait une option raisonnable, et la raison, parfois, c'est mieux que la résignation. Emmanuel ne voit pas les choses de cette façon. Pour lui, l'amour, c'est une évidence qui rapproche les chairs, lie les âmes et dessine des plans. L'amour, qu'il n'a pas éprouvé depuis une éternité dans son sens charnel, représente une forme d'absolu. Il ne mérite pas d'être confondu avec la praticité, la convenance ou la peur d'être seul. Ce serait trahir le souvenir de ce qu'il signifie vraiment.

Elisabeth arrive chargée de provisions alors qu'il avait précisé qu'il s'occuperait de tout. Elle pose deux bises chaleureuses sur ses joues barbues, que Marguerite préfère glabres.

— J'ai fait un clafoutis et une tarte, comme ça, on a le choix.

— Tu as invité une classe d'écoliers à goûter avec nous ? la taquine Emmanuel.

— C'est ça, moque-toi. Je t'ai dit que je ne savais pas venir les mains vides.

— Et tu repartiras les mains pleines aussi, comme souvent ! Sinon, Rafiki va se faire un plaisir de tremper son museau dans tout, par pure provocation.

— Comment il va, tiens ? Je ne l'ai pas vu encore.

— Oh, à cette heure-là, il roupille dans un coin. Il est réglé comme une horloge suisse, celui-là !

Elisabeth rit, la main devant la bouche. Une manière qu'elle tient sûrement de son éducation même si, depuis qu'il la connaît, il l'a vue se départir de ses habitudes bourgeoises pour épouser des attitudes en adéquation avec l'ambiance locale.

En défroissant sa petite robe crème qui relève son teint hâlé, Elisabeth s'assied et s'empare d'un couteau pour couper deux parts de tarte. Emmanuel le sait, il ne pourra pas lutter sans la vexer.

— Ça s'est calmé à Ormataï ? demande-t-elle en replaçant une mèche de ses cheveux blonds qui s'est échappée de sa couette courte.

— Jusqu'à la prochaine fois… On marche sur des pierres brûlantes en ce moment.

— Xavier m'a dit qu'il avait remplacé leurs provisions le lendemain.

— Oui, il tient toujours parole. Mais ils ont le sang chaud, Saitoti a un ego de chef et on ne peut pas discuter avec les éléphants, malheureusement…

— Tu pourrais murmurer à leurs oreilles, toi qui les aimes tellement.

— Si seulement la vie était un film hollywoodien, ce serait plus simple. On serait certains que ça finirait bien.

— Tu as raison. Il faut qu'on la fasse cette clôture de ruches. Ils ont de vrais résultats au Kenya et ici, à l'ouest.

— Ouais, mais, au village, ils ne sont pas d'accord. C'est vrai que quelque part, je comprends. On les a parqués, la modernisation et le tourisme vont contre leurs traditions nomades, et maintenant on leur propose d'élever des barrages...

— Il faut vivre avec son temps. Les choses changent et certaines tribus en ont pris leur parti. Reconnais qu'ils sont têtus et... barbares, parfois.

— Oh, le mot est fort. On ne peut pas transposer notre mode de vie au leur. Ce serait de l'ingérence !

— Et l'excision, c'est quoi, Manu ?

— Oui, là-dessus, il n'y a pas de débat.

— Et les viols ? Les mariages forcés ? L'esclavage domestique ? Le bâton qui leur sert autant pour leurs vaches que pour leur épouse ? Les femmes qui gèrent le bois, la paille, l'eau, le ménage, la cuisine, et leurs bijoux en plus ?

— Je sais, Liz. Mais Rome ne s'est pas construite en un jour... Les jeunes sont la clef, il faut juste qu'ils arrivent à prendre le pas sur les anciens et ce n'est pas simple.

— Bon, grâce aux enfants, déjà, ils ne préfèrent plus voir mourir une vache que de la vendre : alléluia. C'est vrai qu'avec les petits qui vont à l'école, ils ont besoin d'argent. Ça les fait évoluer sur certains points, mais ce n'est pas encore ça...

— Rome, Liz, Rome.

— Oui, oui, tu as raison, il faut de la patience. C'est juste qu'il y a des choses que les femmes ne devraient plus avoir à subir au XXIe siècle, dit Elisabeth en effleurant la main d'Emmanuel dans un geste qui se veut naturel.

— On ne peut pas interférer frontalement avec leur culture, ça reviendrait à dire qu'on sait mieux qu'eux, qu'on veut les diriger. Pour les gros sujets, les ONG font de la propagande. Pour le reste, c'est à eux d'évoluer, à leur manière, avec leurs règles. Nous, pour l'instant, on doit creuser la piste de la délocalisation et ça demande du temps. En attendant, on a planté une dizaine de piquets avec des ballotins de poivre et de piment, mais ça ne suffira pas éternellement.

— T'as l'assiette pleine, toi, en ce moment. Tu pars quand à Cannes ?
— Dans trois jours, j'ai changé mon vol hier.

Le visage d'Emmanuel s'assombrit. Il n'a pas évoqué le cancer de Marguerite à Elisabeth, mais ici, les nouvelles vont vite. Xavier, qu'il a prévenu puisqu'il fallait réorganiser le planning, a dû l'en informer. Emmanuel sait que cela part d'un bon sentiment. Dans le petit groupe qu'ils ont formé au fil des années, les maux des uns deviennent la préoccupation des autres, par amitié.

Elisabeth n'est pas dupe du malaise que sa question vient de jeter entre eux. Alors, elle s'empresse de remettre un peu de douceur dans la conversation :

— Asia a plein de nouveaux kangas à la boutique. Tu pourrais y faire un tour, pour en apporter un à ta grand-mère ? Elle a utilisé les tissus pour faire de nouvelles séries de cabas, de robes et de foulards. Tu trouveras peut-être un truc qui lui plaira ?
— Bonne idée, j'irai voir.
— Je viendrai avec toi, si tu veux. Je t'aiderai à choisir.

Emmanuel hoche la tête. Il va être de plus en plus difficile de garder une distance raisonnable entre Elisabeth et lui, sans poser une clôture bien visible là aussi. À mesure que le temps passe, elle retire des couches de pudeur et avance des pions plus bavards.

9.

Roxanne

Après une heure de yoga, Roxanne fume un cigarillo sur son balcon. Éternelle dichotomie de sa personnalité ; se faire du bien, se faire du mal et y prendre le même plaisir. L'arrêt du tabac est un problème qu'elle ne cesse de remettre à demain. Elle s'est départie de la cigarette, de la drogue, et des excès réguliers d'alcool, ce qui est déjà une victoire. Et cette victoire s'inscrit dans le temps. Alors, le bon vin, les fromages trop gras et les cigarillos ne sortiront pas du champ pour l'instant. À quoi bon subir le carcan d'une privation si cela ne rend pas plus heureux ? Lorsque ses actes pouvaient déteindre sur ses performances au poker, c'était différent.

Son téléphone, qui se met à vibrer, affiche un nom qui a dû entendre ses pensées : Thibaut. Thibaut, fils à papa millionnaire, un peu doué au poker, qui cherche encore, à quarante-huit ans, le vertige de la légèreté. Thibaut qui veut garder sa cour. Elle n'en a jamais fait partie, elle l'a toujours pris pour ce qu'il était : un divertissement. Un cocaïnomane en perpétuelle rémission autoproclamée. Mais il ne la lâche pas. Depuis des mois, tout est prétexte à la relancer. Un tournoi, une fête, un week-end entre joueurs, ou encore les traditionnelles parties de *cash-game* qu'il organise au casino, à Barcelone. Elles sont réservées aux initiés, c'est-à-dire aux pros et aux riches amateurs.

Roxanne attend que l'écran redevienne noir. La frivolité des plaisirs mondains, désormais, ce sera sans elle.

En ce qui concerne le poker, il lui est, en revanche, plus difficile d'être aussi catégorique. Elle en rêve encore et encore. À ce stade, elle ignore si elle pourra, indéfiniment, le confiner à ses nuits. Mais elle s'est promis qu'elle n'y reviendrait pas avant d'avoir donné un autre sens à sa vie.

Marguerite, qu'elle a revue hier, l'a encouragée. Elle lui a dit que c'était noble, comme façon de penser. Que Roxanne ne cédait pas à la facilité et que, pour cela, il fallait du courage. Elle a ajouté que si une intuition prenait le pas sur les autres, elle devait la suivre pour ne rien regretter. À travers ses mots, Roxanne a eu l'impression de retrouver la sagesse de sa grand-mère. La douceur d'une voix ancienne qui, riche de toute une vie, peut encourager une jeunesse en quête de réponses. Comme si cet accompagnement permettait à Marguerite de revivre, par procuration, des tournants de sa propre existence. Dans la naissance de cette relation, Roxanne a le sentiment que chacune peut se nourrir de l'autre.

Ce soir, alors qu'elle regarde le soleil décroître sur l'eau depuis son balcon, elle se demande ce qu'elle ressentirait si elle pouvait le regarder avec quelqu'un.

Quand la journée s'achève, Roxanne peine à se terrer chez elle. Elle a besoin d'exulter. Elle ne peut pas vivre longtemps sans sexe. Elle a déjà essayé et ça l'assèche. Mille fois, sous la rengaine de son entourage, elle s'est demandé si ces rencontres brèves et calibrées ne réduisaient pas ses chances de trouver un jour l'amour. Mille fois, elle est arrivée à la conclusion que la corrélation entre les deux était absurde : le sexe sans sentiments n'a aucun rapport avec l'engagement et la construction d'une famille. Pourtant, aujourd'hui, elle a plus de mal à trouver des partenaires qui l'attirent. Les années de bluff, de triche et de méfiance ont entamé sa capacité à faire confiance. Mais son regard sur les hommes change. Et c'est sûrement parce qu'elle-même est en plein processus d'évolution.

En dehors de ses visites à la maison de retraite, dont elle doit revoir les contours, elle a transposé une partie de sa routine à ce nouveau cadre cannois. Londres, ses monuments et son ciel capricieux ne lui manquent pas. Le Palais des festivals a remplacé celui de Buckingham. Elle a troqué les randonnées dans la campagne londonienne contre les balades à vélo, au fil de l'eau. Mais, à la nuit tombée, l'ennui reste le même. Le vide se rappelle à elle et l'interroge. Le vide qu'elle ne sait combattre qu'en se mettant en marche. Le vide qu'elle remplissait avec des amis. Elle ne connaît encore personne ici. Elle s'imagine mal contacter Agnès, au prétexte qu'elle a un sourire qui donne envie de la découvrir davantage. Agnès pourrait mal interpréter l'invitation et ce serait fâcheux, comme disent les vieux.

Après avoir écrasé son cigarillo dans le cendrier, elle cède à la tentation. En continuant à fixer le bleu qui fonce, il ne se passera rien. Dehors, peut-être, quelqu'un l'attend. Dehors, elle pourra danser, comme on danse pour éteindre le feu. Dehors, elle croisera des visages, des corps, des allures ; des aventures en devenir.

Elle enfile une petite robe noire, défait sa tresse brune et met un peu de rouge sur ses lèvres. Dans le miroir, elle se regarde pencher le cou et déposer une larme de parfum de chaque côté, derrière les oreilles. Cette odeur est un hameçon. Elle lui donne de l'assurance.

Dans ce Sud, la fête est différente. Elle sent l'iode, le chlore des piscines et les palmiers. Elle a du sable sous les pieds. Les arrivées en cabriolet ou en bateau ont remplacé celles en taxi ou en métro. Dans les rues, les vrombissements des moteurs sont plus impressionnants, même si, elle, ça ne l'impressionne pas. Ce ne sont ni les boutiques de luxe ni les grosses voitures qui l'émoustillent. C'est la mer à perte de vue qui représente la liberté, l'inconnu à parcourir et, paradoxalement, le retour aux sources, le retour à l'enfance. C'est peut-être, aussi, la proximité du casino qu'elle s'interdit. Roxanne a toujours trouvé du plaisir dans le contrôle ; contrôle qui précède parfois le grand lâcher-prise.

En dévalant les trottoirs bondés, l'entrain la gagne. Elle ressent déjà la musique, alors qu'elle ne l'entend pas. Elle a l'espoir de rencontrer quelqu'un qui la retienne.

Parce que le festival a commencé, les cartons d'invitation sont plus chers, mais ce n'est pas un problème pour elle. Son nom est connu au Nalibo, l'un des cinq clubs les plus huppés de la ville. Le patron est un amateur de poker et il s'est déjà retrouvé à sa table, lors d'une partie de *cash-game*. Même si le personnel change, les passe-droits d'hier sont immuables.

Roxanne Salva.

Elle contourne la file, avec celles et ceux qui jouissent des mêmes privilèges, mais ne s'en glorifie pas. Elle n'est pas ici pour briller, s'acoquiner avec des stars ou se faire photographier. Elle est ici pour se prouver qu'elle peut encore être accostée par des hommes et aimer ça. Pour se prouver qu'elle peut faire mieux que la dernière fois. Qu'elle peut en rencontrer un qu'elle voudra revoir.

Au fil des minutes, elle danse, s'enivre et se délecte des regards qu'elle reçoit mais ne rend pas. Elle observe les autres l'air de rien, en feignant la concentration sur le son qui prend de l'ampleur. À Cannes, les gens ne sont pas si fermés qu'on pourrait le croire. Roxanne ne se fie pas tellement aux clichés, de toute façon. Les Parisiens pressés et prétentieux, les sudistes superficiels et langues de vipère, les nordistes consanguins et peu éduqués : elle a côtoyé tant de caricatures, mais aussi tant d'exceptions.

Les mains dans les cheveux, la robe qui remonte légèrement au rythme de ses mouvements, elle danse à perdre haleine, sous les rayons vifs des lumières colorées. Et, soudain, un jeune homme s'approche d'elle. À vue d'œil, il a moins de trente ans. L'audace se mêle à la réserve. Elle le lit dans ses yeux. Il n'est pas dans la frime grossière ni dans la fausse pudeur. Ce garçon détonne au milieu des autres.

— Je peux danser avec toi ? lui demande-t-il à l'oreille.
— Tu peux, dit Roxanne en le regardant de haut en bas.

Ce soupçon d'insécurité et la maladresse de ses gestes lui plaisent. Il ne se sert pas. Il ne la considère pas comme un dû. Il n'est pas le genre de mâle alpha qu'elle attire habituellement. Alors, elle le laisse entrer dans sa zone. Elle l'inclut dans sa chorégraphie improvisée. Elle effleure ses cheveux blonds. Elle n'a pas vraiment de désir pour lui, elle en a rarement eu pour des hommes plus jeunes qu'elle, mais elle apprécie cette proximité. Elle le trouve rassurant. Et, bien qu'elle aime avoir peur, ce soir, ça lui convient.

Même son prénom est familier. Martin, comme Luther. Martin, comme son premier chien. Martin, comme Jacques. Martin, ça sonne bien. C'est simple.

Plus tard, il l'invite à sa table. À la fois attendrie et flattée, elle accepte de prendre un verre. Le temps de savoir qui il est, et ce qui l'anime.

Dans le carré qu'il rejoint, ils sont déjà trois. Deux femmes et un homme. Plus elle, plus Martin.

— Je te présente Héloïse, la directrice de l'agence ! dit-il en parlant fort.
— Enchantée, Héloïse ! répond Roxanne.
— Et là, tu as Camille et Sébastien, qui travaillent avec nous.

Elle les salue d'un signe de la main puis s'assoit entre Martin et Héloïse. Cette dernière prend tout l'espace autour de la table. Elle a un charisme fou. Ses cheveux noirs, son grain de beauté au-dessus des lèvres, sa voix grave et l'intelligence qu'elle dégage sont des aimants pour Roxanne. Son attention est presque aussitôt détournée.

Très vite, la conversation se tisse entre elles, remisant Martin dans son coin.

Héloïse est ici pour fêter un contrat avec son équipe. En général, lorsque toute la ville bat au rythme du festival, des paillettes, des galas et des cancans, elle s'échappe le plus possible sur des chantiers éloignés. Architecte à la tête d'une petite agence – dans laquelle elle se réjouit d'avoir embauché de jeunes talents –, elle travaille pour des gens plus ou moins connus. Et, de temps à autre, elle se mélange à ses anciens ou ses futurs clients, dans ce genre de boîte, pour faire plaisir à ses salariés.

Au bout d'une heure, la discussion a changé de couleur. Les deux femmes ont balayé les banalités. Les trois employés se sont remis à danser et, elles, elles fouillent des sujets plus profonds en s'égosillant par-dessus la musique. Des sujets qui font dessoûler Roxanne et réfléchir Héloïse. En évoquant leurs voyages respectifs, elles en viennent à parler de leurs aspirations. Héloïse lui raconte ses engagements à travers l'association qu'elle a créée.

Une bienfaitrice discrète, il n'en fallait pas plus pour décupler la curiosité de Roxanne. Voilà une rencontre qui tombe à pic. La vie est très douée pour tirer d'une situation un tout autre résultat que celui escompté : cette collision d'âmes ne satisfera pas sa libido, mais elle réveille des questions en suspens. Des questions qu'elle s'est posées en Inde, ou encore au Vietnam, devant la détresse de certains gamins. Elle donne du corps à cette soirée festive. Elle a du sens.

À quarante-six ans, Héloïse est mère de trois enfants. Avec ou sans eux, souvent près de son mari, elle a beaucoup voyagé. Et elle a vu comme l'éducation – ici perçue comme un dû ou une corvée – est, dans d'autres contrées, un combat encore loin d'être gagné. Alors, avec son argent et celui d'autres mécènes, elle a développé une association qui vient en aide à certains villages d'Afrique pour construire des écoles, acheter du matériel, recruter des professeurs.

Lors de ses pérégrinations asiatiques et sud-américaines après la mort d'Hélène, Roxanne en est arrivée à la même conclusion. Elle s'est sentie concernée par les enfants qu'elle a croisés. Des enfants qui ont fait écho au récent déclenchement de son horloge biologique. Des enfants qui ont réveillé l'instinct de protection qu'elle a toujours ressenti pour sa petite sœur, Bianca. Pendant si longtemps, elle a soigné ses grands questionnements et ses ratures d'hier par une fuite en avant, égoïste. Aujourd'hui, tout est différent. Elle ressent comme une urgence de donner, de réparer, d'être utile, de se faire pardonner ses erreurs passées. Et elle veut ériger les vieux et les gosses en réceptacle de son attention. Peut-être parce qu'elle se situe quelque part au milieu des deux, dans une vie d'adulte privilégiée. Peut-être aussi parce que leur fragilité est un miroir de la sienne. Et parce qu'ils sont les générations que, en dix ans, elle a le moins fréquentées.

Héloïse semble la comprendre, sans qu'elle ait tellement besoin de rentrer dans les détails. Et, à 3 heures du matin, dans ce contexte incongru, les deux femmes décident de prendre rendez-vous pour poursuivre leur conversation la semaine prochaine.

*

Les deux litres d'eau et le jeûne du jour ne suffisent pas à combattre les courbatures et les restes d'alcool de la nuit.

Le stylo suspendu au-dessus d'une feuille encore vierge, Roxanne réfléchit, malgré la brume. Elle pense à Marguerite, à Hélène, à toutes les peaux marquées qu'elle a pu observer chez Elia. Elle cherche à entendre leur petite voix intérieure. De quoi ont-ils besoin ?

La magie, ça ne prend pas. Elle y voyait un spectacle qui détourne du quotidien, mais ces vieilles âmes, en quête de soulagement, d'empathie, de mieux-être, n'ont pas le cœur à vibrer pour l'esbroufe d'un divertissement passager. Certains trouveront ça drôle sur le moment, mais personne ne s'y accrochera comme on s'accroche à quelque chose qui fait vraiment du bien.

Qui est-elle pour décider à leur place ce qui peut être source de plaisir ? Quand on n'a pas atteint la dernière ligne droite, on ne sait rien de ce que provoque la vue de la mort qui attend, pas loin, au bout du chemin.

Il faut qu'elle fasse une liste pour y voir plus clair. Une liste d'activités variées qu'elle serait capable d'assurer. Ensuite, elle fera le tour des chambres et de la salle commune, et elle laissera la majorité choisir.

La magie, c'était la facilité. Un retour à une passion d'enfant, une manière de continuer à manipuler les cartes, une façon de se mettre en avant, l'air de rien. De continuer à susciter l'admiration.

Au contact de Marguerite, elle a réalisé que c'était à elle d'ouvrir grand les oreilles et de saisir la richesse d'une existence qui se raconte. Elle ne doit être qu'un canal, un déclencheur, un moyen de laisser s'exprimer la vie qui s'accroche à la Terre. Elle doit être l'épaule qu'elle n'a pu être pour Hélène à la fin, tout en gardant la distance que l'on attend d'une intervenante.

Mais que sait-elle faire ? Elle laisse le bouchon du stylo s'échapper de la pression de ses dents et pose la mine sur la feuille.

1. *Lire à voix haute, comme à Bianca.*
2. *Jouer à tous les jeux de cartes et apprendre les règles aux autres.*
3. *Raconter les villes que j'ai traversées.*
4. *Deviner les cépages et les régions des vins.*
5. *Faire des crêpes, des gaufres, des pancakes.*
6. *Compter, même quand c'est très compliqué. On peut me demander des racines carrées (mais il faut que je m'entraîne).*
7. *Jardiner, entretenir un potager (revoir les bases avec Bianca).*
8. *Reconnaître des goûts et des odeurs (atelier les yeux bandés).*
9. ~~*Rouler des pétards (dans un but thérapeutique).*~~
10. *Apprendre le recentrage et l'apaisement à l'aide des techniques de méditation.*

PS : penser à commander le livre Les Couleurs du Pérou, *pour Marguerite.*

10.

Marguerite

COMME TOUS LES LUNDIS, on a déposé à Marguerite le menu de la semaine avec cet en-tête qui lui fait bouillir le sang : « Le chef vous propose. » Elle n'est pas vraiment colérique, mais il y a des sujets plus sensibles que d'autres. La restauration, à laquelle elle a dédié l'essentiel de sa vie, est l'un d'entre eux. Elle a toujours eu le palais fin, les papilles exigeantes et l'imposture en horreur. Que l'on s'accommode d'une cantine pour vieux quand on ne peut plus préparer à manger soi-même, soit. Mais qu'on prétende être chef lorsqu'on se contente principalement de réchauffer du surgelé et de déballer du plastique, ça, non. La maladie n'est pas la seule à lui avoir fait perdre son appétit. Avec Suzanne, au début, elles allaient au restaurant. Ensuite, lorsqu'elles ne pouvaient plus sortir seules, elles soudoyaient un membre de l'équipe en pause et l'invitaient dans un bel endroit dont ils profitaient à trois. Depuis, elle regarde certains vieux boulotter la salade en sachet, la Vache qui rit, les moules décongelées et la purée Mousseline avec un dégoût croissant.

Alors qu'elle plie en dix le papier du menu pour le jeter à la poubelle ni vu ni connu, elle regarde les cadres photo qui trônent sur sa table de nuit, à côté d'une fougère en pleine expansion. Elle laisse tomber la feuille chiffonnée au fond de son cercueil de plastique et attrape sa loupe. Elle saisit ensuite la photo d'Auguste et Irène, et s'attarde sur le visage de son mari. Enfin, ce qu'elle en voit encore. Il lui manque tellement. Plus de soixante ans de vie commune, c'est quelque chose. Heureusement, il est sauvé de ces plats qui lui auraient retourné l'estomac. Auguste était si doué derrière les fourneaux. Il avait une dextérité sans pareille pour sublimer des bons produits et y ajouter sa patte. Elle repose le cadre, se détourne de la photo prise avec Suzanne il y a trois ans et devant laquelle la douleur est trop vive, et s'empare du troisième. Emmanuel et elle avaient quinze ans de moins là-dessus. C'était l'été, en Bretagne. Un moment en famille hors du temps. Un moment dont on ne perçoit la vraie magie que bien plus tard.

Le bruit d'une main qui toque à la porte la ramène à la réalité : ici et maintenant.

— Bonjour, madame Vernier. Prête pour la petite marche ?

— Bonjour, jeune homme. Oui, allons-y.

Pourquoi tout est toujours petit ? La petite marche, le petit goûter, le petit verre de jus d'orange, la petite réunion du jour, le petit cachet, le petit dodo ?

Elle suit le kinésithérapeute, qui n'est pas vraiment son personnage préféré chez Elia. Selon ses humeurs, ce spécialiste du corps tombe dans l'un ou l'autre des écueils de son métier. Tantôt, il la brusque trop et elle se sent démunie parce qu'elle est trop faible pour exécuter le mouvement en question. Tantôt, il lui parle comme à une attardée ou à un enfant de cinq ans, et elle se sent ridicule parce qu'elle n'accepte pas l'infantilisation qu'on lui inflige. Quand il aura pris soixante ans dans le squelette, on verra s'il trouve toujours ça facile de lever la jambe, pense-t-elle.

*

Marguerite se réveille de sa sieste au son de sa vieille radio. Elle est branchée sur « Chante France » parce que, sur cette fréquence, ils passent des chansons qu'elle reconnaît. Après avoir replié la couverture à carreaux, elle s'appuie sur sa canne pour se lever du fauteuil. La luminosité dans la pièce lui indique que le temps a dû tourner à l'orage pendant son sommeil. Elle espère que le soleil reviendra en même temps qu'Emmanuel, demain.

Comme souvent, Coumba vient la chercher pour l'activité de l'après-midi. Parfois, elle aimerait qu'on l'oublie, mais aujourd'hui, elle est en forme et elle a envie de sortir de sa chambre. Les deux prochaines heures seront plus agréables que la séance kiné de ce matin. Deux fois par mois, a lieu le grand quiz musical. Astou, une collègue de Coumba, se charge toujours de l'animer parce qu'elle s'amuse probablement encore plus que les résidents mélomanes. Marguerite n'est pas peu fière d'être l'une des plus douées parmi l'assistance : ses sonotones et sa bonne mémoire sont sans conteste de précieux alliés. Elle s'en réjouit d'avance.

— Je vous installe à côté de M. Rey ? demande Coumba.
— Vous ne lâchez jamais, vous ?
— Ce n'était pas sympa, les dames, l'autre jour ?
— Si, mais il triche un peu. Déjà qu'il est bien meilleur que moi, c'est asticotant.
— Eh ben vous allez vous venger au quiz musical ! Vous êtes indétrônable !
— Vous exagérez, dit Marguerite avec une fausse modestie à peine déguisée.

Dans une maison de retraite, chaque victoire, aussi infime soit-elle, est bonne à prendre.

— Oh, bonjour, Marguerite. Je ne vous ai pas vue pour le déjeuner.
— Bonjour, Lucien. Je n'avais pas faim, j'ai juste mangé le fruit dans ma chambre.
— Vous n'avez rien raté, c'était infect, dit-il à voix basse pour que Coumba ne l'entende pas.
— J'imagine…

Enfin un peu d'honnêteté culinaire.
Alors qu'Astou termine la mise en place et fait les derniers branchements de la sono, une odeur nauséabonde se répand. Marguerite et Lucien sont aux premières loges. M. Chazot, juste à côté, râle immédiatement, avec toute la délicatesse que chacun lui connaît :

— Y'a encore quelqu'un qui s'est chié dessus !
— Dieu vous entend, ne vous laissez pas aller à la vulgarité, le reprend Mme Puliano.
— Bon, la bigote, si vous voulez prier, priez donc pour que le pigeon du troisième déguerpisse avant que je trouve le moyen de monter sur le toit. Sinon, c'est pas la peine de la ramener.

Il n'en fallait pas plus pour déclencher l'hilarité dans les rangs. Imaginer M. Chazot et sa bosse au dos, sur les tuiles, à chasser le pauvre pigeon, c'est tordant pour tous ceux qui ne dorment pas déjà.

— Vous vous prenez pour Quasimodo sur sa cathédrale ? Il était difforme mais jeune, lui, intervient Roger Cellier, le mari de Catherine Cellier qui se tient à côté de lui.
— Je suis plus jeune que vous et je préfère mon dos à votre tronche ! répond M. Chazot, dont personne ne connaît le prénom.

Voilà une parfaite distraction pour permettre à Coumba d'extraire le fauteuil roulant responsable de ce fumet incommodant. En cas d'accident de ce genre, les membres du personnel essaient d'éviter toute humiliation. Mieux vaut laisser éclater une petite chamaille que faire pleurer de honte un résident.

— Bon, on joue ? relance Astou.
— C'est parti, répond Mme Moulin.

Marguerite, qui a dû se pincer le nez pendant plusieurs minutes, retrouve le sourire.

— Vous connaissez la règle : le premier qui a la réponse lève la main et je dis son nom pour lui donner la parole. Vous ne parlez pas tous en même temps, sinon on ne peut pas compter les points.

La première est facile.

— Madame Vernier ?
— *La foule*, Édith Piaf.
— Un point !

La deuxième aussi, mais son voisin est plus rapide.

— Monsieur Rey ?
— *La chanson des vieux amants*, Jacques Brel.
— Un point !

Marguerite se redresse sur sa chaise et pose son avant-bras sur l'accoudoir, pour pouvoir le lever plus vite. Si M. Rey pense qu'il peut l'emporter dans ce domaine, il se fourvoie. Elle ne cédera pas son trône.

Deux heures plus tard, elle gagne de justesse et les autres rouspètent en disant qu'ils n'ont pas eu le temps de jouer. Elle qui s'efface souvent entre ces murs est, deux fois par mois, au centre de l'attention. Un peu trop au goût de certains. Mais, demain, ils auront oublié.

*

Marguerite sort de sa nuit avant le soleil. Cette habitude de se lever tôt, si productive dans sa vie d'hier, donne ici plus de temps à tuer. Mais, ce matin, elle sait pourquoi ses vieux os ne tiennent pas en place. Elle a prévenu l'équipe soignante et demandé si elle pouvait être l'une des premières chambres sur la liste pour la toilette et les soins. Elle veut être à la hauteur de cette journée. À 9 heures, elle a rendez-vous avec Roxanne sur le banc. C'est la troisième fois et elle est impatiente de discuter avec cette jeune femme qui lui fait regretter de ne pas avoir cherché à mieux connaître Hélène. Ensuite, à midi, Emmanuel sera là. Elle a hâte de respirer son odeur si particulière pour elle. L'odeur de la vie. Quand, partout autour d'elle, ça sent la mort, il exhale un parfum d'espoir. Un parfum de peau qu'elle reconnaîtrait entre mille.

Après avoir bu son thé grâce à sa tasse et sa bouilloire personnelles, elle met sa pièce en ordre, avec des mouvements lents, pour que rien ne lui échappe. Aujourd'hui, elle veut ranger sa chambre à sa manière. Que les tiroirs de la commode ne dépassent pas, que la salle de bains sente son eau de toilette, que les livres photo d'Emmanuel soient alignés sur le bureau, que les cadres prennent la lumière correctement, que les plantes soient accueillantes. Cet espace réduit est le dernier qui renvoie une image d'elle. Tout doit être fait pour que sa chambre soit la plus propice possible aux discussions à venir avec Emmanuel. Et elle a appris à ranger au toucher.

À 9 heures, Roxanne est déjà sur le banc lorsque Marguerite s'approche, avec Coumba qui lui sert de deuxième canne. La ponctualité est une qualité qu'elle a toujours appréciée. Au restaurant, c'était très important. Les gens ne veulent pas attendre une heure un plat, le service ne peut pas démarrer avec une personne en moins et si un fournisseur, un plongeur ou encore un commis est en retard, c'est toute la chaîne du travail qui se retrouve perturbée.

— Vous avez sorti votre plus joli chemisier ! s'exclame Roxanne.

— Oui, je le garde pour les occasions spéciales. Et Emmanuel arrive tout à l'heure.

— Je me souviens. Vous devez être tellement contente.

— Oh ça oui ! Il a légèrement avancé sa venue et, en plus, ça tombe sur l'activité « actualités » que je n'aime pas, alors c'est parfait.

— Pourquoi elle ne vous plaît pas ?

— Parce que ça fait longtemps que je ne me sens plus concernée par la politique qui n'est qu'un concours géant d'ego… ou de quéquettes, comme disait mon Auguste.

— Là-dessus, je ne peux pas vous contredire. Mais il y a d'autres choses dans les actualités, non ?

— Eh bien, cette réunion-là, c'est surtout pour créer des débats d'idées, alors… C'est plus le journal de 20 heures que celui de Jean-Pierre Pernaut.

— Je vois, répond Roxanne en esquissant un sourire.

Marguerite est encore pleine de vivacité pour une femme qui veut organiser sa mort.

— C'est quoi les machins blancs que vous avez dans les oreilles ?

— Oh, pardon, je ne les sens tellement pas que je les oublie. Ce sont des AirPods.

— Des quoi ?

— Des écouteurs de la marque avec la grosse pomme qu'on voit sur les téléphones, les ordinateurs, etc.

— Ah, oui, Emmanuel en a pour travailler ses photos. Et qu'écoutiez-vous ?

— De la musique. J'avais un peu d'avance.

— Vous aimez quel genre de chansons ?

— Différents styles, selon mon humeur ou la situation. Là, c'était Freddie Mercury, enfin Queen.

— Ah oui, je connais, j'aime bien.

— Vous voulez qu'on en mette une ?

— Avec mes sonotones, je ne peux pas fourrer vos pommes dans mes oreilles.

Roxanne rit.

— Non, mais on peut lancer le son directement sur le téléphone.

— Pourquoi pas ! Ça fait un moment que j'ai envie d'entendre Dalida, mais vous ne devez pas l'avoir, si ?

— J'ai tout avec mon application, dit fièrement Roxanne. C'est une gigantesque base de données musicale. Je paie un abonnement mensuel et j'ai accès à des millions de titres. Je peux même créer des playlists par thématique ou par artiste.

— Ça a l'air pratique.

— Quelle chanson de Dalida ?

— *Mourir sur scène.*

— C'est parti, répond Roxanne en réprimant une grimace. Marguerite ne changera pas d'avis.

[...]
Mourir sans la moindre peine
Au dernier rendez-vous
Moi je veux mourir sur scène
En chantant jusqu'au bout...

— Vous connaissez les paroles par cœur !

— J'avais une certaine fascination pour cette femme. Elle avait tout pour elle, mais elle ne trouvait pas sa place dans le monde. Et, aujourd'hui, les mots de ce texte-là me parlent plus qu'hier.

Roxanne marque une pause et Marguerite en profite pour s'engouffrer dans la brèche et se confier. Elle aussi veut chanter jusqu'au bout et choisir sa mort. Dans son cas précis, c'est une façon de la faire arriver avant que la maladie ne l'empêche de chanter. Métaphoriquement. Avoir toute sa tête et être prisonnière de son corps lui paraît inconcevable. Et si le cancer devait prendre sa tête et son corps, elle deviendrait une charge trop lourde pour les autres, ce qui n'est pas plus admissible. Elle a aimé, elle a souffert, elle a travaillé à en perdre haleine, elle a eu une existence modeste mais bien remplie. Elle pourrait aimer encore, ça oui. Emmanuel, avant tout. Mais souffrir davantage, non. Elle veut s'épargner ça.

— Vous voudriez aller où ? C'est quoi votre plan ? l'interroge Roxanne qui semble comprendre ce choix, cette ultime liberté.

— Je ne sais pas encore. Il paraît qu'il y a le Luxembourg, les Pays-Bas, la Suisse ou la Belgique pour faire ça dans les règles. Mais il faut des sous, une organisation, ce n'est pas si simple, je crois. Je vais avoir besoin d'aide.

— Votre petit-fils ?

— Oui, mais…

— Mais c'est dur.

— Voilà. Et puis, par ailleurs, je préférerais partir au soleil tant qu'à faire, dit-elle en souriant.

— Vous savez que vous me donnez une idée ? rebondit Roxanne.

— Laquelle ?

— Une boîte à rêves ! Chacun ici pourrait y déposer son plus grand souhait, une volonté qu'il voudrait voir exaucer.

— Mais le père Noël, c'est pour les enfants…

— Le père Noël pourrait être aussi une femme, sans barbe ni cheveux blancs.

Marguerite pose sa main sur le genou de Roxanne.

— Et votre rêve, à vous, c'est quoi ?

11.

Emmanuel

APRÈS AVOIR GARÉ SA VOITURE ÉLECTRIQUE de location, Emmanuel avance à grands pas en direction d'Elia. Les bras chargés, il porte sur lui la fatigue de sa longue nuit d'insomnie dans l'avion. Une nuit à réfléchir à tout ce qui ne tourne pas rond. Les tensions à Ormataï, les mots de Marguerite, les manœuvres d'Elisabeth et les suggestions farfelues de son éditeur pour son prochain livre photo. Si aucun de ces sujets n'est à mettre sur le même plan, ils occupent tous une partie de sa bande passante.

Parce que Samwel a eu un empêchement de dernière minute, c'est Elisabeth qui l'a conduit à l'aéroport. Elle lui a posé une bise à la commissure des lèvres en guise d'au revoir. Le tressaillement consécutif de sa barbe, ses cheveux et ses poils a entériné sa désapprobation. Pris au dépourvu, il n'a pas réagi mais il sait qu'il faudra mettre les choses au clair en rentrant. Et cette idée l'ennuie, parce que ça pourrait fragiliser l'équilibre de leur relation, comme celui du petit groupe qui gravite autour.

Alors qu'il passe les portes d'entrée de la maison de retraite, il décide de laisser Elisabeth, les éléphants, les Maasaï et les paysans à son seuil. Désormais, sa seule priorité, c'est la santé de sa grand-mère.

En arrivant au troisième étage, il aperçoit déjà la tête de Marguerite qui dépasse dans le couloir. Elle l'attend et il presse le pas. Chaque fois qu'ils se retrouvent, après plusieurs semaines ou plusieurs mois, c'est la même émotion. Une décharge d'amour, à l'état pur. Sans bonjour et sans mot, ils se blottissent dans les bras l'un de l'autre avec une infinie tendresse. La douceur qui émane de ce cocon d'affection est la meilleure des nourritures. S'il y a des gens pour qui les liens du sang sont une aliénation, pour eux, ils sont un refuge inébranlable.

Il essuie la larme qui vient de s'échapper des yeux humides de Marguerite. Elle, d'ordinaire si forte, s'abandonne à l'instant avec une intensité particulière. Et, hanté par le souvenir de leur fameuse conversation, il devine pourquoi. Cette conclusion le saisit à la gorge, avec la violence d'un piège qui se referme. Il n'en montre rien. Cette fois-ci, comme l'a tant fait Marguerite par le passé, c'est à lui d'être un roc, contre vents et marées.

Marguerite l'invite à s'asseoir sur l'un des fauteuils qu'elle a disposés côte à côte près de la fenêtre. Le soleil est de la partie. Il va donner le ton de leur traditionnel petit apéritif de retrouvailles et apaiser le tambour intérieur. Emmanuel rapporte toujours une bouteille de Martini blanc de l'aéroport et, parfois aussi, un peu de bière à la banane, de la *mbege*, populaire dans la région du Kilimandjaro. Marguerite, qui ne s'octroie que très peu d'alcool, prend plaisir à savourer cette piqûre d'ivresse raisonnable qui tranche avec l'ordre établi.

— J'ai acheté quelques bricoles à grignoter mais, léger, parce qu'après, j'ai réservé dans ton restaurant préféré. T'as un peu faim, aujourd'hui ?

— Oui ! Te voir m'ouvre l'appétit ! Je n'ai pas pris de petit déjeuner exprès et l'idée du poisson frais m'enchante, surjoue Marguerite qui ne peut pas se résoudre à lui dire qu'elle n'aura plus jamais le même goût de la table à présent.

— Ah, tu vois ? Tant mieux ! Tiens, c'est pour toi, ma petite Ma, dit-il en lui posant un paquet sur les genoux.
— Mon chéri, il ne fallait pas. Je n'ai besoin de rien.
— Ouvre, avant de râler. C'est pratique, ça ne prend pas de place et ça égaiera tes journées, rétorque-t-il en souriant.
— Dit comme ça...

Marguerite déballe son cadeau et en extirpe un sac multicolore et léger, exotique et dépaysant.

— Il a été fait à la main à partir du *kanga*, tu sais le tissu traditionnel zanzibarite qu'on trouve un peu partout.
— Oui, je me souviens de sa signification, pour les femmes là-bas. Pour leur émancipation.
— Voilà, c'est une des manières qu'elles ont trouvées pour communiquer entre elles.
— Et l'inscription en swahili, elle dit quoi alors, sur celui-ci ?
— *Nani kama mama* : personne ne remplace une mère.

Emmanuel se racle la gorge, Marguerite baisse les yeux. Il reprend :

— C'est ce que tu es pour moi, pose-t-il sobrement avant de détourner, par pudeur, la conversation. C'est une femme qui s'appelle Asia qui l'a fait. Elle a ouvert une boutique à Karatu près de chez moi, il y a six mois, et elle a créé ses propres collections de sacs, de foulards, de vêtements. Elle est plutôt douée, tu ne trouves pas ?
— Oh oui, c'est vivant, c'est joli, enfin de ce que je vois ! Et c'est en coton si mes mains sont encore bonnes ?
— Tout à fait ! Je t'ai choisi un imprimé avec des éléphants parce qu'ils représentent la force, qui masque en réalité une grande sensibilité. Je trouve que ça te ressemble...
— C'est beau, mon grand et, pour balader mes affaires d'un point à l'autre, ça sera parfait. Merci beaucoup.

Elle l'embrasse sur sa barbe qu'il n'a pas pu se résoudre à raser.

— Ça ne gratte pas tant que ça, avoue..., demande Emmanuel en devinant ses pensées.

— Chéri, si ça ne tenait qu'à moi, je dirais au coiffeur-barbier d'ici de te ratiboiser tout ça !

Ils rient de concert et, finalement, c'est la seule chose qui compte.

*

Attablés devant une infusion et un café, Marguerite et Emmanuel digèrent leur repas en se racontant tout ce qu'ils ne se sont pas détaillé au téléphone. Les bêtises de Rafiki – aussi collant qu'un chien mais bien moins obéissant –, les derniers safaris-photos, le passage du garçon à l'homme de Kadogo, la rencontre avec M. Rey qui redonne de l'intérêt aux parties communes, le pigeon qui rend fou M. Chazot, et la relation qui se tisse avec Roxanne.

— C'est une femme très étonnante. Elle en a bavé, je pense.

— Il y a plus dur qu'une vie de joueuse millionnaire, Ma. T'exagères un peu, non ?

— Oh, tu caricatures, voyons. Elle n'est pas assoiffée d'argent, elle est passionnée par le jeu en lui-même.

— Mouais. Je n'y connais rien mais *a priori*, c'est un jeu pour lequel il faut savoir mentir, ruser, camoufler, attaquer, risquer de perdre des sous et espérer en gagner beaucoup, réplique Emmanuel.

Pour lui, les considérations financières ont toujours été un sujet de conversation inintéressant.

— Ce n'est pas mon monde et, de toute façon, elle ne joue plus depuis presque un an. Elle est blessée à l'intérieur, je le vois. Elle a suivi sa passion jusqu'au bout et puis, paf, elle a perdu sa grand-mère et le choc l'a changée.

— C'est marrant que tu t'attaches à une petite jeune comme ça… Ce n'est pas dans tes habitudes.

— Elle n'a pas l'âge de ses artères, crois-moi. En revanche, elle a cette envie, cet entrain qui bouillonnent, qu'elle a du mal à canaliser et à diriger. Et puis, tu sais ce qu'elle m'a dit ce matin ?

Emmanuel fait mine d'attendre la suite.

— Qu'elle voulait créer une boîte à rêves pour les résidents d'Elia, pour exaucer leurs dernières volontés. Elle est généreuse, cette petite. Même si elle refuse de l'être avec elle-même, à mon avis.

— Pour atteindre le top 10 mondial au poker, elle a dû se concentrer longtemps sur son propre cas… Et ça fonctionne comment, son histoire de boîte à rêves ? Qui les réalise ?

— Je crois qu'elle est en train de réfléchir à les réaliser elle-même.

— Ouais, elle se prend pour Dieu, quoi.

— Mais pas du tout. Pourquoi tu la prends en grippe alors que tu me dis toujours que c'est enrichissant de rencontrer de nouvelles personnes, que c'est une ouverture ? Je ne comprends pas…

— Parce que tout ça, cette grande connexion entre vous, me semble un peu rapide, mais peut-être que c'est le vieil ours qui parle, se radoucit Emmanuel.

— Je vais te la présenter, tu changeras d'avis, c'est sûr.

— Si tu le dis !

— Tu sais, elle a compris mon choix et ça m'a fait beaucoup de bien.

— Quel choix ?

— Chéri, celui que j'ai commencé à t'expliquer au téléphone…

Emmanuel se tait. Il savait que Marguerite finirait par remettre le sujet sur le tapis, mais il n'est pas prêt. Il n'a pas encore trouvé la réponse adéquate, celle contre laquelle elle ne se révoltera pas et qui sera aussi acceptable pour lui. Il est hors de question que Marguerite se laisse mourir, ici ou ailleurs. Et qu'une parfaite étrangère se permette d'encourager le raisonnement faussé d'une vieille femme en détresse le met dans une rogne sans nom.

— Tu ne dis plus rien ? réamorce Marguerite.

— On en reparlera demain, d'accord ?

— Si tu préfères. En tout cas, c'était agréable de ne pas manger à 11 h 30, comme les poules. On va respirer la mer ?

— C'est parti.

— Allez hop, mon Auguste, en route, dit Marguerite en attrapant son nouveau sac tanzanien qui contient l'urne de son défunt mari.

— Tu le balades toujours partout ? On ne te l'avait pas interdit à la cantine ?

— Si, ils trouvaient ça glauque que je mange à côté de lui. Glauque, non, mais tu te rends compte ? Maintenant, quand je ne suis pas trop fatiguée pour le transporter dans un cabas, je le cache.

Alors qu'ils quittent le restaurant, Emmanuel arbore à nouveau un visage impénétrable. Comme dans la savane, il faut masquer la peur, même si sa grand-mère n'a rien d'un grand prédateur.

Quand il la redéposera dans sa chambre, il passera par le bureau de la direction pour récupérer toutes les informations utiles : le numéro du docteur qui a accepté qu'elle ne se soigne pas sans le prévenir, les dates exactes auxquels les diagnostics sont tombés et le nom de famille de cette nouvelle lubie qui porte le prénom d'une chanson de *The Police*.

12.

Roxanne

ROXANNE A DEMANDÉ À CÉCILE À QUELLE HEURE il serait le plus pertinent de venir interroger les résidents sur la future activité qu'elle pourrait leur proposer. Finalement, il a été décidé que le tour des chambres serait trop intrusif, alors que l'heure du déjeuner donnerait un aspect convivial à ce sondage. Cécile, contrairement au directeur, ne comprend pas vraiment l'urgence de Roxanne à faire partie de leur vie mais, quelque part, elle la respecte.

À la fin du repas, malgré quelques silences – volontaires ou involontaires –, Roxanne y voit plus clair. Le potager et les jeux de cartes l'ont emporté à plate couture. Marguerite aurait préféré la lecture ou les récits de voyage, Roxanne en est certaine. Mais elle n'était pas là et les absents ont toujours tort.

La direction a averti Roxanne que le potager ne pourrait pas se faire à leurs frais. Ils sont d'accord pour mettre une partie du jardin à disposition, mais elle devra prendre en charge le matériel, les plants de fruits ou de légumes, ainsi que tout ce qui se révélera utile au bon fonctionnement de cet atelier jardinage. Cécile a tenté de la décourager avec une large palette d'arguments. Le directeur, lui, s'est plutôt enquis du sérieux de l'affaire : les résidents peuvent vite s'attacher à une nouvelle habitude et il ne faut pas leur faire faux bond en cours de route. Roxanne a rassuré l'un et contré l'autre : elle ne partira nulle part tant que le potager ne sera pas fonctionnel. Elle viendra trois jours par semaine, répartira son temps entre les deux activités et en profitera pour rendre visite à Marguerite.

Alors que l'odeur du café se répand dans la salle, elle sort de son sac à dos la « boîte à rêves » pour laquelle elle a ressuscité une vieille boîte à chaussures. Aidée par Coumba et Astou, elle demande une dernière fois l'attention des pensionnaires. Celles et ceux qui prennent encore le temps de l'écouter réagissent au mot « rêves ». C'est fou comme il y a des mots dont la valeur ne rétrécit pas à mesure que le temps passe. Des mots qui saisissent toutes les générations avec la même puissance. Des mots qui réveillent des sentiments endormis.

Chacun pourra déposer son enveloppe quand bon lui semble, au fil des jours ou des semaines. Il ne peut y avoir qu'un rêve par personne. Elle devra ensuite ensorceler la boîte par un tour de magie, afin que les souhaits émis puissent prendre vie. Cécile sourit : Roxanne ne peut pas s'empêcher d'enrober ses idées d'une couche de spectacle.

— On peut écrire n'importe quoi, vraiment ? demande Catherine Cellier.

— Oui, enfin, pas que tu veux divorcer, par exemple, répond son mari Roger.

Quelques rires étouffés retentissent en même temps que d'autres questions.

— Elle sait réanimer les morts, votre boîte ? persifle M. Chazot.

— Il faut un rêve qui, lui, ne relève d'aucune intervention surnaturelle. La magie n'interviendra que pour rendre le possible, possible, rétorque Roxanne.

— C'est ça, prenez-nous pour des abrutis. Si vous pouviez faire un tour de magie pour disparaître, ce serait parfait.
— Oh, monsieur Chazot, le reprend Cécile, ce n'est pas très gentil, ça.
— Et vous, vous êtes gentils, ici ?
— On essaie, en tout cas, réplique Cécile.
— Eh bien c'est raté ! Et le pigeon, il peut être zigouillé par une baguette ensorcelée ?
— Vous pouvez choisir un souhait, comme tous les résidents. Et, s'il est réalisable, la boîte fera son maximum, conclut Roxanne.

*

Dans le bureau de Cécile, la décoration est pauvre. L'ambiance stricte et impersonnelle est si inconfortable pour Roxanne qu'elle se demande comment on peut travailler dans un tel environnement. Évidemment, elle ne pose pas la question à la directrice adjointe qui semble comme un poisson dans l'eau. Elle se contente de récupérer les plans du jardin pour travailler sur le projet de potager. Et elle pense à Héloïse. Une architecte lui sera forcément de bon conseil pour créer la structure initiale. Alors, puisqu'elles doivent se revoir bientôt, elle fera d'une pierre deux coups : discuter de l'association, de la scolarisation des enfants défavorisés, et solliciter son aide pour le potager.

— Bonjour, monsieur Vernier, entrez, entrez, dit Cécile.

Roxanne se retourne alors qu'un homme pénètre dans la pièce dont la porte était restée ouverte. Leurs regards se croisent et, pour un court instant, elle a un avantage sur lui : elle sait qui il est.

— Bonjour, madame Morel, je voulais vous parler de ma grand-mère.

— Bien sûr, je finis avec mademoiselle et je suis à vous. Vous ne vous êtes pas encore rencontrés ? Monsieur Vernier, je vous présente Roxanne Salva qui tient compagnie à votre grand-mère ces derniers temps.

— Oui, elle a évoqué ça. Bonjour.

— Enchantée ! s'exclame Roxanne en lui tendant la main. Marguerite m'a tellement parlé de vous, j'ai presque l'impression de vous connaître.

— Ah, répond Emmanuel, impassible.

— Tant que j'y pense, j'ai oublié de donner un truc à Marguerite ce matin. Tenez, si vous pouvez lui transmettre ?

— Un livre sur le Pérou ? Vous connaissez le Pérou ? Ce n'est pas le pays du poker...

— J'y suis allée pour une retraite de jeûne silencieux en pleine forêt, mais ce roman n'a pas de rapport avec moi. C'est Marguerite qui m'en a parlé, elle m'a dit qu'elle n'avait pas pu entendre la fin lors d'un atelier. Et, comme il paraît que vous lui faites la lecture, je lui ai dégoté un exemplaire. Ça lui fera plaisir, je pense.

— OK, merci. Avec un chaman, la retraite ?

— Oui.

— Hum.

Le silence se tend quelques secondes.

— Je vous laisse avec Cécile, j'ai tout ce qu'il me faut et, si jamais j'ai besoin de plus, je repasserai, déclare Roxanne en tentant de ne pas se laisser déstabiliser par l'étrange attitude de l'homme qui lui fait face.

— D'accord, Roxanne. Bon courage ! Et merci pour tout ce que vous faites pour eux, la salue Cécile.

— Au revoir, dit sobrement Emmanuel.

— Peut-être à bientôt ? Vous restez combien de temps en France ? relance Roxanne.

— Une dizaine de jours, *a priori*.

— Vous avez des rendez-vous avec votre éditeur à Paris aussi, si j'ai bien compris.

— Vous en savez des choses.

— J'aime beaucoup votre grand-mère.

— Hum, si vous l'appréciez, essayez de ne pas la soutenir dans ses idées noires, s'il vous plaît, répond-il à voix basse.

Roxanne se fige. La claque est tombée, sans prévenir. Elle voudrait se rebiffer, mais la petite-fille d'Hélène en elle devine ce que traverse Emmanuel.

Il a l'air rustre, de prime abord, mais il n'est pas si loin de l'image qu'elle en avait après tout : le photographe solitaire, muré dans une carapace d'ours sauvage. Elle voudrait le secouer, lui dire que c'est important d'écouter les dernières volontés des gens qu'on aime. Elle voudrait se glisser dans sa tête pour annuler le billet retour vers la Tanzanie. Lui faire comprendre que le temps est assassin et qu'il ne se remonte pas. Elle aimerait que son erreur à elle lui serve à lui. Parce que ces erreurs-là ne se réparent pas. Mais ce visage sans sourire et l'aridité de son expression la confortent dans sa certitude : ce n'est pas sa place.

Le courant qui circule dans le bureau de la directrice adjointe ne doit pas échapper à cette dernière. Elle fait désormais mine d'être très concentrée sur son ordinateur.

— Tout ce qui m'importe, c'est que Marguerite se sente bien. Mais vous êtes, avec elle, le seul juge de son état, évidemment. Moi, j'aimerais l'aider à ma manière, avec des techniques de méditation, si elle accepte d'essayer. Enfin bon, en attendant, je vous souhaite une bonne fin de journée, dit Roxanne.

— Pareillement.

À mesure que leurs deux corps s'éloignent, les petites ondes invisibles se dispersent, se divisent, puis viennent se rassembler dans son ventre à elle et dans son ventre à lui. C'est ce qu'on appelle le choc d'une rencontre. Comme un coup d'électricité. Sur l'instant, on ignore si c'est agréable ou désagréable, on sait seulement que c'est étrange. Presque violent. Face à cet autre qu'on ne connaît pas, on ressent une décharge qui, si elle pouvait se matérialiser, ferait des étincelles. Chez les animaux, on appellerait ça les phéromones. Chez les humains, c'est une grande inconnue saisissante.

13.

Marguerite

Ce matin, Emmanuel a déposé des croissants chauds à Marguerite. Des croissants qui sortaient du four de la boulangère et qui sentaient bon à s'en lécher les babines. Des croissants comme elle n'en avait pas mangé depuis une éternité. Puis, il lui a dit qu'il ne reviendrait que dans l'après-midi, parce qu'il devait discuter avec les docteurs. Marguerite a essayé de le raisonner en arguant que plonger dans les détails ne changerait rien à l'issue. En vain.

Pour elle, en savoir le moins possible est une manière de nier le cancer, encore un peu. De ne lui accorder aucun crédit. Aucune valeur. De faire comme s'il n'existait pas, le temps d'avoir tout préparé. Bien sûr, il gagne du terrain. Certains jours, son corps faiblit plus que d'autres ; les douleurs l'empoignent par l'intérieur. Parfois même, elle sent qu'elle perd davantage le contrôle de ses membres, le frêle équilibre à trois pattes. Mais elle respire, elle peut se mouvoir et son esprit n'a pas mis la clef sous la porte, donc il ne touche ni les os, ni les poumons, ni le cerveau. Ces trois points étaient, et restent, sa principale préoccupation. Elle veut mourir avant que les pinces ne se fassent un nid dans ces organes-là. Avoir du sang dans les selles, des coliques douloureuses, et une masse qui grossit dans l'intestin, c'est déjà bien assez de problèmes à gérer au quotidien.

On lui a dit que, sans traitement, la douleur deviendra un jour insoutenable. Le transit ne se fera plus du tout, l'occlusion serrera la vis et les métastases se multiplieront comme des puces par temps humide. Voilà pourquoi, d'ici là, elle sera loin, près d'Auguste, d'Irène, de Suzanne et, peut-être même, de Paulette.

Emmanuel finira par la comprendre, elle en est certaine. Pour le moment, il cherche un grain d'espoir. Celui que quelqu'un a forcément raté aux coups d'œil précédents. Le déni se mêle à la frustration ; enfant de l'impuissance. Marguerite est convaincue qu'il faut respecter le processus d'acceptation de chacun, autant que ses propres choix. Elle attendra donc qu'il revienne auprès d'elle et qu'il se rende à l'évidence. Se soigner pour perdre quelques semaines de mieux, gagner des mois de souffrance et repousser la mort, inéluctable à ce stade, quel intérêt ? Son petit-fils est trop sensé pour ne pas parvenir à la même conclusion qu'elle.

*

— Eh bien dites donc, Marguerite, vous avez eu l'air d'apprécier votre tour, dit Lucien.

— Oui, ce n'était pas désagréable.

— Je crois qu'être touché, c'est ce qui manque le plus, lorsqu'on est vieux. On ne nous touche plus que pour des raisons médicales.

— Les soins pour l'arthrose, ce n'est pas non plus de la tendresse, répond Marguerite.

— Non, mais c'est doux, ça y ressemble, ça fait l'affaire.

Après l'atelier de massage des doigts, Lucien et Marguerite ont décidé de rester dans la salle commune jusqu'au déjeuner. Mine de rien, ils se parlent tous les jours. Coumba a eu le nez fin en assignant M. Rey à la même table que Marguerite pour les repas. La gêne des débuts s'est rapidement estompée, laissant place à un ping-pong de mots, d'idées, et de points aussi.

— Je ne comprends pas pourquoi on fête encore les anniversaires. C'est absurde, déclare Marguerite.

— Parce que ça rassure ? Si on est arrivé jusque-là, on ira peut-être plus loin ? avance Lucien.

— Ou bien ça angoisse : quand ça commence par huit ou neuf, ça sent mauvais, intervient Mme Huet qui vient garer son déambulateur près des chaises où ils sont installés.

— Il faudrait compter dans l'autre sens, redescendre la pente des nombres, juste pour duper l'esprit. Ça me ferait donc quatre-vingt-sept ans en septembre.

— Tricher avec les comptes, ça ne m'étonne pas de vous, Lucien, le charrie Marguerite.

— Ce que vous êtes mauvaise perdante, sacrebleu ! Vous me faites penser à ma Josette.

Lucien a raconté à Marguerite qu'il avait connu sa femme très jeune et qu'il ne s'était pas ennuyé avec elle. Ils ont failli se quitter plusieurs fois, mais n'ont jamais trouvé le temps long. Elle avait un caractère volcanique et lui pouvait s'emporter très vite quand il avait encore de l'énergie pour ça. La cohabitation de leurs tempêtes mettait du sel et du poivre dans tout ce qui aurait pu devenir fade ou trop sucré. Et puis, il y a un an, elle est partie. Un AVC, dans la nuit. Depuis, non seulement il a décliné mais, en plus, il a découvert l'ennui.

Marguerite a reconnu dans son histoire des bouts de la sienne avec Auguste. Perdre celui ou celle avec qui l'on a traversé les âges et les époques, les joies et les épreuves, le pire et le meilleur, c'est accepter que quelque chose s'éteigne à l'intérieur et ne se rallume plus.

Roger Cellier, qui fête son anniversaire aujourd'hui, a au moins la chance d'être toujours accompagné par Catherine. Ils se chamaillent en permanence, mais l'affection palpable sous les railleries ne laisse aucun doute sur le sentiment qui les unit.

Pour l'événement, Ismaël et le reste de l'équipe soignante, qui distribuent les comprimés du midi, portent des chapeaux pointus en carton. L'éternelle régression s'infiltre à chaque occasion. M. Chazot, lui, est vêtu en noir, de la tête aux pieds. Une manière, sûrement, de signaler qu'il aurait préféré aller à un enterrement. Ou de prouver que s'il déraille, il n'en reste pas moins capable de manifester son mécontentement.

Marguerite sent la nausée lui prendre le ventre. Les odeurs de cuisine qui émanent du fond de la pièce lui donnent des haut-le-cœur. Elles se mêlent à tous les parfums avec lesquels les résidents ont jugé bon de s'asperger pour la circonstance. L'idée même de manger la révulse. Et puisque, ce soir, elle devra donner le change avec Emmanuel, elle ne se forcera pas maintenant.

— Vous voulez qu'on s'éclipse pour jouer aux dames ? Ou faire un rami ? Je vous promets que je ne tricherai pas, suggère Lucien qui ne court pas après les repas non plus.

— Vous dites toujours ça.

— Je vous laisserai gagner, même.

— Comme si j'avais besoin de votre aide pour ça, bluffe Marguerite.

— Alors ? Ça veut dire oui ?

— On se mettrait dans le jardin ?

— Oui, je vais chercher le jeu dans ma chambre au fond du couloir et je vous rejoins.

— C'est vrai que vous êtes au rez-de-chaussée, vous. D'accord pour les dames. Mais il me faut ma loupe, au cas où.

— J'en ai une, je vous l'apporte.

— Encore mieux.

Dans une résidence telle qu'Elia, le temps ne passe pas comme ailleurs. Marguerite l'a maintes fois constaté depuis trois ans. Les liens se tissent et se brisent à un rythme différent, selon les lois de la proximité. Et avec Lucien, qu'elle ne fréquente que depuis peu, elle en fait à nouveau l'expérience.

*

Alors qu'elle attend Emmanuel, sur ce banc qui lui est désormais bien trop familier, Marguerite est d'humeur belliqueuse. À cette heure-ci, la fatigue la rend irascible. Et M. Chazot vient de shooter dans le sac coloré posé à ses pieds.

— Vous ne pouvez pas faire attention, saperlipopette ? C'est quand même un monde d'être si maladroit.

— Comment vous savez qui je suis ? Vous êtes bigleuse, même avec les lunettes ! rétorque Chazot.

— Je vous reconnais à l'odeur…

— C'est vrai que je sens meilleur que vous. Et puis vous n'avez qu'à arrêter de trimballer votre urne partout, c'est ridicule et ça embarrasse le passage.

— Ah, parce que vous saviez qu'elle était dedans ? s'insurge Marguerite.

— Évidemment, j'ai des yeux, moi.

— Des yeux, mais pas de cœur. J'ai eu un mari que j'ai aimé, qui m'a aimée, et que j'ai envie de sentir près de moi. Vous ne pouvez pas comprendre ça, vous, mon pauvre.

Les mots viennent de dépasser sa pensée. Marguerite se mord les lèvres.

— Vous êtes folle, bonne pour l'asile, voilà tout, dit Chazot en tournant les talons.

Elle prend Auguste sur ses genoux et caresse l'urne, comme pour vérifier sous ses doigts que tout va bien. Rassurée, elle soupire. Le retour aux comportements enfantins, les crasses jetées à la figure et les défaillances mises en exergue sont autant de rappels qu'elle a fait son temps ici. Elle doit s'échapper avant que cette cour d'école maternelle ne devienne le seul décor de la fin du film.

Au restaurant, malgré toute sa bonne volonté, Marguerite ne parvient pas à vider son assiette. Alors, en écoutant Emmanuel lui raconter des aventures tanzaniennes, elle étale les aliments. Elle fait diversion.

— Et comment va Nembris, la mère de Kadogo ? demande-t-elle.

— Bien, même si depuis les tensions avec les éléphants, on est obligés de se parler à l'ombre des regards.

— Ils veulent lui monter le bourrichon ?

— Ben, disons qu'en m'interposant, je suis moins le bienvenu à Ormataï... Mais on va finir par apaiser les choses, j'espère.

— Mais elle a du caractère, cette Nembris. Elle n'obéira pas, si ?

— Elle ne tiendra pas ouvertement tête au chef Saitoti non plus ! dit Emmanuel.

— Elle vend toujours ses bijoux aux touristes ?

— Bien sûr, et elle a plusieurs petites mains au village maintenant. Ils ne peuvent rien dire contre ça puisque ça rapporte des sous. Tu ne manges pas ?

— Chéri, je n'ai vraiment pas faim.

— Le médecin m'a dit...

— Je suis fatiguée, l'interrompt Marguerite. On peut ne pas parler de ça ce soir, s'il te plaît ?

— Il va bien falloir qu'on s'en occupe, tant que je suis là, Ma.

— S'occuper de quoi ?

— De te soigner.

— Chéri, je voudrais que tu comprennes que ce qu'on doit vraiment faire, c'est trouver où je vais pouvoir partir en paix, dans la légalité. J'ai listé les pays...

— Tu as raison, on verra ça un autre jour. Excusez-moi, on peut vous prendre l'addition, s'il vous plaît ? la coupe Emmanuel.

Un quart d'heure plus tard, Marguerite et Emmanuel sont de retour chez Elia. Ils se quittent dans un silence pesant qui ne leur ressemble pas. Un silence qui tranche avec le bruit de fond de la ville en train de faire son cinéma. Cannes est aussi bruyante qu'ils sont muets. Et cette dichotomie sonore leur est, à chacun, insupportable.

Marguerite regagne sa chambre le cœur lourd et les yeux humides. Sa petite pilule pour dormir l'attend, comme tous les soirs, à côté d'un verre d'eau sur sa table de nuit. Ça fait maintenant deux semaines qu'elle a convaincu l'équipe soignante de l'aider à trouver le sommeil. En réalité, même sur ce matelas épais comme une feuille de cigarette, elle n'a pas de peine à fermer l'œil. Elle a juste décidé de faire une collection de Doliprane et de somnifères, dans une boîte qu'elle conserve à l'abri de tous. Il paraît qu'un excès de Doliprane peut être fatal. Et les somnifères, eux, lui permettraient de ne pas sentir la fatalité passer.

Elle repose la boîte dans une chaussure qu'elle ne porte plus et qui ne quitte jamais le fond de son placard. Si Emmanuel ne l'aide pas, elle aura toujours cette option-là, à portée de main.

14.

Emmanuel

Après une nuit d'insomnie et une journée à Paris – dont l'agitation l'oppresse autant que Cannes en plein festival –, Emmanuel se sent comprimé. Il est loin des acacias parasol, des éléphants, de la brousse et des Tanzaniens. Loin du monde qui est désormais le sien. Cette civilisation européenne, ses mouvements, sa technologie, il s'en trouve de plus en plus déconnecté. Il n'y voit que des filtres qui viennent déformer la vie, l'humain, l'essentiel. Mais il n'est pas dupe, le décor n'est que la partie visible de l'iceberg. Ce qui le grignote est situé quelques couches plus bas. Marguerite ne pliera pas, sa décision est prise. Et les jours passant, la culpabilité se greffe à la colère. Ici, tout est devenu trop concret. Leur conversation téléphonique, aussi foudroyante fut-elle, avait eu le mérite de mettre une distance entre lui et l'information. À présent, il fait corps avec elle. Le cancer de Marguerite, il a le sentiment de l'avoir regardé en face. Près d'elle, avec les médecins, puis dans le silence de ses recherches sur Internet.

Ce soir, dans cette chambre d'hôtel sans âme, il se demande ce qu'il déteste le plus : le crabe, la volonté de sa grand-mère, les lubies de son éditeur ou la médiocrité de ses réactions à lui. Alors, il préfère détester cette Roxanne, parce qu'il faut bien diriger cette colère contre quelqu'un. Il a toujours pensé qu'il fallait se méfier des jolies femmes. Et il ne peut nier que cette brune volcanique à la chevelure sauvage et au regard noir est d'une beauté envoûtante. Une beauté qu'elle ne semble pas chercher à revendiquer. Ce naturel a quelque chose de bouleversant pour un homme. Mais, dans ce cas, toute émotion est secondaire à côté de l'indignation ressentie. Comment peut-on encourager quelqu'un que l'on connaît à peine dans ses idées noires ?

Couché sur ce lit froid, il rumine. Cette jeune femme l'a chamboulé. Il ne peut l'ignorer. Il a lu des articles sur elle, regardé des interviews, essayé de saisir une sève derrière l'écorce. Roxanne occupe son esprit et il s'évertue à en faire une cible. Que pourrait-elle être d'autre ?

1 heure du matin. La question tourne encore. Il l'évite en repensant à cette histoire de livre en noir et blanc. Quelle mouche a piqué l'éditeur ? Emmanuel s'est toujours exprimé en couleur. *Ivoire*, son livre engagé publié dans une dizaine de pays, n'a pas eu besoin de répondre à la tendance pour trouver son succès et asseoir sa notoriété aux États-Unis. Que la mode soit au monochrome, il s'en tamponne le coquillard, comme dirait Marguerite. Tout part à vau-l'eau depuis que son ancien éditeur a changé de crémerie. Son remplaçant, jeune ambitieux qui lui promet d'ajouter un zéro à ses ventes, lui plaît de moins en moins. Est-il temps de chercher une nouvelle maison ? Dans quelle mesure peut-il greffer une rupture de contrat à ses préoccupations actuelles ?

2 heures. Il lit enfin les messages qu'il a laissés s'entasser dans son téléphone. Alvin, Xavier et Samwel viennent aux nouvelles. Elisabeth, quant à elle, a décidé de se livrer. Il ne manquait plus que ça. Une longue tirade pleine d'un

sentiment qu'il ne partage pas. Des mots qu'elle voulait lui dire depuis longtemps et que l'éloignement rend plus faciles à sortir. En parcourant ses phrases, il se surprend à penser qu'il aurait aimé les recevoir de quelqu'un pour qui il éprouve quelque chose. À présent, il va falloir trouver la formulation qui n'entache pas son amitié avec Elisabeth, mais qui clôt le sujet et dissipe le malaise.

3 heures. Cette chambre est vraiment laide. Bicolore, à l'odeur neutre, à la décoration sommaire et aux angles stricts. Elle n'offre aucun réconfort, elle tue toute inspiration. Emmanuel a passé tant de nuits dans des tentes qui sentent la nature, réveillent les sens et invitent au voyage de l'esprit, qu'il étouffe dans les petites boîtes insipides des grandes métropoles.

4 heures. Après avoir essayé en vain de bâillonner les récriminations de son cerveau, il reprend son téléphone. Il maudit les mots qu'il donne en pâture à son moteur de recherche. Il a troqué Google contre Ecosia, parce que ce dernier, lui, plante des arbres. Pourtant, à cet instant, il n'aime pas ce lien entre eux. Il voudrait qu'Ecosia n'ait aucune réponse aux termes « euthanasie » et « suicide assisté ». Malheureusement, de site en forum, de témoignage en texte de loi, de clic en clic, s'étale sous ses yeux une multitude de branches accrochées au tronc de cette requête.

5 heures. Il aimerait tant emmener Marguerite avec lui, en Tanzanie. Il ferait de la place pour elle dans sa petite maison rouge. Il lui redonnerait goût à la vie, il nourrirait ses oreilles d'une cohorte de bruits fascinants, pallierait la faiblesse de sa vue, ferait semblant d'être un bon cuisinier. Oui, mais qui la soignerait là-bas ? Si, dans la plupart des villages, ils ont des techniques médicales naturelles, celles-ci ne sont pas de taille à attaquer un cancer. Quant aux hôpitaux et aux structures médicalisées, ils n'arrivent pas à la cheville de ce qui existe en France.

6 heures. Comment peut-on parler de suicide assisté lorsque l'on est croyante ? Lui n'a jamais eu foi en ce Dieu ou un autre. Il n'envisage pas la mort comme un passage

vers une prochaine étape mais comme une fin, un couperet péremptoire. Marguerite, elle, y croit. Or, la religion est, dans l'ensemble, opposée au suicide. En quoi l'euthanasie serait-elle perçue différemment ? Et si cet argument était le bon pour écraser son côté de la balance ? Ça mérite peut-être une tentative ?

En cas d'échec, la solution prend forme dans son esprit. Puisqu'il a fait l'effort de parcourir ces sites, il dira à Marguerite qu'il a commencé à se renseigner mais qu'il a besoin d'approfondir la question. Dans le même temps, un temps gagné, il va missionner ce M. Rey qui semble attaché à elle. Il va trouver un moyen de le rallier à sa cause pour faire entendre raison à Marguerite et contrer l'influence de cette Roxanne.

7 heures. Un double expresso ne serait pas de refus. Le train vers Cannes l'aidera sûrement à rattraper sa nuit blanche parisienne.

*

Le studio qui lui sert de pied-à-terre à Mandelieu est, certes, exigu mais il a le mérite d'avoir une âme, lui. Dans ces vingt-huit mètres carrés, qu'il a acquis après l'emménagement de Marguerite chez Elia, des piles de livres jalonnent le sol et des photos camouflent les murs un peu jaunis. Il y entrepose aussi d'anciens équipements qui n'ont pas fait le voyage en Tanzanie. Des souvenirs de Paris et d'une ancienne tranche de vie, des souvenirs de famille et des souvenirs du monde. Au milieu de ce chaleureux bazar, Emmanuel dispose du nécessaire : un canapé-lit, une armoire, une table basse qui sait prendre de la hauteur, un peu de vaisselle, quelques conserves, quelques vêtements. Il n'a presque jamais de visite ici et c'est très bien ainsi. Ses copains parisiens sont devenus des connaissances qu'il croise une ou deux fois par an. Et ses connaissances cannoises ne sont pas devenues ce qu'on appelle des copains. Il ne jette la pierre à personne. Il a fait son nid ailleurs et il n'est pas très doué pour donner des nouvelles. Sa vie, qui en fait rêver certains, est singulière et ne facilite pas les rassemblements.

Ce matin, il a eu brièvement Marguerite au téléphone. Elle lui a donné rendez-vous à 16 heures, sur le banc près du platane, devant la maison de retraite. Il a prévu de l'emmener dans un salon de thé pour s'attaquer à cette conversation que l'un et l'autre ne peuvent plus éviter. Avant cela, Emmanuel va lui dénicher une nouvelle plante pour parfaire son jardin intérieur. Une plante majestueuse qui saura, mieux que lui, dire que leur récente incompréhension ne change rien à tout l'amour qu'il lui porte. C'est bel et bien cet amour infini qui lui interdit de se résoudre à sa disparition.

*

Les bras chargés d'un anthurium, Emmanuel avance vers le banc sur lequel il a la mauvaise surprise de voir Roxanne, sans Marguerite. Elle a le regard plongé dans un livre sur la conception d'un potager. Les boucles de ses cheveux lâchés lui entourent le visage avec délicatesse. Son jean retroussé dévoile la finesse de ses chevilles. Son débardeur blanc rehausse le teint hâlé qui ne laisse aucun doute sur ses origines du Sud. Sa mine concentrée invite à la prendre au sérieux. Il y a, dans cette image, une poésie qui – dans un autre contexte – lui donnerait envie de saisir son appareil photo.

Il se reprend de justesse au moment où Roxanne relève la tête.

— Bonjour, Emmanuel ! Jolie plante !

— Bonjour. C'est pour ma grand-mère. Elle…

— Elle est dans sa chambre, elle revient. Coumba l'a accompagnée parce qu'elle avait oublié son foulard, l'interrompt Roxanne.

— OK. Je vais aller la chercher.

— Tout s'est bien passé à Paris ? demande-t-elle, comme pour stopper sa fuite.

— Pas vraiment.

— Vous êtes toujours aussi ronchon ou c'est juste avec moi ?

— Seulement avec les gens trop curieux…

— La curiosité n'est pas un vilain défaut, contrairement à l'expression. C'est une preuve d'intérêt.

— Vous faisiez quoi, avec ma grand-mère ?

— Je lui demandais des conseils pour le potager qu'on va créer ici.

— Hum. Vous avez la main verte, vous ?

— Mon père a un domaine viticole et j'ai grandi entre terre et mer. Avec ma plus jeune sœur, Bianca, on aidait pour le potager de la maison, quand on était gosses. Mais c'est loin…

— Oui, il n'y a pas tellement de terre dans les casinos.

— J'ai l'impression que le poker vous révulse.

— L'argent pour moteur, les jeux d'argent, ce n'est pas mon truc.

— C'est votre droit.

— Elles font quoi vos sœurs ?

— Bianca est photographe.

— Ah !

— Et l'autre, Eva, elle est femme de son mari et mère de son fils, essentiellement.

— Pourquoi vous dites ça du bout des lèvres ?

— La curiosité vous pique ? Attention, je suis peut-être contagieuse…

Toujours debout avec son anthurium dans les mains, Emmanuel détourne les yeux. Roxanne n'a rien à envier au serpent Kaa dans *Le Livre de la Jungle.* Elle a un regard hypnotisant, si on se perd dedans. Et elle ne manque pas de mordant. Elle reprend :

— Ne prenez pas la mouche ! Ce serait dommage, parce que je voulais vous inviter à dîner. Marguerite m'a évoqué vos amis en Tanzanie… J'aimerais bien en savoir plus et vous parler d'une femme qui gère une association pour venir en aide aux enfants et aux écoles en Afrique.

— Je ne sais pas, je pensais…, amorce Emmanuel.

— Que c'est mieux de rester ours, un peu polaire ? Ce n'est pas vraiment la bonne région du monde ! le coupe Roxanne.

— Vous êtes gonflée, vous.

— Ouais, sûrement. Mais pour approcher les animaux sauvages, il paraît qu'il faut un chouïa de témérité.

— Il faut surtout de la finesse et de la retenue.

— Ce n'est pas mon fort, ça.

— J'avais cru comprendre.

— Alors ? Demain soir ? insiste-t-elle.

— Oui, mais…

— Top. Marguerite m'a donné votre carte, je vous enverrai le lieu et l'heure !

— Et directive, en plus.

Roxanne sourit avec espièglerie, mais Emmanuel n'a pas le temps de réagir car Marguerite vient juste d'arriver avec Coumba.

— Bonjour, mon chéri.

— Salut, Ma. Tiens, c'est pour toi. C'est un anthurium.

— Je vais le remonter, si vous voulez, propose Coumba.

— Merci, vous êtes gentille, répond Marguerite avant de coller un gros bisou bruyant dans le cou d'Emmanuel.

— Je vous laisse en famille, dit Roxanne.

— Vous auriez pu vous joindre à nous, propose Marguerite.

— Non, j'ai promis à M. Rey de jouer au rami avec lui, mais on se revoit très vite.

— Attention, il triche !

— Heureusement, sinon il ne gagnerait jamais, lance Roxanne avec un clin d'œil. À demain, Emmanuel !

15.

Roxanne

Ce soir, Roxanne reçoit Héloïse chez elle. Elle a prévu un apéritif convivial afin qu'elles puissent réfléchir aux sujets qui les occupent. L'occasion aussi d'apprendre à se connaître loin du vacarme d'une boîte de nuit. Face à la mer, sur son petit balcon, la table pour deux est prête. Cendrier vidé, bougie allumée, vin rouge en train de décanter, verres et victuailles disposés. Soigner l'ambiance, c'est fondamental pour cogiter, seule ou à deux.

En attendant son invitée, elle décide d'ouvrir les enveloppes de la « boîte à rêves ». Elle les a récupérées aujourd'hui et elle n'a lu, pour le moment, que le rêve de M. Rey. Il aimerait que les animaux de compagnie soient autorisés chez Elia ou, au moins, que la maison en adopte un à la SPA, pour tous les résidents. Elle s'était promis de décacheter les autres à plusieurs jours d'intervalle, pour se laisser le temps de penser à chaque souhait. Mais, Emmanuel doit avoir raison, elle est trop curieuse. Et, un peu comme avec les calendriers de l'Avent de son enfance : elle n'a aucune patience. Un chocolat par jour, c'est pour les gens raisonnables.

Elle s'installe sur l'une des chaises en fer forgé blanc, face au soleil tombant de 19 heures, et elle déplie la première feuille. Elle est signée de la main de Mme Huet. Cette dernière voudrait pouvoir tremper à nouveau ses pieds dans la mer, sans déambulateur, pour quelques heures. La suivante vient de M. Cellier qui adorerait que sa femme, Catherine, puisse rencontrer son idole, Florent Pagny. Moins simple, ce rêve.

En lisant leurs mots, elle prend conscience de la responsabilité qui pèse sur ses épaules. Le père Noël ne doit pas décevoir les enfants et elle ne doit pas décevoir les vieux. Si l'idée de la boîte ne faisait naître aucune pression en elle, se confronter aux enveloppes est une autre histoire. Heureusement, M. Chazot, sans le vouloir, a trouvé le moyen de la faire rire. Sans surprise, il exige qu'on extermine le pigeon, mais aussi qu'on le donne à préparer en cuisine, en cocotte avec des échalotes confites. Mme Puliano, elle, souhaiterait revoir Paris, et plus particulièrement Montmartre.

Roxanne est interrompue par la sonnette. Héloïse brandit une bouteille de champagne en s'excusant de son retard. L'architecte porte ses quarante-six ans avec beaucoup d'élégance. Roxanne, qui a toujours méprisé l'absurde concurrence des femmes entre elles, est séduite par son assurance et sa façon d'être. Souvent, en sa présence, les femmes se sentent menacées. Héloïse, non. Et c'est foutrement agréable.

— Tu étais plongée dans ton courrier ?

— Non, dans les rêves des résidents.

— Ah ! C'est vraiment une belle idée, ça… Ils ont beaucoup d'imagination, alors ? s'enquiert Héloïse.

— Ça dépend des gens. Voyons voir la dernière… Eh bien, Mme Talbot voudrait que j'aille recueillir son chat, que ses enfants ont placé dans un refuge, et que je le prenne chez moi.

Héloïse rit, en suivant Roxanne vers le balcon.

— Tu aimes les chats ?
— Oui, mais j'avais une vie trop mouvementée pour avoir un animal. Et je ne sais pas où je serai après-demain. Enfin, quand j'aurai fini le potager.
— À ce propos, Martin est d'accord pour faire les plans.
— C'est vrai ? Génial !
— Il va venir prendre les mesures dans la maison de retraite avec toi cette semaine.
— Oh merci, je flippais de ne pas être assez pointue pour le faire toute seule.
— T'inquiète, on est parties pour s'entraider, toi et moi. Et Martin était très enclin à te donner aussi un coup de main.
— C'est sympa.
— Les jours de l'installation, on s'organisera pour t'assister. Mais il faudra que tu gères toi-même les outils, les matériaux pour le tressage, les graines et les plants.
— Évidemment.
— Nous, on t'aidera pour le chantier, le montage et la mise en route.
— Trop bien ! Allez, assieds-toi, qu'on trinque à tout ça.
— Et à ton futur chat !
— Arrête ! Il faut que je trouve un plan B pour exaucer ce rêve-là. En plus, honnêtement, à choisir, je préfère les chiens.

Leur communication est simple, comme la première fois et comme au téléphone. Il y a, entre elles, une complicité immédiate. Héloïse par héritage, Roxanne grâce au jeu : chacune a les moyens de réaliser de grandes choses. L'une a déjà créé une structure pour laquelle elle manque de renfort, l'autre cherche à s'impliquer dans une cause. Et elles ont en commun l'intérêt qu'elles portent aux cultures d'ailleurs et, plus précisément, aux enfants. Ceux qui n'ont pas la chance d'être nés dans des régions qui ouvrent les portes de la scolarisation. Alors, progressivement, elles glissent des rêves des vieux d'ici à ceux des enfants d'ailleurs. C'est leur deuxième entretien à ce propos et Roxanne est prête pour la suite. Elle veut s'investir personnellement et financièrement dans « Crayons à l'horizon », et elle a déjà signé le chèque. L'association d'Héloïse a trois champs d'action : l'aide à la scolarisation d'enfants défavorisés, la construction, l'aménagement et l'équipement d'écoles, et l'aide à la formation des enseignants. Actuellement implantée au Sénégal et au Burkina Faso, « Crayons à l'horizon » a pour objectif de s'élargir à d'autres pays d'Afrique. Et, de ses discussions avec Marguerite, est né chez Roxanne le désir de parler à Héloïse de la Tanzanie.

*

Voilà deux semaines que Roxanne ignore les appels de sa mère. Depuis qu'elle lui a raccroché au nez. Pour chaque personne de sa famille, elle a une sonnerie spéciale, qui lui permet de les reconnaître, même lorsqu'elle n'est pas devant son écran. Celle qui vient, encore, de retentir lui fait rater le trait de crayon sur sa paupière. Elle n'a pas de place pour les jugements de sa mère en ce moment. Elle commence à peine à se frayer un chemin dans ce nouveau quotidien. Les textos inquisiteurs de sa sœur Eva ou de son père n'y changeront rien. Il n'y a qu'à Bianca qu'elle a envie de parler. Bianca, elle, ne se mêle pas des querelles annexes. Elle respecte les délimitations. Elle vole au-dessus des mers agitées. Roxanne se réjouit de l'accueillir dans quelques jours, pour un week-end de retrouvailles. Elles ont tant à se dire.

Pour l'heure, après avoir maquillé ses yeux, elle change inlassablement de tenue devant le miroir de son salon. Elle ne sait pas quoi porter pour son dîner avec Emmanuel. Hier, elle a accueilli Héloïse dans un accoutrement très décontracté, mais ce soir, elle réfléchit. Comment paraître plus cool qu'une joueuse de poker ? Comment capter l'homme en lui ? Comment le rendre moins ours, mais pas trop lion non plus ? Et pourquoi donc ? Roxanne a envie de lui plaire, c'est un fait. Elle est curieuse de lui. Marguerite l'a rendu si intrigant à ses yeux qu'elle a envie d'en savoir plus. Pourtant, son attitude revêche et sa froideur auraient pu la rebuter. Mais elle devine chez lui le sang chaud qui bout sous la retenue et les apparences. Et, au milieu de tous les hommes transparents qu'elle croise depuis trop longtemps, il détonne. Il réveille la femme. Quelle facette, précisément ? L'amie, la maîtresse, la confidente, la partenaire ? L'insolente, la douce, la cérébrale, la sexuelle, la bâtisseuse ? Elle ne le sait pas encore. Et, au fond, elle s'en moque.

Pour finaliser son choix entre un traditionnel jean-baskets-décolleté et une combinaison-short plus audacieuse, Roxanne s'en remet au hasard. Plouf plouf. Parfois, il faut lâcher prise. Et la combinaison verte l'emporte, sans plus de débats intérieurs.

Quarante-cinq minutes plus tard, elle est attablée et elle l'attend. A-t-il l'audace d'être en retard ou lui fait-il l'affront de ne pas respecter son engagement scellé par texto ? La grande silhouette qui s'avance enfin vers elle dissipe le doute. Ils se saluent et Roxanne note le sourire dans sa barbe grisonnante. C'est la première fois qu'elle lit de la douceur sur ce visage.

— Tu sais donc sourire !

— On se tutoie déjà ?

— Tu trouves qu'un dîner n'est pas plus intime qu'un tutoiement ?

— T'as réponse à tout, toi…

Roxanne pense que l'humour et la taquinerie sont les meilleurs moyens de tordre le cou à un contact de prime abord difficile. Et si, lorsqu'elle emploie cette technique, elle tombe sur du répondant, elle sait alors qu'elle est face à quelqu'un d'intelligent.

— J'ai été étonné par ta proposition, honnêtement, reprend Emmanuel.

— Pourquoi tu as accepté ?

— Parce que tu penses que tu m'as laissé le choix ?

— Je ne crois pas que tu sois le genre d'homme à qui l'on peut imposer quoi que ce soit.

— Pas faux.

— C'est tout ?

— Je n'ai pas non plus la langue dans ma poche. Donc, si je résume, t'es une joueuse de poker, tu rentres dans la vie de ma grand-mère par la grande porte alors qu'elle est presque aussi sauvage que moi, tu la confortes dans ses idées de suicide assisté…

— Je ne la conforte dans rien du tout. Je l'écoute. Je respecte son cheminement comme j'aimerais qu'on respecte le mien à sa place, le coupe Roxanne.

— C'est une façon de présenter les choses.

— Non, c'est la réalité.

— Enfin, ce que je voulais dire, c'est que tout ça ne m'a pas vraiment donné envie de dîner avec toi.

— Sympa. Je m'en vais, donc ?

Roxanne fait mine de prendre son sac.

— Attends, je n'ai pas fini. En parallèle, tu veux aménager un potager chez Elia, tu as eu l'idée d'une « boîte à rêves », tu as fait une retraite silencieuse et à jeun au Pérou, tu me parles d'une association pour aider à la scolarisation et tu as la verve d'une femme d'esprit.

— Tu veux dire que ça équilibre la balance ?

— En quelque sorte. Disons que c'est ce que je cherche à savoir.

— Bon, à mon tour ?

— Je t'en prie.

— Non, attends. Excusez-moi, on peut vous prendre une bouteille de Valpolicella, s'il vous plaît ?

Le serveur acquiesce, Roxanne le remercie.

— Ah, et tu es aussi directive qu'un grand chef maasaï.

— Venant de toi, je vais considérer ça comme un compliment. Enfin, j'imagine. Je disais donc : à mon tour. Faire la connaissance de Marguerite, ça a été pour moi comme un catalyseur. Ta grand-mère est vraiment une femme exceptionnelle.

— Ça, je ne vais pas te dire le contraire.

— Elle a dû te dire que j'ai arrêté le poker, pas mal voyagé, et que je me suis installée à Cannes pour être à côté d'Elia ?

— Elle me l'a dit, mais je ne comprends pas pourquoi tu es revenue ici ?

— Parce que c'est quand ma grand-mère y est morte, sans moi, que tout a changé. En rentrant d'Amérique latine, je ne savais pas grand-chose si ce n'est qu'il fallait que je retourne dans cette résidence et que je trouve comment être utile. Que je la retrouve elle, aussi, à travers d'autres personnes âgées qui vivent là où elle a vécu. Ça ne me rendra pas ses derniers moments, tous ceux que je n'ai pas partagés avec elle, mais j'ai l'impression que ça m'aide à me pardonner ma connerie.

Roxanne s'interrompt, puis reprend :

— Pardon, je parle trop.

— Je t'écoute.

— Il faut être près des siens quand c'est la fin. On n'a pas de deuxième chance. C'est tout.

Le vin arrive au moment opportun. Emmanuel baisse les yeux et Roxanne se mord la langue. Les mots qu'elle vient de prononcer en pensant à son passé à elle s'immiscent forcément dans sa plaie à lui.

— Je fais goûter monsieur ? interroge le serveur.

— Non, madame, rétorque Emmanuel.

— Ça veut dire que tu acceptes de me faire un peu confiance ?

— Ça veut dire que tu as commandé, alors tu goûtes.

— Très bien, oui. Vous pouvez servir, merci, dit-elle en reposant son verre.

— J'ai discuté avec M. Rey aujourd'hui. Je voulais le convaincre de m'aider à raisonner Ma, mais rien ne s'est passé comme prévu, lâche Emmanuel.

— La vie ne se passe jamais « comme prévu ».

— Certes. Enfin, bref, il refuse de lui parler de ça, il dit qu'il faut beaucoup de courage pour se résoudre à partir quand on estime que c'est l'heure, et que la dernière bataille serait trop douloureuse et perdue d'avance... Donc, lui aussi, il comprend.

— Que veux-tu que je te réponde pour que tu ne me sautes pas à la gorge ?

— Que vous la comprenez tous les deux parce qu'elle n'est pas votre famille ? Vous ne pouvez pas porter le même regard que moi sur tout ça. C'est ma seule famille.

À cet instant, elle a envie de prendre la main d'Emmanuel. Et il ne s'agit pas de séduction. Non, elle voudrait juste dire à sa peau qu'une autre peau la soutient, mais elle se retient. Même si elle n'en perd pas son latin, comme aurait dit Hélène, en réalité, Emmanuel l'impressionne.

— Tu as raison. Il n'y a pas de débat. Marguerite le sait aussi. Et personne n'a le droit de prétendre être dans tes baskets. Mais, si tu veux en parler, je t'écouterai, lui dit-elle sobrement.

— Parle-moi plutôt de cette association.

Durant les heures suivantes, Roxanne explique à Emmanuel les réflexions qui ont été les siennes pendant ses pérégrinations solitaires dans des pays où les chances ne sont pas les mêmes qu'ici. Elle lui raconte sa rencontre avec Divya, une petite Indienne de douze ans qui triait les déchets à New Delhi. Elles ne parlaient pas la même langue, elles n'ont pu communiquer que par des gestes et des regards. Et des Divya, elle en a croisé des dizaines et des dizaines, là-bas et ailleurs. Elle ne pouvait que deviner les histoires qu'ils ou elles ne pouvaient pas lui révéler.

— J'en ai rencontré tellement, des enfants comme ça, réagit Emmanuel.
— Héloïse aussi, c'est pour ça qu'elle a créé son association « Crayons à l'horizon ».

Roxanne poursuit en expliquant l'urgence qu'elle ressent de mettre son argent et son quotidien au service des vieux et des jeunes, pour donner un sens à ce monde qui, pour elle, ne tourne plus comme avant.

Elle voit le visage d'Emmanuel changer d'expression. Ce qu'elle ne sait pas, c'est qu'il ne peut plus feindre le ressentiment. Jusqu'à ce soir, il détestait une image. Une image qu'il s'était forgée dans sa tête. Une image qui, désormais, a pris vie. La femme qu'elle est, et qui s'ouvre à lui, lui inspire plus qu'une colère brutale. Cette colère était irrationnelle.

Au fur et à mesure, il se raconte aussi et elle aime ça. Il lui parle de l'école de Bashay, à côté de Karatu, que soutiennent Xavier, Elisabeth et tant d'autres. École qui compte aujourd'hui près d'un millier d'écoliers. Il lui décrit ses journées en brousse ou dans la savane, à arpenter les pistes, à bouffer des yeux les paysages, à faire la sieste avec les guépards. Il lui mentionne aussi les tensions à Ormataï et le coût des éventuelles solutions, en précisant qu'agir pour ce village ne changera rien à l'évidence : il n'y aura bientôt plus assez de place pour que l'homme et l'animal puissent continuer à coexister.

Lorsque, plus tard, on les invite à partir, parce que le restaurant va fermer, Roxanne prend conscience qu'elle n'a pas vu le temps défiler.

16.

Marguerite

MARGUERITE EST ASSISE SUR SON FAUTEUIL près de la fenêtre et Ismaël lui fait face avec sa tête des mauvais jours. Il fronce ses sourcils fins et son visage, d'ordinaire si lisse, est marqué de quelques plis. Il revient à la charge :

— Vos constantes se dégradent !
— Je le sens bien, je n'ai pas besoin d'analyses, répond Marguerite. Je ne vois peut-être pas le sang dans mes selles mais j'éprouve les coliques.
— J'ai l'impression que je devrais être plus dur avec vous, pour votre bien.
— Oh, vous savez, avec votre boucle d'oreille, votre chaîne et vos bagues, je ne vous prendrais pas au sérieux si vous essayiez de me faire peur.

Il soupire. Avec lui, elle peut se permettre ce genre de trait d'humour familier. Au fond, tout ce qu'elle veut, c'est qu'il comprenne. Qu'il cesse de se battre, lui aussi. Alors, elle change de sujet. Mme Renard, sa voisine de chambre qui geint tout le temps, est, cerise sur le gâteau, désormais atteinte de carpophobie. Elle lui demande s'il avait déjà croisé dans sa vie des gens paniqués à la vue d'un fruit.

— Vous croyez que je ne vois pas votre petit jeu ? Parler de Mme Renard pour ne pas parler de vous ?

— Avouez que c'est étrange. Ça lui a pris d'un coup, cette carpophobie. Elle sursaute devant un ananas. Un ananas, vous imaginez ? Remarquez, mon amie Sylvie, vous savez, celle qui vit à Paris, elle a peur des cactus. Ça m'a toujours fait hurler de rire.

— J'aimerais bien vous regarder hurler de rire, moi.

— Eh bien soyez drôle, mon grand ! Je ne demande que ça... Bon, mes cordes vocales ne suivent plus, alors ça ne sera sûrement pas très bruyant, mais tout de même.

— Si je vous fais rire, vous retournez voir le docteur à l'hôpital ?

— Non. Si vous voulez que ma santé s'améliore, faites-moi rire gratuitement. Vous savez bien ce qu'on dit des effets du rire sur la santé...

— Bon... OK. Je vais vous en raconter une bonne. Figurez-vous que M. Chazot a tenté la grande évasion cette nuit.

— C'est vrai ? sourit Marguerite.

— Oui, il n'a pas supporté que Mme Huet fasse semblant d'être sourde pour ne pas lui répondre au dîner hier soir.

— Continuez, je sens que ça vient.

— Déjà qu'il s'était encore mis les Cellier à dos l'après-midi, c'était le coup de grâce.

— Que s'est-il passé avec les Cellier ?

— Monsieur lisait à voix haute pour sa femme. Il leur a demandé d'arrêter en affirmant que les fautes de français dans le texte en question étaient, je vous répète ses mots, « épouvantables à écouter », dit Ismaël en imitant l'intonation de M. Chazot.

— Ah oui ? Je ne le savais pas aussi pointu sur la langue française.

— Apparemment non, vous avez raison. Mme Cellier lui a fermé la bouche en assurant qu'il était trop « mal embouché » pour savoir ce qui était correct ou pas.

Marguerite commence à glousser.

— Elle était professeure de français en plus ?

— Oui ! Et elle lui a dit qu'elle pouvait toujours lui donner des cours s'il en avait besoin.

— Il a dû adorer... Mais alors, alors, cette évasion dont vous parliez ?

— Ben, cette nuit, il a rêvé que le pigeon lui faisait caca dessus, par un trou dans le plafond.

— Et il vous l'a raconté ? Ce n'est pas possible, s'exclame Marguerite.

— Il l'a dit à l'infirmière de garde et elle a ri.

— Évidemment !

— Donc, il s'est vexé, il a pris quelques affaires, il est allé jusqu'à la porte d'entrée, mais arrivé là, il avait oublié le nouveau code. Il est donc remonté se coucher et, pour emmerder le monde, il a chié au lit.

Le rire saccadé de Marguerite résonne désormais dans la chambre.

— Merci pour ce moment. Vous me manquerez quand je serai partie, Ismaël.

— Partie où ?

— Dans le pays où j'irai mourir bientôt.

— Moi, je vous fais rire, et vous, vous voulez me faire pleurer ? dit Ismaël en forçant sur son accent venu du Mali parce que Marguerite l'adore.

— Non, mon grand. Ce n'est pas triste, c'est le cycle de la vie. Vous devez aider les prochaines et les prochains.

— Oui, je dois finir ma tournée ! Reposez-vous, maintenant.

— D'accord, chef. Bon courage. Et embrassez Andréa et le bébé pour moi, en rentrant ce soir.
— Promis.

*

En passant près du comptoir de l'accueil derrière lequel la jolie Agnès est concentrée sur son ordinateur, Marguerite marque un temps d'arrêt, appuyée sur sa canne. Il y a des fleurs coupées qui trempent dans un verre.

— C'est une honte, murmure Marguerite.
— Oh, madame Vernier, je sais que vous n'aimez pas ça, mais ce sont des résidents qui me les ont offertes tout à l'heure. Ils les ont cueillies pendant leur promenade.
— Ils auraient mieux fait de vous offrir une plante en pot, avec ses racines... Mais bon, disons que si c'est pour vous remercier de votre gentillesse, ça partait d'une bonne intention.
— Absolument. Vous voulez que j'appelle Coumba ? Vous déjeunez avec votre petit-fils dans la salle pour les invités, c'est ça ?
— Oui, ma belle, c'est ça. Je n'ai pas la force de sortir avec lui, aujourd'hui.
— Allez, allez, vous irez mieux demain.
— Je vais toujours mieux quand je n'ai pas kiné...
— Ah, ben voilà votre petit-fils ! dit Agnès qui a aperçu Emmanuel en premier.

Bras dessus bras dessous, Emmanuel et Marguerite se dirigent vers la pièce réservée aux repas avec les visiteurs. Marguerite est en train de lui expliquer qu'elle ne supporte plus ce kinésithérapeute. Il fait exprès de marcher trop vite pour qu'elle s'essouffle et qu'il lui dise de faire plus d'efforts. Emmanuel soupire.

— Tu veux que je lui parle ?

— Oh, non, tu t'énerverais. Il n'est vraiment pas commode celui-là. Il ferait mieux de changer de métier. Enfin, tout le monde ne peut pas être aussi adorable qu'Ismaël.

— C'est ton chouchou, lui.

— Oh oui !

Après s'être installée à table, Marguerite réoriente la conversation. Elle pose des questions sur Elisabeth. L'épuisement qu'elle éprouve ce midi n'entravera pas son plan. Quitte à dormir le reste de la journée, elle veut employer son filet d'énergie à bon escient. Les jours s'égrènent et sa priorité en est au point mort : Emmanuel botte en touche dès qu'elle lui parle d'amour. Alors, elle va changer de tactique, elle va lui parler des femmes.

— Qu'est-ce qui te rebute chez elle ?

— Rien en particulier. C'est juste qu'elle ne me plaît pas de cette façon-là. J'ai toujours considéré Elisabeth comme une amie.

— Comme beaucoup d'autres depuis longtemps, non ? Si tu les cloisonnes toutes dans cette case-là, tu ne sauras jamais vraiment ce que tu aurais pu ressentir en creusant…

— Ma, je me connais. C'est tout ou rien. On parle d'autre chose, tu veux bien ?

— Non, c'est important pour moi.

— Hum… Je suis bien dans mes baskets, je t'assure, ne t'inquiète pas.

— C'est ce qu'on dit pour contourner le vrai sujet. Elle t'a déclaré ses sentiments clairement, Elisabeth ?

— Oui, par texto, si tu veux tout savoir.

— Nous, on écrivait bien des lettres. Avec les téléphones, maintenant, ça va plus vite. Tu lui as répondu quoi ?

— Que je n'avais pas la tête à ça, que je tenais à elle mais que j'avais besoin de son amitié et rien de plus. Elle a dit qu'elle comprenait.

— Il te faut une femme avec plus de caractère. Une femme qui t'oblige à redonner une place à l'amour.

— Peut-être. Ces choses-là s'imposent, tu sais. Il n'y a rien à calculer.
— Comment s'est passé ton dîner avec Roxanne, hier soir ?
— Je me demandais quand tu allais m'interroger là-dessus, mais je ne pensais pas que ce serait dans ce contexte...

Elle perd ses lèvres dans son verre d'eau, comme pour ignorer la remarque d'Emmanuel et le laisser enchaîner naturellement, sans le brusquer. Il ne lutte pas et lui raconte la soirée, avec un certain nombre de détails qu'il aurait tus à n'importe qui d'autre. Marguerite aime les histoires enrichies de suspense, de retournements de situation et d'effets de diction. Elle lui est reconnaissante de se prêter à l'exercice. Et il finit même par lui avouer que ce dîner a changé sa perception de Roxanne.

— Tu vois, je t'avais dit que c'était une fille bien, ponctue Marguerite.

Emmanuel abonde dans son sens. Elle n'a rien d'une écervelée obsédée par l'argent et imperméable à la mort. Mais elle n'en reste pas moins un personnage insaisissable.

— Elle va vous aider pour l'école à Bashay, avec son Héloïse, j'en suis sûre. Ton Xavier sera ravi.
— On verra. Je ne crois que ce que je vois.
— Que tu es rabat-joie, par moments, mon chéri.
— Pourquoi ?
— C'est une force vive, cette jeune femme. Et, en plus, moi je ne vois pas bien clair, mais Lucien dit qu'elle est très belle.
— Et alors ?
— Tu ne le vois pas, toi ?
— Non mais, Ma, tu dérailles ?
— Dis donc !
— Pardon, mais on a vingt ans d'écart. Je ne la regarde pas avec ces yeux-là. Pas du tout.

— Depuis quand tu te préoccupes des conventions ? Et puis, elle doit trouver que la barbe, c'est à la mode, elle.

— N'importe quoi. Mange donc au lieu de vouloir me caser à tout prix. Elle n'est pas si mauvaise cette purée.

— C'est ça. Si ton grand-père t'entendait... Heureusement que je l'ai laissé dans la chambre.

— Il a bon dos, papy. Tu crois qu'il en penserait quoi de...

Emmanuel laisse sa phrase en suspens.

— De quoi ?

— Rien. Attends, c'est bizarre, ça n'arrête pas de vibrer dans ma poche.

— Ton téléphone ?

— Oui, c'est Samwel. Merde, il m'a appelé cinq fois.

— Rappelle-le, si tu veux. C'est peut-être important.

— Après manger... Mais ce n'est pas son genre d'insister, ça m'étonne.

— Vas-y, mon chéri. On n'est pas au restaurant. Et il n'y a personne dans la salle, donc ce n'est pas impoli.

— D'accord.

Emmanuel porte le téléphone à son oreille et change de visage. Grâce à ses sonotones, Marguerite saisit quelques bribes de phrases et repose sa fourchette. Kadogo est blessé et c'est très grave.

17.

Emmanuel

Des rédactions parisiennes sous pression aux terres sauvages où l'imprévu règne en maître, Emmanuel a appris, ces trente dernières années, à être étanche au stress et à la peur primaire. Pour le faire plier, il faut une tempête sans précédent. Et il est en plein dedans. Plus tôt aujourd'hui, il a affirmé à Marguerite qu'il était heureux. Si c'était peut-être vrai il y a quelques mois, c'est résolument faux à présent. L'idée de la disparition prochaine de sa grand-mère a éteint toute allégresse en lui. Et, comme si ce drame en perspective n'était pas assez laid, un autre vient de s'y greffer. Kadogo, ce gosse maasaï qu'il a vu grandir, est semblerait-il, entre la vie et la mort. À quinze ans, il est la première victime de l'intensification du conflit entre les éléphants et Ormataï. Lui qu'il a observé de loin pendant sa transition de l'enfant à l'adulte, pendant ces mois où il vivait, sous la coupe de son gardien, dans une hutte exiguë interdite à sa mère, Nembris. Lui qui a été alimenté d'une nourriture spéciale – essentiellement constituée de sang de vache et de lait – afin de le rendre plus fort et lui purifier le corps. Lui qui, durant tout ce temps, n'a pu sortir que ponctuellement et en arborant la peinture faciale blanche et noire censée lutter contre l'esprit du diable. Lui qui, après avoir respecté chacune de ces étapes, avait enfin accédé à la vie à laquelle il se destinait. Lui, son cher Kadogo, est à terre.

En faisant sa valise, Emmanuel se sent tiraillé. Il a dû avancer son vol aller, et il doit désormais anticiper son vol retour. Bien sûr, il voudrait se dédoubler. Être ici pour elle, là-bas pour eux. Ce rêve-là n'est malheureusement accessible à personne. Alors, il serre les dents et tente de rationaliser ses gestes. Pour envisager la volonté de Marguerite, il a besoin de prendre du recul, de prendre de l'air et de se nourrir d'informations, aussi nauséeuses soient-elles. Pour épauler Nembris, Saitoti, le village et ses amis, il a besoin d'être sur place. De témoigner son soutien, physiquement.

Marguerite l'a encouragé à rentrer en Tanzanie au plus vite et il n'en a pas été étonné. Du plus loin qu'il s'en souvienne, sa grand-mère a toujours fait passer les soucis et l'intérêt des autres avant les siens. C'est aussi ce qui devrait le pousser à reconsidérer son cri. Pendant toute son existence, Marguerite n'a fait que donner sans rien demander et même maintenant, au crépuscule de sa vie, elle pense davantage à son éventuel mariage à lui qu'à ses funérailles à elle. Ne mérite-t-elle pas qu'il dépasse ses propres angoisses et honore son dernier souhait ? Pourtant, rien qu'en pensée, cette montagne lui semble encore infranchissable.

Son esprit joue à saute-mouton.

De la vision de cet Everest inatteignable, il bondit sur l'Ol Doinyo Lengaï. Moins haut mais plus sacré, ce stratovolcan situé dans la vallée du Grand Rift porte un nom en maa parce qu'il est « la montagne des dieux » pour les Maasaï. Et, lorsque l'un des leurs est en péril, c'est devant elle, ou devant une représentation d'elle, qu'ils se réunissent pour chanter, prier et attendre une réponse, un espoir, une guérison. Littéralement ou métaphoriquement, c'est donc là qu'ils sont en ce moment, à quelques milliers de kilomètres.

*

En passant embrasser Marguerite avant de rejoindre Paris en train, il lui a promis de revenir avec un plan, sans savoir lequel. Il a respiré son odeur, l'a serrée dans ses bras, et il a lu dans ses yeux la confiance qu'elle plaçait en lui. Roxanne, qui tenait compagnie à Marguerite, a insisté pour le raccompagner jusqu'à sa voiture de location. Il s'est laissé faire, non sans redouter les divers scénarios que sa grand-mère ne manquerait pas d'écrire à partir de cette scène furtive.

Roxanne ne s'est pas perdue en bavardages. Elle est allée droit au but, en lui disant qu'elle allait veiller sur Marguerite jusqu'à son retour. À cet instant, la brise légère a provoqué sur la peau de la jeune femme une montée de chair de poule, et il a trouvé l'image poétique. Ce constat, combiné aux fourmillements qui l'ont envahi lorsqu'elle lui a donné une bise en le quittant, a agi comme un révélateur. Roxanne le trouble. Il ne la regarde pas, mais il la voit. Cela ne présage rien de bon. Alors, il en est sûr, la distance fera son œuvre et éteindra ce crépitement déplacé qui vient chahuter son corps.

Déjà neuf cents kilomètres.

Une fois dans l'avion, Emmanuel ne dort pas comme dans le train. Il cogite sur la comparaison hasardeuse entre Elisabeth et Roxanne que Marguerite lui a mise dans la tête. Il connaît Elisabeth depuis des années tandis que Roxanne représente l'inconnu, la nouveauté. Elle a, de surcroît, commencé par l'agacer, ce qui a truqué l'ensemble de ses perceptions. Les réactions épidermiques, suivies d'un apaisement inattendu, faussent l'équation parce que ces montagnes russes-là donnent l'impression d'être secoué. Mais ce n'est pas la secousse d'une évidence. Tout cela est simplement hors sujet.

Elisabeth, c'est différent. Elle porte des ratures qui le touchent, comme sa stérilité qu'elle lui a confiée il y a quelques années. L'absence de l'enfant, il ne l'éprouve pas de la même manière ni pour les mêmes raisons, mais il vit avec. Elisabeth aurait voulu adopter, mais son mari refusait l'idée d'élever un enfant qui n'était pas le leur. Plus tard, lorsque le couperet est tombé, lorsqu'ils ont enterré leur mariage, elle avait quarante-cinq ans. Entamer une procédure d'adoption à cet âge-là aurait été déraisonnable. Alors, elle s'est réfugiée dans les relations privilégiées qu'elle a créées avec certains enfants en Tanzanie. Concernée par l'éducation, elle a également associé ses forces à celles de Xavier et d'autres pour œuvrer à la construction d'écoles. En la regardant faire, Emmanuel a développé pour elle une amitié sincère, une forme d'admiration aussi, mais rien qui ait trait au sentiment amoureux. Il a beau fouiller son cœur, il n'y trouve aucune vibration de cet ordre-là.

Il décline le plateau-repas qui ne fait que lui rappeler son nœud à l'estomac et recentre ses pensées sur Kadogo. Imaginer la scène est probablement aussi dur que de l'avoir vécue. D'après Samwel, les éléphants sont revenus chercher de l'eau. Cette année, la sécheresse a commencé plus tôt ; et elle se fait l'ennemie de la paix. Les Maasaï ont répliqué avec des bombes au piment que Xavier les a aidés à se procurer. Cette nouvelle méthode qui circule depuis peu consiste à mélanger du sable et du piment dans un préservatif et y placer une mèche. Ensuite, ils l'allument et la jettent pour forcer les pachydermes à s'éloigner du village. Malheureusement, en lançant la sienne, Kadogo n'avait pas vu, dans la nuit, le petit derrière sa mère. Et elle a chargé. D'abord avec un coup de trompe très violent. Puis, elle a attrapé son corps, toujours avec sa trompe, l'a secoué, serré et projeté. Lorsqu'ils ont réussi à le dégager, le mal était fait et les rangers, eux, sont arrivés trop tard. La vengeance est désormais dans tous les esprits du village.

*

En arrivant à l'aéroport de Kilimanjaro, Emmanuel est exténué. Samwel, qui l'attendait, l'accueille chaleureusement. Entre les deux hommes, cette accolade rapide en dit plus que les mots qu'ils échangent après. Ils ont toujours parlé le même langage, même en se taisant. Ils ont en commun cette passion, inébranlable, qui les a menés vers une vie en accord avec leurs aspirations premières. Samwel, qui connaît toutes les coutumes des Maasaï dits typiques grâce à ses grands-parents et ses parents, vit à la ville désormais. Il a fait ce choix parce que, dès l'adolescence, en observant la naissance du safari moderne, il a su qu'un jour il voudrait en être. Samwel, n'a jamais trop rêvé d'ailleurs, mais il voulait présenter son pays à ceux qui rêvaient de lui. Il a appris religieusement cinq langues, toutes les caractéristiques de la faune et de la flore, les particularités de cette terre ancienne, les lois que la nature impose, les règles que Xavier – l'aîné de la bande – défend. Samwel a mis son intelligence, son humour et ses convictions au service de son métier de chauffeur-guide. Et, aujourd'hui, à force de travail, il est en passe de devenir responsable des opérations.

De l'interminable escale à Addis-Abeba en Éthiopie au repas sauté, de la panne de radio aux embouteillages denses, tous les sujets de conversation n'ont qu'un but : reculer le moment où, sortis du 4×4, Emmanuel et Samwel aborderont la santé de Marguerite et affronteront la réalité à Ormataï.

Une heure plus tard, Emmanuel pose enfin son sac chez lui, retrouve Rafiki et le wifi. L'un lui donne le sourire, l'autre lui délivre un message. Un message de Roxanne :

« J'espère que tu es bien arrivé. J'ai fait la lecture à Marguerite pour qu'elle s'endorme et, en quittant sa chambre, j'ai eu une pensée pour toi et tes amis que je ne connais pas : si vous avez besoin de la "boîte à rêves", pour Kadogo et son village, elle est ouverte à votre enveloppe. À bientôt. »

18.

Roxanne

Ce soir, l'air est lourd et le ciel orageux. Le ventilateur qui tourne dans l'appartement peine à donner une impression de fraîcheur. Vautrées sur le canapé, dans des volutes de cigarillos, Bianca et Roxanne rejouent des scènes adolescentes. Le vin blanc a remplacé les bières aromatisées, les visages lisses ont pris quelques années, mais la complicité, elle, est intacte. Ensemble, elles ont toujours eu cette verve intarissable, cet humour vif et cette complémentarité dans l'échange. Lorsqu'elles se retrouvent pour un week-end, chez l'une ou chez l'autre, elles discutent jusqu'à l'épuisement.

— Il est comment ? insiste Roxanne.

— Arrête ! C'est bien trop tôt pour t'en parler. On se connaît à peine.

— Oui, enfin bon, il t'a quand même proposé de t'aider à monter ton expo photo, donc il se projette.

— Ça fait trois semaines, et les mots ne sont que des mots.

— Les hommes ne sont pas tous comme l'autre abruti… Certains disent et font. Il est peut-être de ceux-là.

— Peut-être, oui. On verra.

Bianca ne baisse plus les yeux à l'évocation de son ex. Elle ne change pas non plus de couleur. Roxanne constate donc que le deuil de cette sale histoire est bel et bien achevé et elle s'en réjouit, sans le formuler.

— Bon, je n'en saurai pas plus, quoi ? Antoine, trente-deux ans, qui bosse dans l'événementiel. C'est court.

— Tu sais que je peux te retourner l'interrogatoire !

— Je ne suis pas maquée, moi.

— Euh, moi non plus.

— Non, mais tu vois ce que je veux dire.

— Pas vraiment… Tu m'as un peu trop souvent mentionné cet Emmanuel par SMS.

— C'est le petit-fils de Marguerite, oui.

— Et rien de plus ?

— T'es chiante !

— Ah, tu vois ! T'es pareille que moi…

— Pas du tout. Emmanuel, c'est compliqué. Il y a quelque chose chez cet homme, une fêlure. Ça m'intrigue et, je ne vais pas te mentir, ça m'attire. Mais, petit un, je ne sais pas si c'est réciproque. Petit deux, il habite en Tanzanie. Petit trois, il a un caractère de cochon.

— Comme toi, quoi.

— Très drôle ! Et petit quatre, on a presque vingt ans d'écart.

— Ça ne t'a pas toujours dérangée, la différence d'âge, la distance, ou le challenge…

— J'ai trente-cinq ans maintenant. Et il faut croire que je change.

— Tu ne le vois pas comme un coup d'un soir, si on résume.

— Bon, t'as raison, c'est lourd.

— Voilà. Allez, parle-moi des rêves de tes petits vieux. J'aime tellement ton idée. Mamie aurait trouvé ça super…

— Qu'est-ce qu'elle me manque.
— Je sais, elle me manque aussi.

Le poids des mots force la pause un instant. Leurs yeux se parlent. Puis Bianca serre la main de Roxanne, et cette dernière, le regard embué, reprend :

— Ils ont des envies variées, mes vieux, si tu veux tout savoir. J'ai déjà dû écrire un mail à Universal Music pour essayer de savoir si on pouvait organiser une rencontre avec Florent Pagny.
— Ah ouais ! Ils t'ont répondu ?
— Pas encore, mais j'ai demandé à un pote qui les connaît de m'appuyer auprès d'eux.
— Cool. Ce serait dingue ! Quoi d'autre ?
— Faire adopter le chat d'une résidente par la maison de retraite pour exaucer deux volontés en une : Mme Talbot voulait qu'il soit recueilli et M. Rey voulait un animal chez Elia. Enfin bon, il va falloir faire avaler ça à la direction, maintenant. Mais le chat en question est toujours en attente d'adoption, j'ai vérifié. Et il n'est pas tout jeune.
— Ils vont te maudire, c'est interdit, non ?
— Je crois, mais les règlements, ça se modifie !

Bianca se met à rire.

— Ça me rappelle la fois où tu as voulu faire changer le règlement intérieur au lycée pour organiser une soirée. Toi et les règles…
— Oui, mais cette fois-ci, j'ai plus de chances de les convaincre ! Et puis ce n'est pas le plus compliqué. Le reste de la liste est long : revoir Paris, tremper les pieds dans la mer, retrouver un amour de vacances rencontré il y a cinquante ans et savoir ce qu'il est devenu, déjeuner dans un restaurant étoilé, retourner voir la maison familiale à Nice, aller au bal, trouver la fontaine de Jouvence, avoir une poule pour des œufs frais, tuer un pigeon…

— Tuer un pigeon ?
— Oui, c'est Chazot, ça. Un personnage celui-là !
— J'imagine. Bon, t'as du pain sur la planche. Ils ont de l'humour et de l'imagination, en tout cas. J'aime bien l'histoire de l'amour de vacances...
— T'es mignonne, toi. C'est le plus compliqué de tous !
— Il faut enquêter. Je peux t'aider si tu veux.
— Mais bien sûr ! Comment ? Il est détective aussi, Antoine ?
— Arrête ! Non, mais ma pote, Soline, elle est journaliste et elle est spécialisée dans les trucs compliqués à trouver...
— Bonne idée. Tu lui en parleras ?
— Promis. Mets-moi juste un SMS avec les infos.
— D'accord.
— Et tu vas faire quoi avec la fontaine de Jouvence ou ce genre de chose ? De la magie ?

Roxanne lève les yeux au ciel et reprend une gorgée de vin avant de répondre :

— Je vais essayer d'être inventive et drôle, pardi ! Des crèmes, des massages censés lisser par des points d'acupression, de la gym faciale...
— Ils vont adorer...
— C'est l'intention qui compte, à ce stade.
— Et le potager, alors ? Montre-moi les plans !

Roxanne se lève pour attraper son ordinateur sur la table ronde du salon et se rassoit à côté de Bianca. Elle n'est pas peu fière d'ouvrir le dossier, déjà bien fourni. Grâce à l'aide de Martin, le chantier du potager va commencer dans trois jours. Elle n'est pas dupe : elle sait que Martin doit espérer se rapprocher d'elle. Mais Héloïse n'est pas loin, Roxanne sait éconduire un homme si besoin, et les idées de Martin sont très bonnes. Il lui a conseillé de faire un potager majoritairement surélevé, avec un tressage en osier. Ce sera plus pratique pour les résidents chancelants qui veulent participer.

— On a juste gardé un carré en pleine terre pour les carottes, les radis, les courgettes, les oignons et les poireaux.

— C'est chiadé votre truc ! Plus moderne que ce qu'on faisait à l'époque. Les parents trouveront ça joli, je pense.

— Je leur enverrai une photo quand ce sera fini. En espérant que maman ne la ramène pas sur le fait que ce ne sont pas mes petits vieux qui vont me donner un mari !

— Tu sais bien qu'elle n'a pas de mauvaises intentions. C'est comme avec moi et la photographie. Elle s'inquiète pour nous, elle est ronchon, et sa manière de le faire est un peu…

— Intrusive ?

— J'allais dire maladroite.

— Ouais, maladroite et intrusive. Elle t'a lâché la grappe à toi ?

— Elle dit qu'il faut que je me donne une date butoir et que si je ne gagne pas ma vie avec la photo d'ici là, il faudra que je revoie mes projets, que je reprenne des études…

— Des études de quoi ?

— Oh, qu'importe, tant que ce sont des études avec un métier à la clef et d'éventuelles rencontres masculines…

— Comme si j'avais eu besoin de ça pour gagner ma vie, moi. Et puis, elle, ses études, on en parle ?

— Rox… On s'en fout, non ? C'est débile tout ça. On ne la changera pas. Et elle ne nous changera pas non plus.

— Ouais. Tant que tu n'écoutes que ton instinct, ça me va.

— Je souris, je hoche la tête et j'ai la paix. Tu me connais.

— T'es maligne comme un petit singe. En tout cas, je suis fière de toi, moi.

— Merci… En parlant de ça, tu sais avec quel matos il bosse, Emmanuel ? J'ai regardé ce qu'il fait, c'est du grand art.

— Non, on n'a pas évoqué ce sujet. Je lui demanderai si tu veux, quand il aura répondu à mon message…

— Ah, tu es dans l'attente ?
— Pas du tout.
— Pour une joueuse de poker, tu mens très mal.

*

Après avoir accompagné Bianca à la gare, Roxanne a un pincement au cœur. Elle aurait aimé la garder plus longtemps près d'elle. En savoir davantage sur cet Antoine. Semer les graines du potager côte à côte en évoquant des souvenirs d'enfance et en parlant d'Hélène. Se rassurer encore mutuellement de la non-influence de leurs parents sur leurs choix. Elle se console pourtant vite, parce qu'elle sait désormais se contenter des petits moments de bonheur. Comme celui qu'elle a vécu aujourd'hui lorsqu'elle a présenté Marguerite à Bianca. C'était important pour elle que sa petite sœur rencontre cette grand-mère-là.

Depuis la mort d'Hélène, Bianca est son lien familial le plus précieux. Et, de la même manière que Marguerite lui a permis de rencontrer Emmanuel, Roxanne voulait lui manifester son affection en partageant un bout de son week-end avec sa petite sœur. Qu'elles ont ri, toutes les trois ! Marguerite a même avalé sa gorgée de thé de travers en entendant qu'il était question de mettre des pommes de terre près des oignons. Elle leur a ensuite donné un cours magistral sur les compatibilités dans un potager, les plantes amies et les plantes ennemies. Et, comme toujours, les expressions d'antan étaient de sortie. « Si les petits cochons ne vous mangent pas, vous devriez réaliser votre plan à merveille » est sans conteste celle qui a le plus amusé Bianca.

Pourtant, malgré l'énergie de Marguerite, malgré son éloquence et sa volonté de transmettre, Roxanne l'a trouvée diminuée. La fatigue était visible sur son visage lorsqu'elles sont arrivées. Tout comme la mélancolie, que leur passage n'a fait que camoufler pour quelques heures. Une fois, Marguerite lui a avoué que les vieux faisaient souvent la conversation sans conviction. Qu'ils parlaient pour faire plaisir à leurs visiteurs, alors qu'ils voudraient se taire.

Cet après-midi, il y avait de ça. Une attitude digne. Marguerite était touchée par ces présentations, mais pas vraiment en état de les savourer.

Bianca n'y a vu que du feu, mais Roxanne la connaît bien maintenant. Elle ne peut plus être bernée. Elle boit la douleur, par procuration. Elle sent le mal qui gagne du terrain et le corps qui bat en retraite. Elle devine le chagrin d'avoir vu Emmanuel partir, les non-dits sur son inquiétude de le savoir au cœur de ce conflit en Tanzanie, le désespoir de ne pas avoir pu commencer à préparer son dernier voyage à elle.

Roxanne pénètre dans son appartement en traînant des pieds. Elle, qui devrait être comblée après ce week-end de retrouvailles, se laisse gagner par la morosité. Elle perçoit la vague d'angoisses qui s'approche pour l'envahir. Ces angoisses qu'elle connaît trop. Une question en attire une autre, jusqu'à ce que son cerveau ne soit plus qu'un point d'interrogation géant. Elle pourrait sortir son tapis de yoga ou opter pour une séance de méditation, mais elle se sert un verre de vin et allume un cigarillo.

Elle rouvre le SMS de Thibaut, reçu hier soir. Puisqu'elle refuse ses invitations pour venir jouer à Barcelone, il va organiser une partie à Cannes, sous son nez. Il sait qu'elle ne pourra pas résister. Et, à cet instant, elle ne le contredit pas. Elle a besoin de sensations fortes. Celles-là mêmes qui l'ont guidée toute sa vie.

Téléphone toujours en main, elle est soudain surprise par le nom qui s'affiche. Emmanuel.

« Bonsoir Roxanne. Merci pour ton message. Kadogo a repris conscience, après presque deux jours d'absence. Le chef a refusé qu'on intervienne pour le conduire à l'hôpital. Il se fait soigner avec leur médecine à eux. Il a dû avoir une commotion cérébrale, il a des fractures, des nausées et il est dans un état encore critique. Je te tiendrai au courant. Si ta "boîte à rêves" sait régler cette bataille entre l'homme et l'éléphant, je prends. En attendant, bon courage pour les rêves des résidents et pour le potager. »

Le choix des mots, l'aspect factuel des propos et le temps de réponse acculent Roxanne. C'est le retour de l'ours polaire. Ce qu'elle voit chez cet homme, il ne le voit définitivement pas chez elle.

Elle se ressert un verre et allume un autre cigarillo.

Et si sa mère avait raison ?

19.

Marguerite

LA GUERRE CONTRE LE PIGEON n'est plus la seule à animer le troisième étage de la maison. Désormais, l'ennemi public numéro un est le moustique. Ou plus précisément, la cohorte de moustiques qui sévit ces derniers jours. Enfin, sauf pour M. Chazot. Il se targue d'avoir un sang trop pur pour eux et préfère, comme à son habitude, nager à contre-courant.

Marguerite, qui n'a pas été épargnée, se gratte avec le peu de forces qu'elle a. Dans la salle commune, elle suit de loin la préparation culinaire des résidents. Cet après-midi, c'est atelier pâtisserie. Un clafoutis aux cerises et une tarte framboises-pistaches sont en cours de réalisation. Pas compliqué, en soi. Mais avec des mains tremblantes, des mémoires qui flanchent et des caractères incompatibles, c'est un désastre en perspective.

En retrait, Marguerite et Lucien se régalent du spectacle dont ils ont choisi de ne pas être acteurs. Et comme elle ne voit pas bien, Lucien lui décrit ce qui ne s'écoute pas, pour qu'elle ne rate rien.

— Il vous manque un quart d'heure de cuisson, à vous ! dit M. Chazot à Mme Huet.
— Vous, vous êtes trop cuit, depuis bien trop longtemps. Pire, vous êtes carbonisé, rétorque-t-elle.

Piqué, M. Chazot ne trouve pas les mots pour rebondir, alors, miracle, il se tait et replonge ses doigts dans les framboises. Parmi les résidents, ceux qui ne sont pas trop sourds ricanent avec Mme Huet, tandis que Coumba tente de calmer les frictions.

— Elle a du mérite, Coumba, quand même, dit Lucien.
— Oui, c'est vrai que travailler avec des vieux c'est pire que de surveiller des adolescents en pleine crise, approuve Marguerite.
— Enfin, ça dépend des vieux. On est sages, nous.
— Je ne l'ai pas toujours été. Avec Suzanne, on lui en a fait voir de toutes les couleurs !
— Vous, polissonne ? Je n'y crois pas.
— Et pourtant !

Soudain, Mme Renard pousse un cri de chèvre.

— Que se passe-t-il ? chuchote Marguerite à Lucien.
— Votre voisine de chambre est tombée de son fauteuil en essayant de fuir une framboise lancée par Chazot, répond-il en gloussant
— Elle recommence avec sa peur des fruits ?
— Oui…
— Oh, mon Auguste si tu voyais ça, dit-elle en touchant l'urne, posée à côté d'elle.

Alors que le fou rire commence à saisir Marguerite et Lucien, Coumba tente d'expliquer à M. Chazot que ce n'est pas une façon de se comporter. Mme Renard, quant à elle, amorce son éternelle litanie de plaintes et de gémissements. Les deux acolytes rient de plus en plus fort.

— Oh, la barbe. Quand vous arrêterez de me faire porter des pulls qui ne sont pas les miens, et que vous tuerez ce satané pigeon, je reverrai mes manières de me divertir…, piaille M. Chazot.

— Vous avez voulu me tuer ! À moi ! Au secours ! Elle m'a touchée avec ses poils ! À moi ! Venez me chercher ! hurle Mme Renard en boucle.

Les larmes coulent désormais sur les joues de Lucien et Marguerite. Le ridicule de la situation leur fait mal aux abdominaux et à la mâchoire. Tout en aidant Mme Renard à se redresser, Coumba les regarde mais choisit de ne rien dire. Quel intérêt de chercher à calmer une hilarité, si rare entre ces murs ?

— Un mot, onze lettres, aversion pour les fruits ? parvient à articuler Lucien.

— Carpophobie ! pouffe Marguerite.

Et ils repartent de plus belle. C'est aussi irrationnel que délicieux. Cela faisait si longtemps que Marguerite n'avait pas ri ainsi. Elle a juste le temps d'y penser avant que sa tête ne s'écrase, nez en premier, sur la table devant eux.

— Marguerite ? Vous vous êtes fait mal ? demande Lucien qui a repris son sérieux en une fraction de seconde, surpris par ce mouvement brusque.

Marguerite ne répond pas.

— Vous m'entendez ? Oh, Coumba, venez vite ! C'est Marguerite.

Coumba s'approche et, comprenant ce qu'il se passe, appelle des renforts. Agnès éloigne M. Rey contre son gré, Astou prend le relais auprès des autres pensionnaires et Cécile compose le numéro des pompiers.

*

— Vous sentez le tabac…

— Vous m'avez fait tellement peur, j'ai fumé sur le chemin, répond Roxanne.

— C'est gentil d'être venue, mais tout va bien. C'est juste un malaise. J'ai dû manquer d'oxygène en riant.

— Ils vont vous faire des examens, pour vérifier.

— Vérifier quoi ? Que le cancer est toujours là et qu'il a grossi ? Ça ne sert à rien.

— C'est vous qui le dites. Il vaut mieux…

— Je ne veux pas qu'ils me gardent ici, Roxanne, s'il vous plaît.

Sur son lit d'hôpital, Marguerite tente de se faire entendre mais sa voix est plus faible que jamais. Son nez est bleui par l'impact, ses yeux plissés et ses lèvres sèches.

— Qui vous a prévenue ? reprend-elle.

— Cécile, lorsque je l'ai appelée à propos du potager.

— Il ne faut pas le dire à Emmanuel. Ça ne sert à rien de l'inquiéter. À six mille kilomètres, ça lui ferait plus de mal qu'autre chose. D'accord, ma grande ?

— Il va m'en vouloir de décider à sa place ce qu'il doit savoir ou non, objecte Roxanne.

— Ce n'est pas vous qui décidez, c'est moi.

Roxanne prend la main de Marguerite et la caresse doucement. Les larmes qui perlent entre les rides ne sont plus de nature joyeuse, comme avec Lucien. Elles trahissent la peur.

— Je vous promets que dès qu'ils auront fini les examens nécessaires, je vais vous sortir d'ici.

— Merci, vous êtes bonne avec moi. Hélène serait très fière de vous.

— Vous comptez beaucoup pour moi.

— C'est réciproque. Et ce pauvre Lucien, je lui ai fait un sale coup, vous imaginez…

— Vous voulez que j'appelle Cécile pour lui demander de le rassurer ?

— Oui, je veux bien.

Tandis que Roxanne sort de la chambre pour chercher du réseau, Marguerite réfléchit à ce qu'elle s'apprête à lui dire. À son âge, quand on tombe, tout prend d'autres proportions. Aujourd'hui, elle n'a pas vraiment vu sa vie défiler, mais elle a aperçu la porte de sortie. Et elle n'est toujours pas décidée à s'éteindre d'un coup chez Elia ou lentement dans la chambre blafarde d'un centre hospitalier. Elle veut partir près d'Emmanuel, c'est une certitude. Seule l'odeur de sa peau sera capable de l'escorter en douceur vers la mort, de gommer l'appréhension, de rassurer son cœur avant la grande traversée.

— Voilà, Lucien sait tout, déclare Roxanne en revenant.

— Merci, ma grande. Asseyez-vous, vous êtes tout agitée.

— Vous êtes marrante, j'ai l'estomac retourné, moi. Je n'aime pas vous voir dans cet état.

— Bon, bon, allez… Ça vous plairait si je vous disais que j'ai trouvé quoi écrire sur mon papier pour la « boîte à rêves » ?

— Ah oui ? Je me demandais quand j'allais tomber sur votre souhait au milieu des enveloppes que j'épluche…

— Je crois que j'aimerais mourir en Tanzanie, près d'Emmanuel, en espérant que je supporte le vol.

— Et moi, je crois que je le savais déjà.

20.

Emmanuel

Aujourd'hui, Emmanuel accompagne Xavier et Samwel dans l'un des 4×4 de l'agence, idéal pour pratiquer les pistes boueuses aux ornières profondes. Les trois hommes ont décidé de passer la journée à repérer une nouvelle implantation possible pour les villageois d'Ormataï, parmi les zones délimitées par le NCA dans le cadre de son programme de relocalisation. Depuis l'accident de Kadogo – comme un coup de poignard dans une chair déjà fragilisée –, ils redoublent d'efforts pour aider le clan maasaï.

Alors que la saison touristique commence à battre son plein, Samwel, épaulé par Xavier, prend le temps de discuter avec certains responsables de district et d'autres autorités administratives. Il prospecte pour trouver un emplacement favorable, ce qui l'aidera à convaincre son oncle Saitoti de s'y installer. Et de brûler l'ancien village, comme le font traditionnellement les Maasaï lorsqu'ils s'en vont.

Emmanuel a appris, au fil des années passées ici, la géographie du pays et les préférences des ethnies. Les terres maasaï sont concentrées dans le Nord tanzanien. La région de la rivière Mara, à la frontière du Kenya, est bien trop éloignée de leur localisation actuelle à Ormataï, tout comme celle du Kilimandjaro. Les abords du NCA sont trop risqués à cause des animaux sauvages en quantité. Le lac Natron ne présente pas que des avantages, et les espaces arides en direction d'Olduvaï non plus. Reste donc la route qui mène au parc national de Tarangire où de nombreux villages maasaï ont déjà élu domicile et où les plans d'aménagement peuvent aller dans ce sens, sans risquer de créer un nouveau conflit, entre humains cette fois-ci.

Samwel a expliqué à Emmanuel que ce déménagement aura aussi le mérite de les éloigner des paysans qui vivent actuellement à proximité de leur *boma.* En raison de vieilles histoires de vols de bétail, la contiguïté entre les tribus maasaï, nyiramba et iraqw n'est ni logique ni naturelle. Et, même si les guerres des siècles passés sont à moitié oubliées, cette coexistence ne convient à personne.

Pour des raisons différentes, chacun des trois hommes se sent intimement concerné par Ormataï. Samwel par appartenance familiale, Emmanuel par amitié pour Nembris et Kadogo. Quant à Xavier, il est animé par le simple plaisir de résoudre à l'amiable les problèmes liés à la vie sauvage. S'ils n'ont pas réussi à intervenir pour aider Kadogo – malgré la présence d'un médecin français et d'un neurochirurgien américain parmi les touristes de l'agence –, ils comptent bien lui dégoter le meilleur lieu de convalescence possible. Un espace loin des traversées habituelles d'animaux, avec de l'eau aux alentours, des prairies pour les chèvres et les vaches, et une zone disponible pour bâtir, en cercle, leurs petites huttes ovales.

Lorsqu'il les a vues pour la première fois, Emmanuel a été surpris par ces étranges maisons, en forme d'escargot. Elles contiennent, presque exclusivement, un ou deux lits constitués de branches et de peaux, un coin feu délimité par des pierres, et un espace réservé aux bidons d'eau. Des matériaux qu'ils pourront les aider à récupérer, afin que le nouveau village soit habitable rapidement. Il faudra aussi dresser une barricade autour, en acacia rampant et épineux, qu'on appelle acacia *wait a bit*. Barricade anti-voleurs et anti-intrusions, même si elle n'a pas fait et ne fera jamais le poids contre les éléphants.

Samwel, en toutes circonstances, sait mettre l'ambiance. Sur le chemin du retour, il chante, raconte des blagues ou des anecdotes loufoques. Il déride Xavier et Emmanuel, souvent plus sérieux que lui. En cette fin d'après-midi, sa manière d'insuffler de la légèreté dans l'atmosphère est toute particulière :

— En ce moment, il y a une touriste à Bashay qui serait bien pour toi, Manu !

— Tu ne vas pas t'y mettre, toi aussi ? Qu'est-ce que vous avez tous à vouloir me caser ? Tu n'es pas marié, toi non plus !

— Moi, je fréquente des filles, en attendant de trouver la bonne. Il faut que tu y regoûtes !

— Il n'a pas tort, lance Xavier. Je ne sais pas comment je ferais si je n'avais pas Lela. Quand je retrouve son sourire, j'ai l'impression d'être complet.

— Tu as eu la chance de la rencontrer, dit Emmanuel.

— La chance, ça se provoque ! s'exclame Samwel. Si Xavier n'avait pas réussi à oublier la tristesse de son mariage en France, il n'aurait peut-être pas ouvert les yeux sur cette magnifique Tanzanienne…

— J'ai les yeux ouverts !

— Eh bien, crois-moi, tes deux billes bleues ont très envie de regarder cette touriste ! C'est Victor qui m'en a parlé. Il fait le safari avec elle, et il a pensé à toi. Elle est douce, elle est…

— Arrête de me la vendre ! Vous avez déjà essayé avec Elisabeth, et ça ne fonctionne pas comme ça. Et puis, ma machine n'est pas cassée, elle est juste rouillée.

— Très bien, alors c'est quand la dernière fois que tu as ressenti du désir pour une femme ? insiste Samwel.

— Si je te réponds, vous n'allez pas me lâcher.

— Ah, donc c'est récent ? demande Xavier.

— C'était à Cannes, mais elle n'est pas pour moi. Beaucoup trop jeune. Et on est bien différents. Elle m'agace, d'ailleurs.

— C'est très bon signe ! C'est qui ? poursuit Samwel.

— Roxanne, la joueuse de poker.

Xavier met les poings sur ses hanches et fixe Emmanuel.

— Celle qui veut nous aider pour l'école ? Tu fais ton cachottier. Bon, allez, laisse-le, Sam. On le met mal à l'aise, là.

— Merci, répond Emmanuel.

— Bon, d'accord, j'arrête de t'embêter. Dis-moi juste : tu lui as fait sa fête ? demande Samwel, taquin.

— Tu n'as pas assez de tes nuits, tu as aussi besoin de connaître les miennes ? Concentre-toi plutôt sur la route, il y a un radar ! finit par dire Emmanuel pour clore la conversation.

*

Le ciel est déjà noir lorsque Samwel et Xavier déposent Emmanuel à Karatu, avant de regagner le lodge de Bashay, où ils sont attendus pour un dîner. Xavier a toujours des gens à voir, d'autres à présenter. Et, maintenant qu'il a pris du galon, il inclut souvent Samwel dans ces rendez-vous-là.

Autrefois, Xavier pilotait l'agence depuis Paris, en faisant de fréquents séjours en Tanzanie. Aujourd'hui, il a des antennes dans une dizaine de pays et il a laissé les rênes du bureau français à son fils aîné, afin de pouvoir se consacrer pleinement à tout ce qui se passe ici.

Emmanuel salue ses deux compères, pas mécontent de retrouver le calme de sa solitude, et le silence qui va de pair. Ce silence lui est de plus en plus nécessaire. Silence vite interrompu par les turbulences de son téléphone : voilà que le wifi écorche la quiétude d'un instant déjà passé. Les notifications lui signalent plusieurs appels manqués, dont un de son éditeur, un de la maison de retraite et un de Roxanne, qui n'a pas laissé de message. Lorsque la voix de Cécile Morel sur le répondeur lui apprend le malaise de Marguerite, il est abasourdi. Pourquoi n'est-il pas à son chevet ?

Il compose son numéro, mais ne l'atteint pas. Ça sonne dans le vide. Trois fois de suite. Et, à cette heure-ci, il ne joindra plus personne chez Elia. Ne reste qu'une option : rappeler Roxanne.

— Allô ?

— Bonsoir, Roxanne, c'est Emmanuel.

— Oui, j'ai vu...

— Excuse-moi de te déranger, mais je viens seulement d'écouter le message de la directrice adjointe d'Elia et je n'arrive pas à joindre Ma. Comment va-t-elle, tu sais ?

— Mieux, ne t'inquiète pas. Je l'ai rejointe à l'hôpital, ils lui ont fait des examens et ils ont voulu la garder pour la nuit par sécurité, mais elle devrait sortir demain.

— Qu'est-ce qui s'est passé ?

— Ils ne savent pas vraiment. Elle a fait un malaise. Je t'ai appelé aussi, mais je ne voulais pas te le dire sur ton répondeur. Elle s'est un peu égratigné le nez, mais en dehors de ça, il n'y a rien d'alarmant... Enfin, rien de plus.

— Hum, lâche-t-il dans un soupir. Merci d'avoir téléphoné, en tout cas. Et merci de l'avoir accompagnée.

Emmanuel se sent coupable. À mesure qu'il visualise sa grand-mère dans une chambre blanche sans lui, il vacille.

— Je t'en prie, répond Roxanne. Il faut que je te dise autre chose, même si ce ne sont pas mes affaires...

— Je t'écoute.

— Elle m'a fait part de son rêve, qu'elle n'a pas encore mis dans la boîte. Elle aimerait que son dernier grand voyage soit en Tanzanie, près de toi.

Emmanuel se tait. C'est le retour de la prostration.

— Je sais que tu n'arrives pas à l'envisager, reprend Roxanne, mais, aujourd'hui, j'ai eu peur et elle aussi. Elle ne veut pas mourir ici. Et…

— Roxanne, je suis désolé, mais…

— Je suis désolée aussi, mais c'est trop important. Tu ne peux plus esquiver.

— Pardon ? Je n'esquive rien, je refuse simplement de participer à vos plans macabres.

— Ne te fâche pas, je ne suis que la messagère. Et je peux vous aider, pour que les meilleures conditions soient…

— Si le but de ta « boîte à rêves », c'est de conduire les gens plus vite au cimetière, je ne vois pas son intérêt. Je te laisse, maintenant. Bonne soirée.

Emmanuel raccroche brutalement. Il ne peut pas faire face. La colère est à présent indomptable. Elle contamine toutes ses pensées, refuse de rendre les armes. Comment pourrait-il dire oui ? Accepter de l'escorter jusqu'ici reviendrait à accepter de compter les derniers jours auprès d'elle. À regarder la maladie tarir les dernières forces dans son corps. À laisser faire la mort.

Et, même s'il considérait l'idée d'un dernier voyage en Tanzanie, idée qu'il a d'ailleurs eue avant elle, comment l'aider à partir sans souffrir ? Il n'est ni médecin ni sorcier. Il n'a pas les compétences.

L'impuissance est le pire des sentiments. Et, ces derniers temps, il l'éprouve en boucle, comme un acouphène dont on ne peut se départir.

21.

Roxanne

Roxanne avance sur la Croisette. Elle arpente le large trottoir qui longe la mer, et sent le tambour dans sa poitrine. Le martèlement. Il s'accorde aux strates de pensées décousues qui brouillent toute forme de raisonnement. Roxanne n'a jamais été adaptée. Ni à sa famille, ni à ses amis, ni au monde, ni aux hommes. Elle s'est toujours sentie appartenir aux bas-côtés, au bord de la grande route.

Ce soir, elle cherche la lumière dont elle avait fait provision pendant ses mois de voyage spirituel. Elle cherche et elle ne la trouve pas, parce que la nuit a repris son corps. Le noir s'est installé. Et ses démons sont de retour. Elle aimerait tant comprendre ce qui la rend si perméable au doute, au désespoir, au désir, au rejet, au sentiment de vide.

Elle a l'impression de n'être qu'une surface poreuse, elle qui excelle pourtant dans l'art de l'étanchéité au poker.

Voilà pourquoi elle avance vers lui, vers les cartes, vers le salut d'une fierté accessible. Elle veut oublier la mort à venir de Marguerite, les rêves des vieux qui partiront peut-être avant de les vivre, la distance physique entre elle et Bianca, la distance tout court entre elle et le reste de sa famille, et la peine agressive d'Emmanuel. Elle veut oublier les allusions de Martin qui, depuis leur rencontre, envoie tous les signaux d'un homme en demande. Un homme charmant et attentionné, mais pour qui elle ne ressent rien, une fois de plus. Elle veut oublier qu'en pensant à chacun d'eux, elle s'évertue à ne pas penser à elle. Au néant sous ses draps, aux petites mains qui ne se glissent jamais dans la sienne, à la liberté de son annulaire gauche.

Alors, Roxanne a cédé à l'invitation de Thibaut.

Il lui reste désormais moins de dix minutes de marche. Dix minutes qui la séparent encore du casino. Dix minutes pour faire taire le bouillonnement intérieur, pour expirer tout ce qui ne doit pas l'encombrer dans les prochaines heures.

*

Le poker ne consiste pas à jouer contre les probabilités, mais à jouer contre l'Homme. Le poker n'est pas un jeu de hasard ou de chance, c'est un jeu de compétences, de maîtrise de soi et d'appréhension des autres, avec une part de hasard ou de chance.

Ce soir, Thibaut a réuni une équipe hétéroclite. À côté de lui, il y a deux joueurs professionnels – dont Roxanne –, un acteur de cinéma connu pour ses aptitudes dans le domaine, un rappeur caractériel, une présentatrice TV qui augmente le quota féminin autour de la table, un milliardaire franco-russe et un chef d'entreprise – riche de père en fils depuis plusieurs générations. Ils sont huit à participer à cette partie de *cash-game* : deux excellents, plusieurs bons ou très bons, et deux « pigeons », incarnés par le milliardaire et le chef d'entreprise.

L'adrénaline, la cupidité ou l'addiction au jeu sont trois des moteurs les plus répandus au poker. Roxanne, elle, cherche l'adrénaline.

On dit souvent que la seule chose qui permet de se remettre d'un échec, c'est une victoire. C'est après cette sensation qu'elle a couru toute sa vie. Depuis l'enfance, l'existence en elle-même lui semble être un gigantesque échec. Alors, elle a tout fait pour la jalonner de victoires. Puis, elle a compris que l'électrocardiogramme du chemin était aussi important que le but, fixé à l'horizon. Elle a saisi la vacuité de l'ivresse éphémère. L'égoïsme de répondre aux crises existentielles par la performance. L'égoïsme même de la crise existentielle ou de la quête de performance. Leur insignifiance, aussi. Pourtant, dans cette salle de poker, elle revient à des amours fanées. Elle enterre la raison, qui ne lui a été d'aucun secours durant cette journée passée à ruminer. Elle veut toucher l'exaltation du doigt. Elle veut se foutre de l'égoïsme ou de l'insignifiance. Dans l'instant, qu'est-ce que ça peut bien faire ? Est-ce que comprendre certains enseignements exige de les respecter pour le reste de sa vie ? Qui peut bien attendre cela de l'être humain, cet électron libre aux cent visages ?

Non, résolument, Roxanne, elle s'en fout. Elle a toujours pensé que les lois, les règles, édictées par nous-mêmes ou par les autres, n'avaient vocation qu'à être transgressées.

Autour de la table, il y a, comme dans toute partie, différents types de joueurs. Les agressifs et les passifs, les bavards et les silencieux, les faux méchants et les faux gentils, les drogués et les sobres, les équilibrés et les déséquilibrés, les génies et les fous. Il n'y a pas une bonne tactique. Il n'y a que des bonnes ou des mauvaises combinaisons entre la tactique choisie et les joueurs en face.

L'unique point commun entre tous est l'envie, incommensurable, de l'emporter.

Après la constitution du pot par les premières mises à l'aveugle – les petite et grosse *blinds* –, la distribution des deux cartes fermées à chaque joueur, le premier tour de mise, et le flop qui étale les trois premières cartes communes sur la table, la tension monte.

Au fur et à mesure, certains se servent de leur notoriété pour amadouer les autres, certains tirent profit de leur prestance physique. Le rappeur choisit d'user de son autorité naturelle, sans parcimonie. Ainsi, il peut espérer intimider le milliardaire et le chef d'entreprise. Éventuellement l'acteur, plus vieux que lui. Mais pas la présentatrice TV qui le connaît, encore moins les joueurs pros. Quant à Thibaut, il se divertit, parce que là est son plaisir.

Sur le tapis sont disposés une dame de pique et deux neuf, l'un de carreau, l'autre de pique. Dans ses mains, Roxanne tient deux dames, de trèfle et de carreau. Au deuxième tour de mise, elle relance. Certains, comme elle, calculent les cotes et les probabilités ; les plus amateurs n'écoutent que leur instinct. Ce sont ceux qui finiront en *tilt*, c'est-à-dire qui laisseront leurs émotions prendre le dessus sur leur connaissance du jeu. L'acteur, qui n'est pas en bonne posture selon les rumeurs, se couche déjà. Les autres suivent, en silence ou avec des mots. Le rappeur parle trop. Des personnages de ce type, débordant d'arrogance, elle en a croisé des centaines. Il ne lui dresse pas un poil. Elle le mangera, c'est certain.

Les alcools, dans les verres de ceux qui se font assez confiance, n'ont pas moins de 18 ans d'âge. La nourriture, en revanche, ne prend personne dans son piège. Chacun sait que la digestion et la réflexion ne font pas bon ménage. Et, contrairement à une dose de whisky, presque décorative, un encas ne donne aucune contenance.

Roxanne ne boit que de l'eau, ne mange évidemment rien, mais s'autorise un long cigare, au moment opportun. Le moment où elle choisit de troubler le reste de la tablée, juste après le tournant – étape où l'on ajoute une quatrième carte commune.

Alignées sur la table, se succèdent maintenant la dame de pique, le neuf de carreau, le neuf de pique et le deux de cœur.

Avec ses deux dames, elle tient un full depuis le flop. Elle arbore un visage neutre, indéchiffrable. Le sourire feint du rappeur vient de se muer en vrai sourire, sous l'impulsivité du moment, comme s'il avait maintenant une chance réelle. Depuis le début, il ne joue que sur l'attitude, avec ses deux de trèfle et de carreau. La nouvelle carte vient de changer la donne, en lui offrant un full de deux par les neuf.

Avant la rivière, dernière étape où le donneur pose la cinquième carte ouverte, Roxanne part à tapis. En poussant tout ce qu'elle a dans le pot, elle déstabilise Thibaut, la présentatrice TV et le chef d'entreprise, qui se couchent. Transpirant, le milliardaire fixe son valet et son dix de pique, s'essuie le front, mesure l'assurance de Roxanne, l'agressivité du rappeur et la retenue du joueur pro qui viennent de suivre. Il finit par se coucher aussi.

Les trois derniers retournent donc leurs cartes. Roxanne révèle ainsi ses dames, le rappeur sa paire de deux, et le pro sa dame de cœur et son neuf de trèfle.

Le donneur pose la dernière carte commune : le neuf de cœur.

Et, comme ça, en une fraction de seconde, le full de Roxanne s'écrase face au carré de neuf de l'autre joueur professionnel.

Le rappeur se désagrège, Roxanne déglutit, le vainqueur exulte. L'adrénaline s'évapore dans un court flottement. La montée d'endorphines de l'un nargue la déception des autres.

Ainsi s'achève la partie.

*

En rentrant chez elle, essorée par la défaite, Roxanne digère cette longue journée. Son ego écorné cherche des branches auxquelles se raccrocher. Et, doucement, elle renverse la vapeur. Elle se concentre sur sa respiration, renoue avec la simple sensation d'être en vie, ici et maintenant, sous les palmiers et près de l'eau. Elle se souvient aussi du poids des signes. Si elle avait remporté le pot ce soir, quel message cette victoire aurait-elle envoyé à son esprit ? L'envie de rejouer, les jours suivants ? En perdant, elle peut entériner l'idée qu'ailleurs se trouve probablement une source de satisfaction plus durable. Plus palpable.

Les vieux d'Elia, les enfants de Tanzanie, la réalisation des rêves des uns et des espoirs des autres, ça, c'est tangible. C'est une course contre la montre, certes, mais avec une organisation huilée et un peu d'aide, elle peut y arriver.

Après tout, si M. Chazot a remis une enveloppe dans la boîte, une enveloppe contenant un souhait bien plus personnel que la mise à mort d'un pigeon bruyant, alors, tout est peut-être possible. Ce matin encore, elle pensait que la carapace de ce vieux grincheux resterait impénétrable. Mais cette nuit, elle se dit que le réconcilier avec sa sœur, provoquer leurs retrouvailles, accéder à ce qui occupe vraiment son âme hargneuse, serait une autre forme de contentement. Réparer autrui pour se réparer, c'était le plan initial. Il suffit d'y croire et de chasser les doutes.

Quant à Marguerite et Emmanuel, au milieu desquels elle se sent à la fois intruse et intermédiaire, peut-être qu'elle doit faire quelques pas en arrière, pour se protéger.

22.

Marguerite

DANS LA SALLE COMMUNE, MARGUERITE, Lucien et d'autres écoutent Mme Talbot raconter que, lorsqu'elle était petite fille, son père les a fouettés aux orties, son frère et elle. À l'évocation de cette dérouillée, son regard change de couleur. Ils étaient rentrés plus tard que prévu et les règles se devaient d'être respectées. Les punitions d'antan n'obéissaient pas à la même politique, et ne laissaient pas les mêmes séquelles que celles d'aujourd'hui.

Mme Talbot, ensuite, s'offusque des revendications de ses arrière-petits-enfants qui crient presque à la maltraitance pour une confiscation de téléphone. Elle se crispe devant cette génération qui n'a pas conscience de sa chance. Les Cellier, eux, défendent les adolescents. N'ont-ils pas bien d'autres problèmes dans ce monde où l'horizon s'est sacrément noirci ? Ils soulignent qu'entre la crise économique, la pénurie d'emplois dans certains domaines, le terrorisme, les réformes au vitriol, les prévisions climatiques, la morosité sociétale, l'extinction des espèces et l'amour qu'il faut trouver sur Internet, c'est une triste époque.

Marguerite se tait. Elle n'a plus de jeunes autour d'elle, et elle n'en aura plus désormais. Ces débats d'idées lui semblent, à cet instant, d'une stérilité soporifique. Les minutes sont lourdes et éreintantes.

Si son corps est au milieu de la discussion – tenue par ces pensionnaires qui ont encore des choses à dire –, ses pensées restent accrochées aux tracas des derniers jours.

D'abord, la chambre de Paulette a été réassignée à un nouveau vieux qui ne lui inspire rien. Sa chère Paulette, la doyenne, la centenaire, le modèle de pondération, supplantée par un croulant à l'eau de Cologne répulsive.

Aussi, on a imposé à Marguerite des exercices de mémoire pour vérifier si sa tête n'en avait pas pris un coup après son malaise. Des exercices idiots consistant à repérer quelque chose dans une image et à le retenir. Des exercices qui lui donnent envie que *la Terre s'arrête pour descendre*, comme dans la chanson de Gainsbourg et Birkin.

Enfin, Lucien lui a dit des mots qu'elle ne voulait pas entendre. Deux phrases, lâchées à la volée, sans préambule et sans suite : « Je me suis rendu compte que je commençais un peu à tomber amoureux de vous. C'est idiot mais ça m'a permis de me souvenir de la sensation. » Gênée, elle a souri et ils sont passés à autre chose, sans y revenir. Cet aveu a mis en exergue le gouffre entre eux. Lucien a encore des idées pour demain, alors qu'elle n'a plus qu'un pied dans la vie.

Toutefois, ce qui la mine le plus quand elle y réfléchit bien, c'est la distance que Roxanne a instaurée depuis une dizaine de jours. Elle joue aux cartes avec certains, a lancé les négociations pour le chat de Mme Talbot et, avec Martin et d'autres, elle s'investit pleinement dans la préparation du potager pour le premier atelier. Au milieu de tout cela, Roxanne n'a pas passé ne serait-ce qu'une heure en tête à tête avec elle. C'est un vrai courant d'air. Qu'est-ce qui se cache derrière ce changement brusque ? L'épisode à l'hôpital l'a-t-il choquée ? À moins que ce ne soit la Tanzanie ? Roxanne l'a peut-être trouvée culottée ? Voilà ce qui tracasse Marguerite. Les souvenirs de

Mme Talbot et les histoires de téléphone, elle s'en tape le coquillard.

— Coumba, vous m'accompagnez aux commodités, s'il vous plaît ?
— Bien sûr, madame Vernier.
— Vous savez quand elle revient, Roxanne, pour le potager ?
— Demain, je crois.
— Il faut que je lui redise d'y planter des fleurs, parce que la pollinisation, c'est bon pour tout l'écosystème.
— On lui dira ça, oui.
— On peut aller directement dans ma chambre ?

Coumba marque un temps d'arrêt.

— Vous ne vouliez pas aller juste aux toilettes ?
— Non, je suis fatiguée et je dois m'occuper de mes plantes.
— Et M. Rey ? Il va se demander où vous êtes…
— Mais non, enfin. Il est avec les autres.
— Vous vous êtes disputés ?
— Coumba, on n'a pas douze ans.
— Oh, parfois, ici…
— Je suis fatiguée.
— Très bien, je vous raccompagne.

La porte close, elle pose sa canne et se laisse glisser dans son fauteuil en fermant les yeux. Elle est minée. Fatiguée, certes, mais surtout minée. Elle s'est habituée à la présence de Roxanne, à ses attentions, à leurs discussions. Sa jeunesse fougueuse a mis de la vie dans son quotidien terne. Leurs rendez-vous ont rempli des parcelles du grand vide laissé par les absents. Et elle en a grand besoin.

Marguerite est assaillie par des questions sans réponses, et la chaleur ambiante ne l'aide pas à structurer ses pensées. Pourtant, elle fait confiance à son instinct et à son ressenti : *il y a une couille dans le potage.* Les gens ne changent pas d'attitude du jour au lendemain par hasard. Elle ne croit pas aux coïncidences. Elle se fie à ce qu'elle constate. Si Roxanne lui paraît fuyante, c'est bien qu'elle fuit. Mais quoi donc ?

Soudain, elle a la lucidité de reconnaître que tout ne tourne pas autour de ses vieux jours. Peut-être qu'une tension extérieure vient polluer leur routine ? Peut-être que cela concerne l'association d'Héloïse ? Peut-être qu'Emmanuel est au courant ? Il faut qu'elle l'appelle, pour en avoir le cœur net, avant d'interroger directement Roxanne. Marguerite veut éviter les bourdes. Elle a le sentiment d'être déjà assez lourde à porter.

— Bonjour, mon grand.

— Salut, Ma. Comment vas-tu aujourd'hui ?

— Physiquement, ça va, ne t'inquiète pas. Mais je suis chagrinée.

— Pourquoi ?

— Parce que j'ai l'impression que Roxanne m'évite. Tu as des nouvelles, toi ?

— Pas depuis ton accident, non. Mais elle doit être occupée, c'est tout.

— Ça me travaille.

— Il ne faut pas. Elle a sa vie aussi.

— Elle t'a parlé d'Héloïse et de l'association, quand tu l'as eue en ligne ?

— Non, juste de toi. Et… de ton rêve… pour la boîte.

— Ah. Tu ne me l'avais pas dit.

— J'attendais que tu te rétablisses. C'est difficile pour moi de…

— Je sais, mon chéri, je sais.

— Bon, puisqu'on en parle, je crois que j'ai été assez désagréable avec elle.

— Comment ça ?

— Elle m'a dit que tu voulais mourir en Tanzanie, que c'était ça ta volonté pour sa « boîte à rêves » et je l'ai envoyée paître. J'ai raccroché, quoi.

— Oh, Emmanuel, il ne faut pas t'en prendre à elle. Roxanne n'a que de bonnes intentions.

— Oui, au fond, je veux bien croire que tu as raison.

— Bah alors ?

— J'ai placé ma colère au mauvais endroit, c'est tout. J'y ai repensé cette nuit, articule Emmanuel, non sans difficulté.

— Ça va aller. Pour l'instant, je suis toujours là. Je t'aime, mon grand.

— Moi aussi.

— Tu veux bien appeler Roxanne ?

— Pour quoi faire ?

— Pour t'excuser ? suggère Marguerite.

— D'accord, Ma, d'accord.

— Et, dis-moi, comment va Kadogo ?

— Il est toujours à l'horizontale, mais il s'accroche.

— Bien, bien. Je t'embrasse, alors.

— Moi aussi. Je te rappelle vite.

Marguerite repose le téléphone sur la commode et s'allonge sur le lit. À la fois soulagée et épuisée, elle ne pense plus qu'à dormir. Elle doit économiser ses forces parce qu'elle a encore des choses à dire à Emmanuel. Tant de choses.

23.

Emmanuel

EMMANUEL REJOINT ELISABETH, le pas lesté par la gêne. Ils ne se sont pas encore vus depuis son retour. Après leur fameux échange de textos, Elisabeth s'est faite discrète, ce qui ne lui ressemble pas tellement. Emmanuel la connaît bien et il sait que leur relation mérite une conversation, les yeux dans les yeux. Une conversation qu'il a fuie, parce qu'il avait trop à faire et à penser. Aujourd'hui, il ne fuit plus. Il lui a proposé de prendre un café dans un boui-boui à Karatu, en terrain neutre.

Dans le tumulte de la ville rouge, Emmanuel avance à pied, en longeant les rues colorées par les fruits mûrs des échoppes, les tissus locaux, les panneaux touristiques et les sachets du café produit non loin d'ici. Pas après pas, il essaie en vain de mettre ses idées en place, de préparer ses phrases.

Elisabeth, déjà arrivée, l'accueille avec un sourire timide. Elle s'est apprêtée, comme toujours. Non qu'elle refuse d'assumer sa cinquantaine, simplement, elle n'a pas tiré un trait sur sa féminité. Elle l'a juste adaptée aux normes locales.

Alors que leurs tête-à-tête ont pour habitude d'être bavards, les premiers mots se font attendre. L'embarras de l'un rejaillit sur celui de l'autre. Ils échangent des banalités, tournent autour du pot, ne se regardent pas vraiment, se concentrent sur leur boisson. Elisabeth est la première à rompre cet excès de pudeur :

— Manu, je suis désolée.
— De quoi ?
— De t'avoir imposé mes sentiments. Il fallait que je te le dise, j'en avais besoin, mais c'était sûrement égoïste.
— Mais non, ne t'inquiète pas...
— Je me doutais que tu ne les partageais pas, mais je voulais en avoir la certitude, tu comprends ? Mon but, ce n'était pas de te mettre mal à l'aise, crois-moi.
— Je ne suis pas mal à l'aise, Liz.
— Manu, sérieusement.
— Bon, d'accord, un peu. Je ne veux pas te blesser, surtout. C'est ça qui m'importe.
— Je sais. Ne t'en fais pas, je ne suis pas en sucre. C'est la vie... *Hakuna Matata !*
— Tant mieux, alors, dit Emmanuel en souriant.
— On fait comme si je n'avais rien dit ? Je peux t'aimer en silence et continuer à être une amie pipelette...
— Liz, ne me dis pas ça.
— Quoi ?
— Tu sais bien...
— Que je t'aime ?
— Oui.
— C'est la vérité, je ne vais pas te mentir, si ? Tu es tout ce que mon mari n'était pas. Mais je ne dois pas avoir les arguments pour que ce soit réciproque, et je ne m'en offusque pas, t'inquiète.
— Ne te dévalorise pas, s'il te plaît. Tu es une très belle femme, tu es brillante et tu comptes beaucoup pour moi, mais juste pas de cette manière-là.
— Je comprends. On passe à autre chose ?

Il tripote nerveusement sa tasse. Elisabeth, sous ses airs bienveillants, cache une profonde déception. Une déception qui se lit dans ses gestes, dans l'expression de son regard et dans son intonation.

— Comment va Marguerite ? reprend-elle.

— Comme elle peut. Elle veut venir mourir ici...

— Je suis désolée. Affronter la mort d'un parent, c'est terrible. Je m'en souviens comme si c'était hier.

— Enfin, pour le moment, elle est toujours là.

— Justement ! Peut-être que tu devrais voir son voyage comme l'occasion de lui faire vivre des semaines uniques, magiques, au milieu de la nature et des animaux ? Ne pas le voir comme la fin mais comme un cadeau, pour elle et pour toi.

— Je n'ai pas dit oui, mais je n'ai pas dit non. Je me demande comment organiser les choses, sans précipiter sa mort. Ici, on n'est pas équipé. Et elle va souffrir de plus en plus.

— Laisse-toi le temps d'y penser, avec elle.

— Oui, mais c'est difficile.

— Je sais.

— Tu veux venir avec moi à Bashay ? J'ai rendez-vous avec Xavier. Il veut me présenter des milliardaires américains, ça me gonfle, lance Emmanuel pour changer de sujet.

— Pour quoi faire ?

— Pour parler de leur fondation et d'une grosse expo autour des éléphants.

— Ils veulent que tu les photographies ? C'est une bonne chose, non ?

— Ils ont déjà contacté mon éditeur et j'avais fait la sourde oreille. Maintenant, ils sont carrément ici, pour un safari, donc je ne peux plus les éviter.

— Qu'est-ce qui t'ennuie ?

— Leur expo va s'appeler « Le cimetière des éléphants », ça ne présage rien de bon. La photographie, c'est figer la vie. Pas la mort...

— Bon, d'accord, je viens avec toi.

*

Après avoir fait un détour par deux des créations de Xavier – la *tree nursery*, où de très jeunes arbres prennent des forces pour devenir acteurs de la reforestation en cours, et le potager qui alimente le lodge de Bashay –, Emmanuel et Liz se font accoster par des gosses qui ont reconnu la voiture. Ils avaient douze ou treize ans lorsqu'Emmanuel leur a appris à jouer au foot. Aujourd'hui, ils en ont seize ou dix-sept, et ils ont toujours les ballons qu'il leur avait offerts. Ceux pour jouer, et les autres, dédicacés par des joueurs, que les gamins collectionnent. Il leur avait cédé ces souvenirs du temps où il était photographe sportif, parce qu'ils en avaient bien plus besoin que lui. La lumière dans leurs yeux ébahis n'avait alors pas démenti son intuition.

Sur le terrain vague, aménagé sommairement en terrain de foot à côté du potager, les jeunes insistent pour qu'Emmanuel vienne leur faire quelques passes. S'il dit sobrement à Liz qu'il n'a pas le cœur à leur refuser ça, au fond, il est encore plus content qu'eux. Et son sourire trahit ce que son éternelle pudeur tait. Ces échanges sont essentiels pour lui. La preuve qu'il a construit ici une famille aux multiples visages, aux multiples origines et aux multiples générations. Il est fier de se faire appeler *Babu*, parce qu'il sait le respect que les gamins placent derrière ce terme.

Bien sûr, il n'a plus le souffle d'hier. Son dos, ses genoux et ses chevilles le rappellent à l'ordre, lui rappellent son âge. Mais il fait bonne figure, pour quelques minutes, jusqu'au coucher du soleil. Il court sur la terre sèche, évite de trébucher sur ses aspérités et admire l'énergie de ces jeunes en devenir. Eux qui vont depuis des années à l'école pour s'instruire et se dessiner des demains moins incertains.

Ici et maintenant, Emmanuel fait partie d'une équipe. Et, au milieu du marasme de ces dernières semaines, c'est une pommade pour son âme.

*

Entre pierres, bois et tapis aux couleurs chaudes, le bar principal de Bashay Rift Lodge est un espace à la fois cosy et authentique. Autour des tables basses, les canapés et les fauteuils sont disposés comme dans un grand salon, incitant les gens à se mélanger et à se parler. Un espace qui correspond davantage au caractère de Xavier qu'à celui d'Emmanuel, même si ce dernier s'y est habitué au fil des années.

Le groupe d'Américains, grâce auquel le niveau sonore atteint des sommets bien plus élevés que d'ordinaire, accueille Liz et Emmanuel à grand renfort de superlatifs. Deux bouteilles de Fat Bastard, un vin sud-africain populaire dans bon nombre de pays, trônent au centre des verres déjà à moitié vides. Les smartphones sont presque dans toutes les mains, et l'odeur de l'anti-moustiques chatouille les narines d'Emmanuel. Liz s'installe à sa droite, près de Lilian, qui travaille pour le NCA et qu'elle connaît bien.

Xavier, qui a ce soir – comme très souvent – des airs de Fabrice Luchini en plus jeune, fait le lien entre chacun. Il s'affaire à ennoblir la conversation, entre culture et humour.

M. et Mme Walker, milliardaires qui ont fait fortune dans la grande distribution, expliquent à quel point l'écologie, l'Afrique et l'avenir de la planète sont devenus leurs priorités. Ils parlent de leur fondation, de transition écologique, de production *clean*, d'éveil des consciences, et, aux oreilles d'Emmanuel, tout sonne faux. Les riches de ce monde, comme les autres, suivent le mouvement du moment pour s'assurer les bonnes grâces des consommateurs. Ont-ils du mal à se coucher le soir, dans leurs draps de soie, en pensant aux peuples qui souffrent, à la sixième extinction de masse des animaux, au changement climatique ou aux catastrophes naturelles qui en découlent ? Emmanuel en doute sérieusement. Xavier, lui, sait naviguer dans ces eaux-là. Il sait en tirer le meilleur de ce qu'il y a à prendre, sans jugement. Emmanuel, plus revêche, a conscience que le caractère de Xavier est une force.

Mme Walker, qui se gargarise d'être à l'initiative de cette fondation portant son nom, complimente Emmanuel sur son livre *Ivory*. Celui qui a étendu sa renommée internationale. Elle souligne l'hommage qu'il a su rendre à la vie sauvage et les réflexions qu'il a savamment distillées dans son travail. Il l'écoute, feint quelques sourires, mais ne tombe pas l'armure. Mme Walker ne se démonte pas pour autant. Elle lui explique le but de cette exposition choc qu'elle a imaginée pour dénoncer le braconnage, à l'heure où l'import-export de trophées de chasse a été réautorisé aux États-Unis. Elle lui brandit ses convictions, lui raconte les gens qu'elle a fini par rendre à sa cause, et tente de le convaincre de ses bonnes intentions.

— Mon mari et moi, nous tenons absolument à ce que vous soyez l'un des trois photographes de cette exposition. Vous saurez toucher les gens en plein cœur ! Vous avez ce qu'il faut... Vous savez, il s'agit seulement de passer quelques semaines dans le sud de la Tanzanie, là où le braconnage sévit férocement. Et il est vrai que, comme l'exposition est prévue à New York au mois d'août, le temps presse.

— Pourquoi au mois d'août ? lui demande Emmanuel.

— Parce que c'est le mois de la journée mondiale des éléphants.

Les Américains et les journées mondiales, pense-t-il avant de soudain comprendre qu'il peut la prendre à son propre jeu. La coincer. La mettre face aux réalités de cet engagement qu'elle dit avoir chevillé au cœur et au corps. Il lui décrit donc la situation qui l'occupe à Ormataï, le conflit entre l'homme et l'éléphant, la colère des Maasaï depuis l'accident de Kadogo. Puis, il dépeint la sécheresse qui envenime les choses parce que l'eau est rare. Le territoire qui devient trop exigu pour que la cohabitation puisse se vivre sereinement. Et il l'interroge : la fondation est-elle prête à financer le déménagement de ce village maasaï, quelque part sur la route entre Arusha et le parc national de Tarangire ? Est-elle prête à financer la construction d'un puits aussi, pour que l'accès à l'eau ne soit pas un problème ? Est-elle prête à aider les autres villages de paysans restant à Ormataï ? À y réparer les dégâts, à établir des ruches d'abeilles et des clôtures pimentées autour des champs pour détourner les éléphants et permettre l'installation des prochains nomades qui s'établiront là ponctuellement ? Parce que, oui, il y en aura toujours, des prochains.

Mme Walker, plus maligne ou plus concernée qu'il ne le pensait, acquiesce immédiatement. Elle se montre sensible à tout ce qu'Emmanuel lui apprend et elle s'engage à débloquer des fonds dès son retour à New York, ainsi qu'à employer des forces vives pour que cela se fasse au cours de l'été. En contrepartie, elle attend qu'Emmanuel lui dise oui. Désormais, il n'a plus le choix. Il va devoir faire fi de ses émotions, accepter la douleur que ce travail générera en lui. Accepter d'arriver trop tard, après que la vie de son animal préféré a été fauchée. Bien sûr, cette exposition est, au fond, en accord avec ses convictions. Mais il n'a pas pour habitude de véhiculer des images chocs. Il a choisi depuis longtemps de véhiculer de belles images, fortes, qui donnent à elles seules envie de préserver un monde qui risque de s'évanouir. Ce que les Walker lui demandent ici est tout à fait différent.

Alors que le petit groupe se lève pour rejoindre la salle à manger où une large table a été dressée, Emmanuel sort prendre l'air sur la terrasse spacieuse qui surplombe un bout de la vallée du Grand Rift. Il fait nuit mais le paysage, dans l'obscurité, n'en est que plus loquace. Il entend une hyène et des chiens qui lui répondent au loin. Il respire fort. Il pense à Marguerite. Elle attend sa visite, elle attend qu'il accepte de venir la chercher et il va devoir lui annoncer qu'il part une vingtaine de jours dans le sud-est, dans le Selous, pour photographier ce que la légende appelle « le cimetière des éléphants ». Pour immortaliser un monde en perdition. Le pire, c'est qu'elle va comprendre et se réjouir de la solution ainsi trouvée pour le village de Nembris et Kadogo.

Il déteste l'autre pensée qui vient se greffer : l'argent qu'on lui propose pour ce travail lui permettra sans aucun doute de faire vivre à Marguerite un dernier voyage digne de ce nom. Un voyage durant lequel il ne se consacrera qu'à elle.

Se confronter, objectif en main, à la mort de cet animal majestueux, est-ce là le moyen que la vie lui soumet pour en venir à accepter la disparition de sa grand-mère, non moins majestueuse ?

L'idée lui coupe l'appétit.

24.

Roxanne

Ce matin, Roxanne tourne autour de son téléphone comme une hyène tournerait autour d'une carcasse appartenant aux lions ; avec une envie furieuse de le saisir, mais un sentiment de danger qui l'en empêche. Emmanuel l'a appelée deux fois, sans qu'elle décroche. Et, s'il n'avait pas laissé de message la première fois, hier soir, il a parlé sur son répondeur. D'une voix douce mais contrôlée, il lui a dit qu'il aimerait pouvoir discuter avec elle, dès qu'elle aurait un moment disponible. Cette expression, « moment disponible », a renvoyé Roxanne à la réalité de ces derniers jours. Elle les a passés à tenter de se recentrer, à éviter les écueils de son caractère extrême, à maîtriser ses réactions impulsives. Voilà pourquoi, hier, elle ne se sentait pas les reins pour avoir une conversation avec lui. Et puis, que peut-il bien vouloir lui dire après leur dernier échange tumultueux ?

Elle aurait pu laisser la question en suspens, mais – comme si souvent depuis son enfance – les interrogations de la journée ont déteint sur sa nuit. Dans son rêve, elle était près de lui, en Tanzanie. Ce pays, qu'elle ne connaît qu'à travers les reportages qu'elle a vus, lui a offert, dans son inconscient, sa beauté saisissante. Dans un 4×4 ouvert sur la nature luxuriante, elle a partagé un bout de vie avec Emmanuel. Ils se sont frôlés des heures au milieu des animaux sauvages, ont croisé un troupeau d'éléphants et, à la nuit tombée, sous une tente dans un camp de brousse, ils ont fait l'amour. C'était si fort qu'elle a presque le sentiment de l'avoir vraiment vécu.

Depuis que le réveil l'a tirée de son imaginaire, une autre question tourne en boucle : faut-il voir ce rêve comme un signe et rappeler Emmanuel, au risque de s'abîmer ?

Les histoires sans lendemain, elle connaît. Mais les relations épicées, casse-gueule, qui auraient le pouvoir de la faire vaciller, elle se les interdit depuis longtemps. En dix ans de poker professionnel, elle en a entendu des hommes lui expliquer qu'elle était trop ceci ou pas assez cela. Trop forte, ou pas assez féminine. Trop impressionnante, ou pas assez rassurante. À une époque, elle fumait trop, buvait trop, baisait trop. À une autre, elle faisait trop de sport, trop de yoga, trop de méditation. Dans leurs yeux, comme dans ceux de sa mère, elle s'est souvent sentie anormale, inappropriée, marginale. Trop libre pour être épousable. Trop indépendante pour donner envie d'être aimée. Trop sensible pour s'affranchir de ses valeurs. Trop compétitive pour laisser à l'homme la place qu'il revendique. Trop voyageuse pour qu'on puisse l'ancrer dans un décor.

Pendant sa retraite au Pérou, elle a commencé à faire la paix avec elle-même, en acceptant que l'essentiel, pour vivre avec le regard des autres, était d'asseoir l'idée qu'il n'y a qu'un maître à bord : soi. Auprès du chaman et de ces autres âmes en quête de sens, elle a touché du doigt la clef du mieux-être – qui n'avait jamais été ailleurs que dans sa propre chair. Depuis cette expérience, elle lutte pour ne pas perdre de vue cet apprentissage-là, pour ne pas se laisser emporter dans le tourbillon du quotidien.

Le problème n'est pas de savoir ce qu'Emmanuel pense d'elle. Ce qui compte, c'est qu'elle accepte de se jeter dans le vide, sans parachute, quelle que soit la nature de leur relation à venir.

La première fois qu'ils ont été réunis dans une même pièce, elle a ressenti cette déflagration si rare. Celle qui signifie qu'au-delà des mots et de l'espace-temps, la rencontre est singulière.

Ne devrait-elle donc pas faire fi de son ego blessé par la colère qu'Emmanuel a déversée sur elle ? De la pression de sa mère pour trouver un bon mari et un bon père ? Au fond, elle n'accorde pas d'intérêt à la pression sociale qui incite à rentrer dans un moule préfabriqué. Ne devrait-elle pas chasser la question de la différence d'âge plutôt que de ressasser les complications qu'elle pourrait engendrer ? Après tout, elle a toujours envoyé valser les convenances, les généralités, les cases étriquées. Elle a toujours assumé son tempérament salé. Peut-être devrait-elle aujourd'hui accueillir celui de l'homme qui occupe ses pensées. De l'homme qui a su l'émouvoir.

Roxanne saisit son téléphone d'un geste franc, et parce qu'elle devine qu'Emmanuel est lui aussi matinal, elle clique sur la liste des appels et appuie sur son prénom.

— Allô ?

— C'est Roxanne.

— Merci de me rappeler.

— Je t'en prie. Tu voulais me parler ?

— Oui, je voulais te présenter mes excuses. Je n'aurais pas dû t'envoyer bouler comme ça. J'ai mis du temps à m'en rendre compte, mais j'ai été con. Je sais que tu fais ce que tu peux pour aider Ma, et les autres résidents d'ailleurs. Je n'avais pas à me décharger sur toi. Pardonne-moi.

— Pas de problème.

— C'est tout ? Je t'ai connue plus bavarde.

— Non, ce n'est pas tout.

— Mais encore ?

— J'ai rêvé de toi cette nuit.

— Ah bon ?

— Oui. On…, amorce Roxanne avant de réaliser que brûler les étapes n'est peut-être pas plus malin que de barrer la route.

— On… ?

— On était en Tanzanie, on s'occupait de Marguerite, des enfants à l'école et du village maasaï, ment-elle.

— Tout un programme ! répond Emmanuel.

— N'est-ce pas ! Prémonitoire, peut-être ?

— Qui sait ? En attendant, je voulais aussi te dire que j'ai accepté de partir trois semaines dans le Selous, au sud-est, pour faire des photos d'éléphants… D'éléphants morts.

— Pourquoi morts ?

— Pour une exposition engagée, à New York. Ça me défrise mais, en échange, les responsables de la fondation qui l'organise vont financer le déplacement du village de Kadogo, ils vont débloquer des fonds pour aider à la construction de clôtures et de ruches pour les paysans qui restent près d'Ormataï, et on avait franchement besoin d'aide.

— Ah, je comprends.

— Ben, avec ça, je vais avoir de l'argent pour organiser le voyage de Ma avec toi… si tu veux toujours nous aider ?

— Mais oui, tu peux compter sur moi, répond-elle en réprimant l'envie de réagir davantage.

— Merci, Roxanne. Tu lui manques, tu sais. Il paraît qu'elle ne t'a presque pas vue ces derniers temps.

— Je t'avoue que je prenais un peu de recul. J'ai senti que j'étais de trop entre vous.

— C'est ma faute. L'ours polaire, c'est comme ça que tu m'appelles, non ?

— Oui.

— Je vais tâcher d'être moins glacial, vous méritez mieux. Toutes les deux.

— Je suis contente de te l'entendre dire.

— On se reparle bientôt ? Je te donnerai des nouvelles sur la route, si tu veux ? Et tu me raconteras l'avancée du potager ?

— Avec plaisir. Je vais chez Elia ce matin, on va commencer à planter.

— Parfait. Bon courage et à plus tard !
— À toi aussi. Salut.

Roxanne repose son portable d'une main tremblante, comme lorsqu'on relâche une tension contenue et que le corps chancelle un peu. Même à des milliers de kilomètres, même dans ces conditions, et malgré la tristesse de leurs sujets de conversation, cet homme la trouble.

*

Avant d'aller à la maison de retraite, Roxanne a fait un rapide crochet par le refuge d'animaux qui hébergeait le chat de Mme Talbot. Le directeur d'Elia, qui a fini par accepter l'idée de cette adoption, l'y attendait déjà à 9 heures, pour signer les papiers. Elle est venue pour veiller au bon déroulement de l'opération. Le refuge avait des doutes sur la pertinence de ce transfert et puis, il fallait rassurer le fameux Abracadabra. Il a un sacré caractère.

Comment peut-on donner un nom pareil à un chat ? C'est long, c'est pompeux, et peu propice aux diminutifs. Ces vieux ne cesseront jamais de la surprendre.

L'heure est désormais aux retrouvailles et à la grande rencontre. Les résidents attendent leur surprise dans la salle commune, au milieu des coussins verts et des rideaux rouges que le félin va vite s'approprier. Roxanne tient la cage tandis que le directeur les escorte, Abracadabra et elle. Cécile, de son côté, fait patienter les curieux, avec l'aide de Coumba.

Agnès a un sourire encore plus large que d'habitude. Elle ne veut pas rater ça et leur emboîte le pas lorsqu'ils passent devant l'accueil.

En arrivant au réfectoire, Roxanne cherche des yeux M. Rey et croise, par la même occasion, ceux de Marguerite, qui ne la voient pas à cette distance. Elle est certaine qu'en faisant le bonheur de Lucien, elle lui fera plaisir par ricochet et, d'après Emmanuel, ça ne sera pas de trop.

Le directeur et Cécile expliquent à l'assemblée qu'à partir de maintenant, Abracadabra, le chat de Mme Talbot, sera le chat d'Elia. Il dormira dans les bureaux administratifs la nuit et sera autorisé, la journée, à naviguer dans les pièces communes d'abord, puis dans le jardin lorsqu'il aura pris ses marques. Les réactions, majoritairement positives, fusent. M. Chazot, pour sa part, grogne, traînant quelques échos derrière lui. D'autres ronflent à en déboîter les oreilles d'un sourd.

— Il sera autorisé à aller sur le toit aussi, votre greffier ? Pour le pigeon ?

— Monsieur Chazot, ce n'est pas tout à fait le sujet, là, le reprend Cécile.

Roxanne profite de ce moment pour se rapprocher de lui et tenter de détourner son attention :

— J'ai bien lu le nouveau rêve que vous avez mis dans la boîte, monsieur Chazot. J'ai trouvé ça touchant. Si vous avez quelques informations supplémentaires pour localiser votre sœur, je veux bien… Sinon, je me débrouillerai.

— Ah, parce que vous y avez cru ? Vous n'êtes vraiment pas maligne, pour une joueuse de poker, vous. Cela dit, ça ne m'étonne pas. Pour s'enticher de Marguerite, il faut être aussi aveugle qu'elle.

— Vous…, commence Roxanne.

— Oui ?

— Je vous souhaite une bonne journée, avec votre pigeon préféré, finit-elle par répliquer.

Si elle réprouve l'attitude de ce vieil acariâtre, rentrer dans son jeu serait stérile et dégradant. Elle choisit donc de rejoindre Marguerite et Lucien, qui discutent dans leur coin.

— Vous êtes prêts pour l'atelier potager ? leur demande-t-elle.

— Oh oui, j'ai enfilé mes bottes en caoutchouc, plaisante Lucien. Et merci pour le chat… Je suis certain qu'il va mettre de la vie ici, en plus d'être une parfaite poubelle de table.

— Vous en avez des bonnes idées, vous, dit Marguerite à Lucien, avant de s'adresser à Roxanne. Je suis contente de vous voir, ma grande.

— Moi aussi. Vous m'avez manqué !

— Ah oui ? Moi qui pensais que vous m'évitiez.

— Pas du tout.

— Vous ne mentez pas très bien, vous avez perdu le tour, je vous le dis, pique Marguerite.

— Bon, trêve de bavardages, on s'active et on va donner de la vie à ce potager ?

— Allez ! C'est vrai qu'il fait un peu nu, en l'état, commente Lucien.

— Vous me décrirez tout, d'accord ?

— Je serai vos yeux, ma chère, comme d'habitude.

Roxanne rassemble les autres résidents intéressés et se dirige avec eux vers le jardin. Elle est fière d'appartenir à cette troupe qui la considère désormais comme une valeur ajoutée.

25.

Marguerite

DÉAMBULATEURS, CANNES ET FAUTEUILS ROULANTS forment un embouteillage à la lisière du potager, qui a soudain le niveau sonore d'un poulailler. Installé près d'un mur orienté au sud pour s'assurer de l'ensoleillement, à l'abri des vents dominants et de l'ombre des grands arbres, le potager, même vide, a fière allure. Il est composé de deux rectangles et d'un carré surélevé avec un tressage en osier, ainsi que d'un carré en pleine terre. Le tout est encadré par des bandes au sol et des bacs très hauts, réservés aux fleurs, utiles à l'écosystème. Les allées pour circuler ont été faites en pavés autobloquants, afin que les résidents, même en fauteuil, puissent y accéder sans trop de risques. Il y a un petit espace pour les herbes aromatiques déjà en place, un coffre pour les outils, une table pour le rempotage, un composteur monté sur pied, des systèmes d'arrosage ainsi qu'un réservoir branché sur la gouttière pour récupérer l'eau de pluie. Économique et pratique, même si les périodes de sécheresse ne permettront pas de l'utiliser.

Alors que Lucien énumère tout ce qu'il voit à Marguerite, ébahie par l'attention portée à chaque détail, Roxanne essaie de prendre la parole, avec difficulté. Tout le monde parle en même temps, donne des conseils et veut faire part de son expérience, de ses connaissances. Dans ce joyeux chaos, des nouvelles têtes ont rejoint le petit groupe habituel. Escortées par Coumba ou Astou, ils ou elles ont décidé de sortir de leur chambre pour l'occasion. Il y a aussi quelques visiteurs – famille ou amis des résidents – qui se sont invités au rendez-vous et se proposent d'aider Roxanne à gérer l'atelier. Et puis, il y a les râleurs. Celles et ceux qui s'offusquent, expliquent que fin juin n'est en rien un mois pour planter.

— L'été, on récolte et on cueille, on ne plante pas plus qu'on ne sème ! Ce n'est pas la saison, peste Mme Huet.

— Je sais bien, mais si je vous avais proposé de faire un potager en avril ou en mai prochains, dans un an, vous m'auriez ri au nez, non ?

— Y'en a qui seront morts d'ici là, dit M. Chazot, venu, comme toujours, répandre son venin.

— Je pense qu'on peut quand même s'occuper des fleurs et des plants que j'ai achetés, reprend Roxanne en l'ignorant. Et puis, en septembre et en octobre, vous pourrez en planter d'autres, comme de l'ail ou des oignons, et semer des petits pois. Et l'année prochaine, eh bien, vous continuerez avec ce qu'on n'a pas pu mettre maintenant. Les tomates, les courgettes, les carottes, les aubergines, les poivrons, les fraises, les mûres, etc. De toute façon, il faut échelonner ça dans le temps pour espacer les récoltes, et les saisons ne sont plus ce qu'elles étaient. D'accord ?

— Mais bien sûr ! répond Marguerite pour l'encourager.

— Moi, je pense que les limaces et les escargots auront tout bouffé avant nous, poursuit Chazot.

— Bon, Grincheux, vous ne voulez pas aller voir ailleurs si on y est ? l'invective M. Cellier.

— Vous êtes désagréable !

— C'est l'hôpital qui se fout de la charité ! commente Mme Cellier pour voler au secours de son mari.

— J'ai le droit d'être ici et de m'amuser de vous, non mais ! insiste Chazot en allant s'asseoir sur un banc.

— Bon, qui veut planter les salades ? lance Roxanne.

— Moi ! répond M. Rey, suivi par d'autres.

— On va faire des équipes. Une pour les salades, une pour les poireaux, une pour les navets, une pour les concombres. Ce sera déjà pas mal pour aujourd'hui. On fera les haricots verts, les choux, et les radis demain matin. Moi, je vais m'occuper des fleurs, avec Marguerite.

Marguerite sourit si franchement qu'elle en montre toutes ses dents, limées par les années. Coumba et Astou, quant à elles, décident d'aller chercher des chapeaux et des casquettes pour tout le monde, parce que le soleil commence à abattre sa chaleur sur les pensionnaires.

— J'ai pris des géraniums, des bégonias, des zinnias, des dahlias et des verveines pour commencer, explique Roxanne.

— Ça va en faire, des couleurs ! Et qu'est-ce que ça sent bon ! Merci, ma grande, pour tout ce que vous faites pour nous. C'est un sacré travail et un sacré budget, tout ça.

— Je vous en prie. J'y prends autant de plaisir que vous, vous savez. Je pense que ma grand-mère aurait beaucoup aimé voir ce potager ici…

— C'est sûr ! Elle serait fière, Hélène.

Pour la première fois, Marguerite met des voix et des contours sur les prénoms d'Héloïse et de Martin. Ils viennent tous deux d'arriver et de se joindre à elles, comme ils l'avaient promis à Roxanne. Marguerite n'a jamais vu, ou plutôt entendu, autant de monde dans un jardin. Elle concentre néanmoins son attention sur le groupe dédié aux fleurs. C'est le moment ou jamais d'en découvrir davantage sur ce Martin qui, visiblement, voudrait renverser son plan. Il a l'air doux et pas empoté, c'est certain. Mais, à côté de son Emmanuel, il ne fera pas le poids. Enfin, elle l'espère.

Pendant ce temps, les équipes s'activent, certes au ralenti, mais avec une envie de bien faire.

— Vous devriez aller chercher Mme Renard, elle a peut-être peur des légumes aussi, qui sait ? Ça mettrait un peu d'ambiance, parce que, là, le spectacle est triste, lance Chazot qui refuse d'imposer à sa langue la même inactivité qu'au reste de son corps.

Personne ne daigne lui répondre.

— Ne mettez pas les poireaux ici, c'est là qu'on mettra les choux demain ! s'insurge Mme Moulin en brandissant sa canne.

— Et alors ? souffle M. Bernard, à qui elle s'adresse.

— Mais enfin, vous êtes idiot ? Ce ne sont pas des plants complémentaires, ce sont des plants ennemis !

— Dites donc, surveillez votre langage !

— Oui, Dieu vous écoute, dit Mme Puliano.

— De toute façon, pour le moment, on ne plante pas les poireaux, on coupe les racines, un tiers de la longueur des feuilles, et on réserve dans le seau d'eau, dit la petite-fille de Mme Talbot qui s'interpose pour calmer les ardeurs des uns et des autres, tandis que M. Chazot, vexé, retourne à l'intérieur de la maison.

— Vous avez mis de la Javel dans le seau ? Pourquoi vous faites ça ? reprend Mme Moulin.

— Malheur ! soutient Mme Chauveau.

— Mais si, c'est comme ça qu'on doit procéder. Il faut faire tremper les plants de poireaux un quart d'heure dans un seau avec un peu de Javel.

— N'importe quoi !

— Allez, allez, reprend la petite-fille de Mme Talbot, soutenue par cette dernière. Ensuite, on placera le cordeau, on tracera le sillon avec la serfouette et on creusera des trous avec le plantoir.

— Tous les dix centimètres les trous, hein, dit M. Cellier.

— Ah non ! Tous les quinze centimètres, martèle Mme Talbot.

— Eh ben, si c'est comme ça à chaque atelier, il va me falloir plus de café le matin, déclare Mme Cellier. J'ai déjà envie d'aller faire la sieste.

— Mais non, mais non. Vous dormirez mieux tout à l'heure. C'est pas le moment, là, dit Mme Puliano.

— C'est Jésus qui vous l'a dit ?

— Oh, franchement… C'est bas.

L'équipe des salades n'est pas moins verbeuse. La chamaille bat son plein dans chaque recoin, mais les résidents semblent tous y prendre un plaisir certain. Comme si, pour une fois, le sujet qui s'offre à eux leur donnait l'opportunité de faire renaître une vivacité éteinte depuis un trop long moment.

— Vous êtes sourde ? demande une septuagénaire à une octogénaire.

— Non, c'est vous. On a dit qu'il fallait couper un tiers des feuilles des plants de salade, pas les ratiboiser complètement !

— Vous ne manquez pas d'air, vous !

— Non, elle a raison, vous vous y prenez mal.

— Arrêtez de vous monter le bourrichon, intervient M. Rey. On est là pour se préparer des futurs bons repas, pas pour se tirer dans les pattes.

Du côté d'Héloïse, Martin, Roxanne et Marguerite, les choses avancent plus vite. Marguerite a calé son corps contre le flanc d'un bac pour donner de la liberté à ses mains sans perdre l'équilibre. Elle se repère essentiellement à l'odeur et au toucher. Quant à Martin, il essaie d'étaler sa science pour se rendre intéressant aux yeux de Roxanne.

— Il faudra biner la terre régulièrement pour qu'elle laisse mieux passer l'eau par capillarité, et faire un paillage pour garder l'humidité en été, et la chaleur en hiver. Je viendrai t'aider si tu veux, Roxanne.

— C'est gentil.

— En tout cas, c'est super parce qu'il y aura une biodiversité assez large pour que les maladies et les parasites ne puissent pas facilement s'installer.

— Dis donc, t'en connais un rayon, toi, maintenant ! intervient Héloïse.

— C'est un peu la base, marmonne Marguerite.

— Ça fait des semaines que je me renseigne...

— Je n'aurais jamais pu le faire sans toi, sans vous, sans l'équipe. Vous êtes géniaux, conclut Roxanne pour interrompre le moment gênant et donner à Martin un bout de la reconnaissance qu'il quémande.

Mme Huet, qui se déplace en déambulateur comme une inspectrice des travaux non finis, bute contre un sac pourtant placé sur le côté, pour ne pas perturber les déplacements des uns et des autres.

— C'est quoi, ça, mademoiselle Salva ? demande-t-elle.

— Que vous êtes curieuse ! C'était la surprise pour la fin.

— Quelle surprise ?

— Puisque vous voulez tout savoir, ce sont des poules en fer, pour les bords du jardin. L'un d'entre vous en voulait des vraies, mais, ça, ce n'était pas possible.

— En fait, votre « boîte à rêves », si on lui demande du champagne, elle nous donne du Champomy, rouspète Mme Huet.

— Bon sang de bonsoir, vous n'êtes jamais contente, Simone ! riposte Marguerite.

— Oh, ça va, je plaisante, se radoucit Mme Huet, à court de soutien, en se redirigeant vers l'équipe des navets.

Marguerite se reconcentre sur ses bégonias. En quelques semaines, Roxanne a changé le quotidien d'Elia. Si elle n'avait pas tant envie d'ailleurs, et tant besoin d'être près d'Emmanuel, elle aurait presque pu accepter de mourir ici, avec une petite piqûre douce. Mourir au milieu des senteurs fleuries et près de cette jeune femme qui ne ressemble à personne.

*

La chaleur a fini par avoir raison de l'entrain des résidents, qui sont rentrés se mettre au frais, dans la salle à manger ou dans leurs chambres respectives. Le prochain rendez-vous a été fixé à 8 heures le lendemain matin, et chacun pourra rejoindre le potager quand sa toilette sera faite.

Après avoir abondement arrosé les pieds des légumes et des fleurs, en prenant soin de ne surtout pas mouiller leurs feuilles, Roxanne, Héloïse et Martin sont repartis vers leurs occupations extérieures.

Dans la salle commune, le silence a repris ses droits. Si les animations font du bruit, les vieux, très peu. En écoutant ce silence, Marguerite décide de retourner dans sa chambre, près de son urne. Elle n'a pas faim, et, mine de rien, après les efforts inhabituels de la matinée, elle sent la fatigue et les douleurs qui regagnent son corps. Comme si ces dernières savaient se taire en public, par pudeur. Comme si elle pouvait contrôler le mal pour quelques heures, avant de se laisser happer à nouveau dans la spirale de la maladie qui, en elle, grandit.

26.

Emmanuel

En arrivant aux abords de la *Selous Game Reserve,* dont l'essentiel du territoire est réservé à la chasse professionnelle et interdit à la population depuis longtemps, Emmanuel sent ses membres se crisper. Les huit derniers jours n'ont pas été suffisants pour qu'il se prépare à l'idée, si tant est que l'on puisse se préparer à photographier la mort.

Au hasard de ses pérégrinations, en Afrique ou ailleurs, il en a vu des carcasses d'animaux, mais jamais il n'a choisi de marcher sur leurs traces, de retranscrire leurs souffrances sur papier glacé. Jamais il n'est venu se confronter à cet ancien paradis des pachydermes et de la vie sauvage. Dans les années 1980, on y croisait plusieurs rhinocéros noirs en trois semaines. À présent, cela fait dix ans qu'on ne les cherche plus.

Plus les kilomètres s'égrènent au compteur, plus les mots de Victor Hugo s'invitent dans son esprit : « Pour cette immense armée, un immense linceul. » Voilà ce qu'il s'apprête à traquer et à immortaliser. Le cimetière des immenses éléphants.

La froide mise à nu, de leurs os majestueux
Révérence glaciale, imposée, déchirante
Abominable cruauté de l'homme odieux
Qui au paradis préfère l'enfer de Dante

Les alexandrins s'imposent à Emmanuel, qui a appris à compter les pieds au fil de ses lectures. Les composer a occupé ses pensées pendant une trentaine de minutes ; le regard perdu dans le paysage défilant. Finalement, leur morosité le pousse à reprendre une conversation avec Peter, le scientifique quinquagénaire de la TAWA* qu'il a retrouvé à Dar es Salam, et avec qui il partage la route depuis. Pour passer le temps, les deux hommes reviennent sur des pans d'histoire de cette région de la Tanzanie. Peter rappelle à Emmanuel pourquoi le Selous est devenu une réserve de gibier, dans la première moitié du vingtième siècle. À l'époque, cet espace était peuplé de villages dans lesquels la maladie du sommeil faisait rage. Les mouches tsé-tsé, qui ne sont jamais loin des éléphants, piquaient alors les vaches, leur transmettaient le parasite de la maladie, puis piquaient les hommes qui mouraient les uns après les autres. Les villages ont donc été déplacés et l'immense superficie inhabitable s'est transformée en une *game reserve*, une réserve de chasse pour les compagnies spécialisées et officielles.

Selon Peter, les chasseurs ne sont en rien responsables du déclin des grands mammifères et, notamment, des éléphants. La chasse est, pour lui, une activité de régulation et une manière d'occuper le terrain. Pour que les braconniers, vrais coupables du massacre, ne prolifèrent pas. La désapprobation d'Emmanuel est évidente, mais Peter poursuit son argumentation. Les chasseurs ne tuent qu'un certain nombre d'éléphants mâles, de plus de trente ans, avec des défenses de la taille d'un homme, là où les braconniers tirent sans raison sur tout ce qui bouge : les femelles, les éléphanteaux, les mâles, pour quelques kilos

* Tanzania Wildlife Management Authority.

d'ivoire. Jusqu'à vingt éléphants par semaine et par groupe de braconniers.

Emmanuel avale sa salive avec peine. Ce discours, il le connaît et il n'en a jamais épousé les mécanismes. Pour lui, la plus grande différence entre la chasse officielle – pratiquée par de riches étrangers – et le braconnage, c'est que la première rapporte gros au gouvernement, là où la seconde se sert gratuitement et illégalement. Et pour lutter, pour protéger le territoire de leur invasion, il faudrait des centaines de millions d'euros. Le raisonnement de Peter qui consiste à dire que les compagnies de chasse, plus rigoureuses que le gouvernement lui-même, sont les meilleurs défenseurs de leur gibier, met Emmanuel dans une colère qu'il préfère contenir. Que ces compagnies préservent leur « gagne-pain » n'empêchera pas l'extinction des espèces attaquées de toutes parts.

Peter et lui n'auront, de toute évidence, jamais la même vision de la chasse, mais ils ont, à défaut, un dégoût commun pour ces tueurs collecteurs d'ivoire, et c'est ce sur quoi il doit se concentrer, pour supporter les semaines à venir.

Lorsque Xavier lui a recommandé de s'entourer, pour cette expédition photographique morbide, d'une sorte de « légiste » ami des parcs nationaux, c'est-à-dire d'un scientifique officiel, il ne s'attendait pas à trouver quelqu'un d'aussi imperméable à la mort. Quelqu'un de tout bonnement pragmatique, concerné par la préservation de l'éléphant au sens de l'espèce et de sa valeur ajoutée pour la Tanzanie, et non au sens de son unicité, de sa valeur individuelle.

Pour Emmanuel, lorsqu'un seul éléphant meurt, c'est un morceau de tous les éléphants qui s'éteint. C'est irréparable. Le jour où sa mère est morte, en lui donnant la vie, quelque chose s'est fendu chez Marguerite et Auguste. Et lui, le petit, celui qui ne pouvait pas comprendre, s'est construit dans cette absence-là, à laquelle s'est ajouté l'inconnu dans la case « père ». Puis, Auguste, le grand-père qui avait enfilé les bottes de la figure paternelle, s'est effacé à son tour. Marguerite est la dernière. La matriarche. L'éléphant qui guide la lignée. Après elle, les Vernier s'évanouiront, parce qu'Emmanuel n'a pas de main à tenir.

*

Après une nuit agitée et un sommeil parcellaire, Emmanuel, Peter et leur chauffeur, Faraja, se frayent un chemin dans les herbes hautes. À cette saison, le Selous est très vert, les herbes atteignent facilement trois mètres, et la densité de la végétation rend l'observation des animaux plus compliquée. Le paysage est montagneux, les pistes bien plus rares que dans le Serengeti ou le Tarangire, et cela ne va pas faciliter leur mission. Emmanuel et Peter ont obtenu l'autorisation de circuler librement dans la réserve, bien que d'ordinaire, seuls huit pour cent du territoire dans la partie nord sont réservés aux safaris-photos. Mais, ici, l'objectif n'est pas touristique.

Sur les conseils de Faraja, les hommes ont choisi de longer les rivières, où les crocodiles miment des bouts de bois pour piéger les gnous, et parfois même les zèbres. Il faut viser tous les points d'eau, c'est là que se regroupent les éléphants, s'exposant ainsi à la barbarie des braconniers.

Après trois heures de route, un attroupement de charognards a, hélas, attiré leur attention. Ils savent, tous les trois, que les grosses vagues de braconnage vont toujours de pair avec un développement croissant de la population de charognards.

Emmanuel espère qu'ils sont sur une carcasse de gnou, laissée par un clan de lions rassasiés. Parfois, il aimerait avoir le cœur plus dur, l'espoir moins tenace. Ce serait plus simple d'être étanche à la souffrance, animale ou humaine. Puis, il se reprend : s'il n'était pas fait de ce bois-là, il ne ferait pas ce métier. Il n'aurait pas rencontré ces gens qui partagent ses valeurs. Il n'aurait pas le sentiment d'être utile à la compréhension de cette réalité.

S'il est légitime de se sentir impuissant face à un système dont il n'a pas les rênes, il est contre nature, pour lui, de céder au fatalisme.

Les premiers vautours n'étaient que les prémices. En suivant leur trajectoire, en s'approchant du bout de terre au-dessus duquel ils signaient le ciel, Emmanuel, Peter et Fajara découvrent une cinquantaine d'autres vautours s'acharnant sur deux cadavres d'éléphants.

Emmanuel ne dit plus un mot. Il refoule fermement sa nausée et saisit son appareil photo. Son armure se fissure. La rudesse de l'émotion qui le transperce à cet instant doit envahir sa pellicule. Le drame qui se joue sous son regard atterré doit toucher, par ricochet, le reste du monde, avant qu'il ne soit vraiment trop tard.

Malgré l'odeur de la mort et la probabilité qu'un groupe de hyènes rôde aux alentours, Emmanuel et les deux autres sortent du 4×4. Ils avancent vers ce premier petit crâne coupé à la hache ou à la machette, cette trompe gisant dans la poussière, et les restes de ce qui devait être une femelle d'une quinzaine d'années. À côté d'elle, son père, son oncle, ou un autre membre de son clan, qui a dû évoluer près de trente ans dans la nature, avant de se faire massacrer sans appel. Et peut-être, plus loin, un petit désemparé et inconsolable.

Les vautours ne semblent pas décidés à se disperser et Emmanuel fige leur festin. Ils ne percent pas la peau, encore trop fraîche et donc trop dure, ils piquent simplement les plaies béantes laissées par les balles ou les lames. Ils s'attaquent à l'anus, et à ce qu'il reste des yeux et de la bouche.

La brutalité du spectacle, le bruit des rapaces contrastant avec le silence funeste, a des airs d'apocalypse. Même le cliquetis de l'appareil agresse les oreilles d'Emmanuel, là où, d'ordinaire, il est une musique agréable.

Ses connaissances de l'animal, et leur mise en perspective devant ces deux corps, se bousculent dans sa tête. Les éléphants peuvent vivre jusqu'à soixante ou soixante-dix ans, et ils se transmettent, de génération en génération, leur précieux savoir. Ils sont connectés les uns aux autres et se protègent du danger. C'est cette connexion, presque fusionnelle, qui facilite le travail monstrueux des guerriers de l'ivoire : grâce à elle, ils en tuent souvent plusieurs en même temps.

Alors que les rangers, prévenus par Faraja, arrivent sur les lieux, Peter, lui, prend des notes et ramasse des douilles. Dans la brousse épaisse, ça peut prendre des semaines de retrouver des carcasses, même quand on a entendu des coups de fusil, et Peter se félicite que ce ne soit pas le cas. Emmanuel l'ignore.

— Vous avez eu la chance du débutant, commente un ranger, dont l'ironie est évidente.

— C'est une hécatombe en ce moment, ponctue un autre, dont les yeux humides attirent instinctivement l'objectif d'Emmanuel.

— Ils ont dû s'empresser de les découper pour repartir avec l'ivoire, parce que vu leur état, ça date d'hier ou d'avant-hier, reprend le premier ranger.

Que répondre ? La désolation que chacun ressent se met au service de l'action. Chercher la moindre cartouche, la moindre signature par le procédé, le moindre indice qui pourrait, par la suite, intéresser celles et ceux qui œuvrent avec difficulté à la capture des braconniers. Dans les cages d'une prison froide, ils ne pourront plus décimer ces joyaux africains. Mais encore faut-il les attraper…

Derrière son appareil, Emmanuel songe au fait que la beauté de la lumière est, en cette fin de matinée, une insulte à la douleur qui émane de ces magnifiques êtres dont on vient de faucher la vie.

*

De longues heures plus tard, Emmanuel rentre dans sa tente avec l'impression de peser une tonne de plus que ce matin. Il en a vu des scènes difficiles, voire insoutenables, dans sa vie de photographe et dans sa vie d'homme. En Afrique, il a pris conscience des réalités de la mortalité infantile, des ravages du paludisme ou du sida, de la violence de la précarité, mais aussi des lois de la chaîne alimentaire sauvage, des conflits qui se règlent à main armée, et de la mort implacable vite acceptée, par habitude et par nécessité. Pourtant, dans la conjonction des émotions du moment, à laquelle s'ajoutent les heures de route chaotique et la réminiscence de blessures enfouies, les cadavres des éléphants l'ont chahuté plus encore qu'il ne l'aurait pensé.

Il n'a pas soif de convivialité, pas envie de discuter au coin du feu. Tout ce qu'il veut, c'est trier ses photos le plus vite possible sur son ordinateur portable. Les travailler à chaud, pour ne pas avoir à revivre la scène dans quelques jours. C'est à l'opposé de ses pratiques habituelles, mais l'exercice l'est aussi. Et puisqu'il faut qu'il envoie des dossiers réguliers à Pamela Jones, la responsable de la communication de la Fondation Walker, autant s'y atteler immédiatement.

Alors qu'il fait défiler les clichés, il s'effondre. Il a l'impression que cette journée a limé quelque chose en lui. Que cette confrontation volontaire avec l'insoutenable a égratigné les restes d'une foi en l'humain. Comment l'homme réparera-t-il ce qu'il a déjà tant altéré ?

Le pire, dans cette atroce course à l'ivoire, c'est que plus les éléphants se feront rares, plus le prix flambera, et que plus l'aspect lucratif du business atteindra son apogée, plus les braconniers viendront assassiner les derniers.

Les pachydermes s'effacent de la carte, année après année, comme s'ils prenaient des coups de gomme. Il paraît même qu'aujourd'hui, lorsqu'ils se sentent observés par l'homme, les éléphants tentent de cacher leurs défenses dans la végétation, comme s'ils avaient compris qu'elles les conduiraient à leur perte. Cette réflexion trouve écho en Emmanuel qui les a trop côtoyés pour douter de leur intelligence.

En cet instant, il a besoin d'une courte pause. Il a besoin de réconfort pour trouver en lui le courage de poursuivre son travail ce soir, demain et tous les jours à venir. Il pourrait appeler Marguerite, mais l'égoïsme derrière ce choix-là le retient. Il pourrait appeler Xavier, Samwel, Alvin ou même Elisabeth, mais ce ne sont pas leurs voix qu'il a envie d'entendre. Il n'y a qu'une voix qui, ces derniers temps, provoque un chamboulement tantôt sombre, tantôt lumineux. Et cette voix, c'est celle de Roxanne. Alors, il ouvre la fermeture Éclair de sa tente, se rapproche – à la lumière de sa lampe torche – du seul endroit qui émet du wifi, et debout, appuyé contre un arbre pour soulager son dos, il sort son téléphone.

27.

Roxanne

La musique, le brouhaha et la profusion de corps en mouvement étourdissent Roxanne. Elle se demande encore pourquoi elle a accepté de prendre un verre avec Martin, sans Héloïse. Parce qu'il flatte malgré tout son ego ? Parce que son envie à lui apaise son impression de ne plus être vraiment femme ?

Dans ce bar agité, aux petites heures du soir naissant, elle tente de se convaincre qu'elle peut trouver une forme de distraction. Qu'elle peut se nourrir des compliments de ce jeune homme et s'offrir à lui pour se sentir vivante.

Cette tentative est vaine, et les verres de vin n'y changent rien. Son esprit et son corps ne sont pas au même endroit. Les mots qui s'échappent de sa bouche ne reflètent pas les réflexions qui se bousculent dans sa tête.

Elle n'a pas de nouvelles d'Emmanuel depuis qu'elle l'a appelé pour lui relater le premier atelier potager avec les résidents. Tous les jours, en pensant à lui, elle a le sentiment de radoter intérieurement.

Tandis que Martin se raconte, elle est happée par une famille de quatre derrière lui. La mère, le père et les deux enfants, d'environ dix et treize ans, disputent une partie de baby-foot, plus loin, au fond de la salle. Leurs rires en cascade, leur tendre bataille et leur complicité viennent écorcher quelque chose en elle. L'idée de la maternité, qu'elle enfouit autant que possible, remonte à la surface. Si elle veut un jour une famille, elle ne peut plus se comporter comme avant. Elle ne peut plus soigner ses doutes dans les désirs des autres, poursuivre ses errances en espérant que soudain le vent tourne. Mais peut-elle s'amouracher d'un homme de cinquante-quatre ans qui, *a priori*, n'a jamais voulu d'enfant ?

La vibration de son téléphone, près du cendrier sur la table, la reconnecte au moment présent. Martin s'épuise à la charmer et, elle, elle regarde le prénom sur l'écran. C'est lui, et ça ne peut pas être une coïncidence.

— Excuse-moi, Martin, il faut que je prenne cet appel. Je sors et je reviens.
— T'inquiète, je t'attends.

Toute cette gentillesse, un peu naïve, un peu creuse, lui donne envie de fuir, de honte et d'ennui.

— Allô ?
— Bonsoir, Roxanne, c'est Emmanuel.
— J'ai vu. T'es enregistré dans mon répertoire, tu sais.
— C'est vrai. Je te dérange ? Il y a beaucoup de bruit autour de toi...
— Je suis dehors, mais tu ne me déranges pas. Je pensais à toi.
— Ah oui ? Moi aussi.
— Comment ça se passe là-bas ?
— C'est dur. Et ce n'est que le début...
— J'imagine, oui.
— J'en ai vu deux aujourd'hui, étalés sur la terre, déchiquetés, découpés. Comme si on avait violé leur âme en les massacrant... C'est... Il n'y a pas vraiment de mots, en fait.

— Je suis désolée. C'est courageux de se confronter à ce qui nous tétanise pour aider d'autres à ouvrir les yeux... Tes photos vont servir leur cause.

— C'est gentil.

— C'est sincère. Je t'admire. Moi, je n'ai pas servi à grand-chose dans ma vie, et les gens comme toi, comme Héloïse, c'est inspirant.

— Arrête ! Je sais que j'ai été odieux avec toi, mais tu ne sers pas à rien ! Tu fais beaucoup de bien aux pensionnaires d'Elia et à Ma aussi. Elle me l'a dit plus d'une fois.

— Je voudrais faire tellement plus.

— Tu sais quoi ?

— Non.

— J'aimerais bien que tu sois avec moi, là tout de suite.

— Vraiment ? Eh ben, tu sais quoi ?

— Non.

— J'aimerais bien être avec toi, là tout de suite, répète Roxanne, avec une voix qui en dit long.

— C'est étrange.

— Quoi ?

— Ça fait très longtemps qu'une femme ne m'a pas interpellé comme toi.

— Interpellé ?

— Troublé ? Tu préfères ?

— Ouais. Moi, je dirais « séduite », de mon côté. Mais je pensais que tu ne me voyais pas...

— Je te vois. Je t'ai vue la première fois.

Ignorant le monde autour d'elle sur le trottoir, Roxanne entortille une mèche de cheveux sur son index.

— Tu bluffes bien, alors.

— Non, j'ai juste choisi de me mentir. Tu es si jeune et je suis plutôt vieux jeu. J'ai été élevé par mes grands-parents, tu sais...

— Qu'est-ce qui est différent maintenant ?

— Le contexte, sûrement. Je suis seul au monde, ici. Et je suis face à une de mes plus grandes peurs.

— Laquelle ?

— Voir disparaître définitivement les éléphants, les matriarches. Je ne peux pas m'empêcher de faire un parallèle avec Ma. Ça me paralyse. Et c'est à toi que j'avais envie de le dire. Tu la connais, tu me connais, j'ai comme l'impression qu'on est trois sur ce bateau...

Elle ne répond pas. Elle est touchée par cette mise à nu inattendue, bien sûr, mais elle ne trouve pas dans les mots d'Emmanuel ce qu'elle, elle ressent. Comme si cet aveu n'avait trait qu'aux circonstances et qu'il n'avait donc pas la saveur escomptée.

— J'ai dit une bêtise ?

— Non.

— Tu ne parles plus...

— C'est juste que...

— Oui ?

— Tu penses à moi à cause d'une situation donnée, pas parce que je suis moi.

— Roxanne, je suis maladroit. Je ne me suis pas ouvert depuis... C'est trop loin pour compter.

— OK, alors je vais le faire en premier... Toi, tu me plais. Parce que t'es un ours, parce que t'es sauvage. Parce que tu te bats pour ce en quoi tu crois. Parce que tu ne ressembles à personne. Parce que soit tu n'aimes pas, soit tu aimes inconditionnellement. Et aussi parce que tu es rempli...

— Rempli ?

— Rempli de souvenirs, de failles, de convictions, de colère, de combats, de connaissances, de projets... Rempli, l'opposé de vide, quoi.

— Roxanne, tu me fais perdre mes mots.

— Si tu ne les trouves pas là, écris-les-moi ?

— C'est une idée. En tout cas, quand je t'écoute, le reste se tait. Ça dit des choses, ça, non ?

— Un peu.

— On se reparle bientôt ?
— D'accord.
— Je t'embrasse.
— Moi aussi.

Roxanne sait que cette conversation ne pouvait pas s'éterniser davantage. Certaines phrases, quand elles sortent, ont besoin d'espace pour résonner. De temps pour être assimilées.

En retournant vers la table où Martin l'attend, elle se sent désormais assez forte pour être honnête avec lui. L'étourdissement passager n'est pas la réponse à ses besoins profonds. En revanche, la porte ouverte par Emmanuel ce soir fait pousser en elle une vive excitation.

*

Dans sa cuisine, Roxanne se prépare une infusion. Pendant que l'eau chauffe, elle regarde, depuis la grande baie vitrée, les mouvements en contrebas. Ceux de la mer, et ceux des gens qui passent, à pied ou à vélo. Elle irait bien se promener, elle aussi. Mais, aujourd'hui, elle se consacre aux rêves de ceux qu'elle appelle affectueusement « ses petits vieux ».

Le problème, c'est que l'effervescence à l'origine de cette boîte retombe, de jour en jour. Seuls une quinzaine de résidents au total y ont finalement glissé une enveloppe. Certes, le mot « rêve » peut, en étant prononcé, saisir l'attention des gens, à n'importe quel âge. Le sens qu'il porte en lui réveille ou éveille. Mais, dans le cas de ces âmes prisonnières de leur condition, ce mot ne suffit pas, ou plus. Ce qui compte encore pour certains, c'est le plaisir dans l'instant, aussi infime soit-il, comme les ateliers au potager. Les doigts dans la terre et les narines dans les senteurs oubliées, les pensionnaires remettent ainsi les pieds dans la vie, avant de rejoindre leur fauteuil ou leur lit. La « boîte à rêves » n'est, quant à elle, et pour la majorité, que de la poudre aux yeux.

Roxanne n'entend pas pour autant abandonner ceux qui ont voulu croire, le temps d'une bafouille griffonnée, que l'une de leurs volontés pouvait être exaucée.

La présence d'Abracadabra semble déjà allumer une lumière dans le regard de Mme Talbot, de M. Rey, et d'autres résidents. Il fait, certes, tourner en bourrique une partie du personnel, mais son ronronnement communicatif, sa présence furtive et ses yeux en amande en font une compagnie agréable.

Elle prépare donc ses réponses aux rêves suivants en espérant que personne ne sera déçu de ce qu'elle a pu concocter.

Dans les semaines qui viennent, Mme Puliano ira passer un week-end à Paris, avec Cassandra – une infirmière fraîchement devenue libérale, recommandée par Ismaël – et avec sa fille, mise dans la confidence. M. Collombat sera escorté en taxi à Nice, avec ses fils, pour se recueillir devant la maison de son enfance, emplie du souvenir de ses parents. Mme Chauveau passera une journée dans un institut, avec une praticienne qui s'occupera de la masser en exerçant des points d'acupression, et lui offrira des crèmes pour les prochains mois. M. Bernard ira, de son côté, déjeuner dans un restaurant étoilé de Cannes avec l'invité de son choix.

Roxanne doit désormais s'atteler aux souhaits les plus compliqués : organiser l'encadrement d'une sortie à la mer pour Mme Huet et tous ceux qui apprécieraient cette évasion-là, planifier avec Cécile un après-midi de bal dans la pièce commune et faire venir un chanteur-imitateur pour l'animation. Elle a essayé de contacter la maison de disques de Florent Pagny, qui réside en Patagonie, mais s'est heurtée à la réalité de son emploi du temps. Le rêve de Mme Cellier ne sera donc pas exaucé, mais elle a trouvé un artiste talentueux qui, par mimétisme, saura faire illusion. Et puisque ceux qui aiment danser ne peuvent plus aller au bal, c'est le bal qui viendra à eux.

Le dernier sur la liste est de loin le plus épineux, mais elle avance. Hier, avec l'aide de Bianca et de son amie journaliste Soline, elle a réussi à localiser M. Dubois, l'amour de vacances de Mme Moulin. Après cinquante ans sans nouvelles, le risque de le retrouver au cimetière était si grand que Roxanne a poussé un soupir de soulagement en apprenant qu'il était vivant. Il est également dans une maison de retraite, à des centaines de kilomètres d'ici, en Bretagne.

Après avoir écrit les lettres de réponse pour Mmes Puliano et Chauveau, et MM. Collombat et Bernard, elle s'installe sur son balcon avec son infusion, enfin à température. Elle est prête pour téléphoner à la direction de l'Ehpad de M. Dubois afin d'en savoir davantage sur sa condition, et sur les possibilités d'une rencontre avec Mme Moulin. Cette histoire-là est, tout compte fait, très excitante.

*

Chez Héloïse, la décoration industrielle est créative et la récup est à l'honneur. Les matériaux sont nobles, les détails soignés et l'ensemble a ce que l'on peut appeler une âme.

Ce soir, son mari est en déplacement et son fils de dix-neuf ans est de sortie. Quant à son aîné, âgé de vingt-deux, il vit dans un studio pour ses études. Roxanne et elle partagent donc leur repas avec sa fille, Jade, qui s'intéresse de très près à tout ce qu'entreprend sa mère en Afrique. À quatorze ans, elle est ce qu'on appelle tantôt un philo-cognitif, tantôt un haut potentiel, ou encore un zèbre. Jade déteste, en revanche, l'appellation « surdouée ». Elle a sauté deux classes et, en dehors de ses cours, elle a besoin de mettre son intelligence au service d'autres activités. D'occuper son esprit toujours à l'affût. Hypersensible et bouleversée par des sujets qui ne sont pas de son âge, elle participe à la conversation avec une pertinence saisissante. Roxanne ne peut s'empêcher de se reconnaître dans certains traits de cette jeune personnalité, même si elle n'a pas eu la possibilité d'écourter sa scolarité. Ses parents à elle ont, quelque part, refusé de voir sa douance.

Et, en la comprenant plus tard, elle a refusé de la nommer. Pourtant, lorsqu'elle croise d'autres neuro-atypiques, avec un gros quotient émotionnel, elle accepte de faire partie de cette catégorie de la population. L'échange est, dans ces cas-là, stimulant et passionnant.

Un bip détourne son attention. Tandis qu'elle lit le message qu'elle vient de recevoir de sa mère, Roxanne soupire discrètement. Elle convoque un rassemblement de ses trois filles pour une séance photo dont le but est de promouvoir le domaine viticole familial. Derrière la platitude des mots se cache, encore et toujours, cette obsession pour l'image, la réputation, le tableau retouché qu'elle veut proposer en société. Si seulement, au lieu de chercher des miettes d'attention de son père, au lieu de vendre une unité qui n'existe pas, elle avait pu trouver dans son cœur de mère l'idée de proposer à Bianca de faire ces fameuses photos ! Si seulement au lieu de surfer sur la notoriété de joueuse de poker à la retraite d'une de ses filles, elle savait prendre soin de ses émotions. Roxanne range son téléphone dans son sac sans répondre, et se reconcentre sur la discussion.

— Tu ne crois pas qu'il faudrait autre chose que des manuels scolaires et des crayons pour les enfants là-bas ? Quelque chose qui soit adapté à leur vie, quand ils vont grandir ? demande Jade à Héloïse.

— Tous les enfants ont besoin de manuels et de crayons pour leur éducation, quels que soient leur futur métier ou le pays dans lequel ils habitent.

— Oui, mais avec la croissance démographique, les connaissances générales ne sont pas suffisantes. Il faut leur parler des réalités d'aujourd'hui.

— Comme quoi ? l'interroge Héloïse.

— Comme l'émancipation des filles, et la contraception aussi, pour qu'elles apprennent à se protéger et à trouver leur place. Et puis, les changements climatiques et l'écologie, pour préserver leur espace de vie et celui des animaux. J'ai tapé « Bashay » sur Google, et c'est tout près des grands parcs nationaux.

— C'est vrai, intervient Roxanne, mais pour les plus jeunes c'est trop tôt. Il faut commencer par le début. Les grandes réflexions viendront plus tard, il faut d'abord former leur cerveau, les entraîner, leur donner un cadre.

— Ne pas mettre la charrue avant les bœufs, tu veux dire ? répond Jade.

— Voilà.

— Peut-être, mais en tout cas je pense qu'il faut bien choisir les livres, les adapter à eux. Nous, ce n'est pas pareil. On ne vit pas dans le même contexte.

— Tu as raison, ma chérie, conclut Héloïse en souriant.

Lorsque Jade, qui avait décidé de préparer le dessert ce soir, se lève pour aller en cuisine, Roxanne et Héloïse se retrouvent seules.

— Je te disais donc que j'avais eu Xavier au téléphone hier. Il est très sympa, ce type. Brillant ! Il m'a donné les coordonnées d'une biologiste qui les aide pour l'école, une certaine Elisabeth.

— Ah oui, Emmanuel a déjà mentionné son nom.

— Ce serait bien que tu prennes contact avec elle pour établir plus précisément la liste des besoins.

— Parfait ! Tu me transfères sa fiche ? acquiesce Roxanne.

— Yes ! Xavier m'a aussi dit qu'avec le déplacement du village maasaï dont tu m'avais parlé, ça serait peut-être utile d'aider à la création d'une nouvelle école, dans un autre endroit. Il faut creuser le sujet…

— Je vais m'en occuper, et j'en discuterai avec Emmanuel, pour lui demander son avis.

— Super ! Et puisque tu as l'air de vouloir me parler de lui, raconte… Tu as eu des nouvelles ? demande Héloïse, espiègle.

— Oui.

28.

Marguerite

Sur son fauteuil, face à la fenêtre, Marguerite écoute les oiseaux. Cela fait longtemps qu'elle ne les distingue plus correctement. Elle n'en aperçoit, au mieux, que les contours quand ils passent à proximité. De temps à autre, lorsqu'elle s'assoit sur son banc devant la maison, elle croit reconnaître une mésange ou une hirondelle, mais sans certitude. Il n'y a que les tourterelles et les mouettes pour lesquelles elle n'a pas de doute, parce qu'elle les identifie au bruit.

À cet instant, la vitalité qui se dégage de leur chant tranche avec l'enclume qu'elle a dans le ventre et qui l'immobilise. Marguerite se sent vide d'énergie, alors elle se terre dans sa chambre, comme les animaux se cachent lorsqu'ils sentent planer l'ombre de la mort. Elle pense à sa collection de cachets, à portée de main dans la chaussure, qui la rassure et l'inquiète à la fois. Si elle cède à cet appel-là avant qu'Emmanuel ne revienne la chercher, elle trahira sa propre volonté de mourir ailleurs. Et elle le privera de ses derniers mots, de ses dernières attentions, de ses derniers conseils. Peut-être est-ce présomptueux de considérer que cela a une importance, mais elle se convainc que c'est là l'amour qui parle. C'est pour cela qu'elle résiste. Elle subit les jours plus douloureux que d'autres, dans l'espoir du grand voyage qui l'attend encore. Elle serre l'urne d'Auguste contre son corps qui se délite. Elle maudit les minutes narquoises qui lui paraissent de plus en plus lentes. Et elle essaie de duper sa peur en se donnant des objectifs à la journée.

Hier, une nouvelle est arrivée dans l'Ehpad. Mme Arnaud. En quelques semaines, cette dernière est passée du sol de son appartement à l'hôpital, de l'hôpital à la clinique, et de la clinique à la maison de retraite, sans revoir son chez-elle. Sa détresse bruyante, dont certains se sont moqués et que d'autres ont reconnue, a rappelé à Marguerite la chance qu'elle a eue de choisir cette destination. D'avoir Suzanne comme porte d'entrée. Grâce à sa sœur, à l'époque de l'ultime transition, elle ne s'était pas sentie dépossédée. La fin de son indépendance avait été adoucie par les retrouvailles. Marguerite venait, d'une certaine façon, pour le mieux, pas pour le pire. Mme Arnaud, elle, n'a pas eu cette liberté. Une énième chute a conduit son entourage d'abord, et une équipe médicale inconnue ensuite, à décider de sa dernière ligne droite. On a établi pour elle qu'il était désormais trop dangereux de vivre en autonomie. Et, disait-elle hier, on l'invite à vendre ses biens – ses murs et ses affaires – pour payer la pension de ce qu'elle considère comme une grande casse. Une casse pour des carcasses qui n'intéressent plus personne. Ce sentiment d'être dépouillé, d'être atteint dans son intégrité, d'être réduit, est monnaie courante ici.

Pour Marguerite, l'époque de son frigo, de sa vaisselle, de son lit, de sa salle de bains, de ses commerçants et de son quartier n'est plus qu'un lointain souvenir. Elle s'est détachée de cet aspect matériel au fil des années. Pour Mme Arnaud, ce travail-là ne fait que commencer.

Quelques coups sur la porte sortent Marguerite de ses pensées. Canne en main, elle tente de se lever avec difficulté, puis elle abandonne, se rassoit et se contente d'autoriser la personne à entrer. La voix de Roxanne est un soulagement : au moins, on ne vient pas la chercher pour manger.

— Alors, ma chère Marguerite, je m'inquiétais de ne pas vous voir à l'atelier potager…
— Je suis désolée, je n'avais pas la force aujourd'hui.
— Je comprends. Ça ne vous ennuie pas si je reste un moment ?
— Non, non, vous ne m'ennuyez jamais. Asseyez-vous, donc.
— De quoi avez-vous envie de parler ?
— De tout sauf du kiné, de mes douleurs et des repas.
— Ça nous laisse beaucoup d'autres sujets ! dit Roxanne en souriant.
— Comment ça s'est passé, en bas ?
— Bien. Un peu moins de monde et quelques disputes, mais rien d'anormal.
— Vous êtes habituée maintenant. Et les fleurs, elles vont comment ?
— À merveille.
— Bon, c'est bien.
— Vous voulez que je vous fasse un peu de lecture ?
— C'est gentil, mais je n'arriverai pas à me concentrer.
— Il ne faut pas vous laisser faillir, hein ! Emmanuel va bientôt revenir… Et d'ici là, je vous promets que tout sera prêt, tout ce que vous vouliez. On y travaille, dit Roxanne en prenant la main de Marguerite.
— Merci. Le temps est long, vous savez.
— Je sais.

Les deux femmes, que près de soixante ans séparent, échangent un regard. Flou pour l'une et clair pour l'autre, il en dit long sur les sentiments qui les lient désormais.

— Pour vous aider, j'aimerais bien qu'on fasse une petite séance de méditation, toutes les deux, reprend Roxanne.
— Oh, ma grande, je ne crois pas.

— Vous me faites confiance ?

— Oui, bien sûr, mais…

— Alors, laissez-vous guider. S'il vous plaît, pour moi… Pour commencer, on ferme les yeux. On essaie d'avoir le dos le plus droit possible contre le dossier du fauteuil.

— D'accord.

— Vous n'avez rien à faire et rien à dire, juste à vous concentrer sur ma voix et sur vous-même. Relaxez vos paupières. Elles deviennent intensément calmes, posées sur les yeux. Mettez vos mains sur vos jambes, et sentez le contact entre les deux, les quatre. Bougez très légèrement, de gauche à droite, et d'avant en arrière, pour trouver votre juste équilibre. Ce moment est pour vous, et juste pour vous. Prenez cette première séance comme un voyage dans votre propre corps, pour contempler les sensations physiques, les émotions qui vous traversent. Essayez de laisser de côté tout jugement, soyez juste curieuse de ce qui se passe en vous. Prenez une grande inspiration par le nez, et expirez doucement par la bouche. Cinq fois. Inspirez, expirez, et ressentez le mouvement de cette respiration dans votre corps. Essayez de trouver à quel endroit ce souffle s'exprime le plus distinctement. Dans votre cage thoracique, dans votre gorge, dans vos narines où l'air passe, dans votre abdomen qui se gonfle et se dégonfle ? Vous pouvez mettre une main sur votre abdomen pour vous aider à mieux ressentir le va-et-vient. Portez toute votre attention sur ce balancement de votre respiration…

Au bout de dix minutes, Marguerite s'endort, en sentant la présence de Roxanne auprès d'elle. Elles sont assez proches pour ça. Et ce moment leur appartient.

*

Les jours passent et se ressemblent, mais quand Ismaël entre dans sa chambre, quelque chose s'égaye.

— Il paraît que vous avez envoyé bouler le kiné hier ? lui lance-t-il.

— Bouler, bouler... Je lui ai juste dit que ça suffisait. Je n'ai plus la force de me plier à ses exercices et à ses directives, voilà tout.

— Bon. C'est à vous de sentir ces choses-là, mais je n'aime pas vous voir bouder dans votre chambre.

— Je ne boude pas, je suis fatiguée. Parlez-moi plutôt de votre Elia. Comment va-t-elle ?

— Les nuits sont encore difficiles, mais elle est en forme.

— Le plus dur, c'est pour Andréa j'imagine. Enfin, ça passera, dit Marguerite qui ne peut s'empêcher de repenser aux premières nuits d'Irène, puis d'Emmanuel.

— Oui. M. Rey m'a dit qu'il allait jouer aux petits chevaux avec ses petits-enfants, tout à l'heure. Vous pourriez vous joindre à eux ?

— Oh non, Ismaël, enfin ! C'est une affaire de famille. Moi, j'ai rendez-vous avec Emmanuel au téléphone.

— Ah, d'accord ! Passez-lui le bonjour et ne brisez pas du noir d'ici là. Je vous vois, hein. Et je ne vous laisserai pas faire.

— On dit « broyer du noir », Ismaël. Si vous voulez m'aider, allez plutôt donner ses cachets à Mme Renard, qu'elle se taise un peu.

— Quand vous me donnez des ordres, c'est que ça ne va pas si mal...

— Ismaël ?

— Oui ?

— Je suis vraiment contente que vous m'appeliez par mon prénom, maintenant.

Marguerite prend sa loupe et regarde la pendule de plus près. Encore dix minutes à tuer, avant de parler à Emmanuel. Alors, pour se couper des autres, des bruits du couloir et de ces vies qui l'entourent, elle retire ses sonotones. Elle fait ensuite le tour de ses plantes, appuyée sur sa canne. Elle les touche afin de savoir si elles vont bien, si elles ne manquent de rien. Que vont-elles devenir quand elle ne sera plus là ?

Il faut qu'elle prévoie leur point de chute, à elles aussi. Ce ne sont pas des plantes d'extérieur, elles ne peuvent pas poursuivre leur chemin dans le potager. Elles ont besoin d'être au chaud, sous la surveillance bienveillante d'autres amateurs de leur beauté. Elle n'a pas encore pensé à la répartition de ce qui lui reste. C'est maigre, mais ça compte. Il lui faudra faire une liste, juste et précise.

Prise d'un vertige, elle retourne s'asseoir. Elle tient son téléphone et elle attend. Cette attente est désormais l'activité, le sentiment et le poids qui dominent tous les autres.

Et, enfin, ça sonne.

— Bonjour, Ma !

— Allô, mon grand.

— Je suis un peu en avance.

— C'est bien, tant mieux. Alors, raconte-moi des choses !

— Ce n'est pas très gai ici, tu sais.

— Peu importe, ça ne peut pas être pire que dans un Ehpad.

— Bah, Ma, tu as Roxanne, M. Rey, et le potager quand même…

— Oui, oui. Ne parlons pas de moi, tu veux bien ? Qu'as-tu fait hier ?

— Hier, j'ai parcouru la brousse, comme tous les jours, avec Peter et Faraja.

— C'est qui Faraja, déjà ?

— Notre chauffeur. Il est super. Très humain.

— Ah, c'est bien ça. Et vous avez vu quoi ?

— On n'a pas trouvé d'ossements ni de cadavres frais, mais on a vu deux éléphants, bien vivants.

— Génial !

— Oui, mais c'est presque ironique. Je n'arrive pas à me réjouir de les voir là, parce que je pense déjà à ceux qui vont venir les éliminer. Comment on peut être devant eux et tirer ?

— C'est terrible. Le monde est complètement fou. Je ne pensais jamais qu'on en arriverait là, à tous les niveaux.

J'ai connu des trucs pas drôles, et la guerre, c'était moche. Mais aujourd'hui, c'est différent. C'est vicieux.

— Bon, je ne veux pas te déprimer encore plus, je suis désolé. C'est nul, se reprend Emmanuel.

— Oh, ne t'en fais donc pas pour ça.

— Le pire, c'est que la responsable de la communication de la fondation, cette Pamela Jones, là. Elle s'extasie devant les photos que je lui envoie ! Si tu l'entendais !

— Elle fait son travail, non ?

— Peut-être mais elle m'a mis dans une colère monstre hier soir. Elle trouve tout « *amazing* », cette imbécile ! Elle me parle d'art, comme si elle ratait l'horreur des images. J'ai envie de lui faire bouffer ses superlatifs.

— Mon grand, il ne faut pas laisser ces gens te mettre en pétard. Les imbéciles heureux ne sont pas faits du même bois que toi. Ton message sera accessible au plus grand nombre, et c'est sur ça que tu dois te concentrer. Eux, ils ne sont que des intermédiaires entre le public et toi.

— Tu as raison. Tu me manques, Ma. J'ai hâte de venir te chercher.

— Me chercher ?

— Oui, te chercher. On va faire ce que tu voulais, je te le promets. Avec Roxanne.

— Vous vous parlez souvent, tous les deux ? demande Marguerite, comme pour masquer sa gêne.

— De plus en plus. C'est étrange, mais je crois que tu avais raison. Cette fille me fait un truc.

— Tu vois, ça, ça me fait très plaisir.

— J'imagine...

— J'ai tout de suite compris que vous auriez beaucoup de choses à vous dire, elle et toi. Je suis contente de savoir que c'est le cas.

— Tant mieux, alors.

— On se rappelle vite ? Et en attendant, respire. Tu ne peux pas porter tout sur tes épaules, mon chéri.

— Je vais essayer.

— Je t'embrasse fort.

— Moi aussi, avec la barbe qui gratte. Et surtout, ne t'en fais pas : je vais te sortir d'Elia.

— Merci, mon grand, merci. Je t'attends.

29.

Emmanuel

VOILÀ DÉJÀ DIX JOURS QU'EMMANUEL sillonne le Selous, capturant les restes d'une noblesse anéantie. Et, au milieu des éléphants morts, parfois un singe, un buffle ou un corps de lionne sans la tête, qui gît sur le sol ocre et vert. Pour survivre à ce programme et aux réflexions des autres – qui tantôt font écho à sa propre peine, tantôt réveillent la violence de sa désapprobation –, il fige, dès que possible, ce que le regard des animaux raconte. Des portraits saisis sur le vif, qui donnent la parole aux survivants.

Hier, il a pu capter l'attention d'un éléphanteau peu épais. Sous l'ombre de ce qui devait être sa mère, il lui a offert des expressions bouleversantes. Avait-il récemment perdu un ou plusieurs membres de sa famille sous les balles des braconniers ? Emmanuel ne pouvait en avoir la certitude, mais ses yeux ridés semblaient déjà vieux. Comme si la lourdeur de l'atmosphère avait contaminé son âme juvénile. Comme s'il savait que le mal rôdait ; un mal qui attend qu'il vive juste assez pour lui dérober sa richesse apparente. Emmanuel est conscient de tout l'anthropomorphisme dont il fait preuve, mais, malgré tout, il ne peut s'empêcher de constater la différence entre les éléphants d'ici et ceux du Nord. Ces pachydermes ont la mort aux trousses.

La conversation qui s'est ensuivie, avec Peter et Faraja, a tari le peu d'espoir qu'Emmanuel tente de faire subsister en lui. Le scientifique de la TAWA a affirmé qu'en 2100, la Tanzanie serait, selon les prévisions, le huitième pays le plus peuplé au monde. Il a ajouté qu'entre le début et la fin de ce vingt et unième siècle, le genre éléphant allait, comme beaucoup d'autres, s'éteindre pour laisser la place au genre humain. Puis, Peter a provoqué Emmanuel en lui demandant s'il pouvait décemment choisir l'éléphanteau face à l'enfant maasaï, et Emmanuel n'a pu réprimer sa réponse : il lui est impossible de choisir, parce qu'il n'a jamais hiérarchisé la valeur de la vie selon un ordre racial. Bien sûr, il a pensé à son cher Kadogo. Il a tenté de le mettre dans une balance, à côté d'un éléphanteau, avant de chasser cette image absurde et de refuser ce duel.

— Plutôt que ressasser les effets dévastateurs de la surpopulation quand elle sera à son apogée, des mesures peuvent être prises, doivent être prises ! Ça ne sert à rien de se complaire dans l'inévitable ! Il faut que les politiques s'emparent vraiment du sujet. Le braconnage et la chasse trophée sont sans rapport avec la surpopulation croissante ! Et ils déciment ceux qui ont encore de l'espace pour survivre…, s'est agacé Emmanuel.

— On est d'accord sur ce sujet. Je te disais juste qu'un jour il n'y aura plus la place pour l'homme et l'éléphant. Enfin, pour l'homme et l'animal sauvage en général en Afrique. Ça ne sert à rien non plus de se bercer d'illusions, lui a répliqué Peter.

— Regardez, une girafe ! les a interrompus Faraja pour tenter, en vain, d'adoucir le climat dans la voiture.

Peter a repris la parole en expliquant qu'à l'époque où il était à l'université de Dar es Salam, il entendait des lions rugir, mais que maintenant, des décennies plus tard, les animaux ont disparu des villes. D'après lui, c'est le prix à payer pour évoluer. On ne peut pas refuser le développement aux Africains. Face à ces arguments, pour la plupart réducteurs, Emmanuel a fini par se taire.

Peut-être qu'il rêve encore trop ? Peut-être qu'il est fou de croire que la cohabitation pourrait s'envisager à plus long terme si le monde entier acceptait de rogner sur du profit, des principes et des droits, en faveur d'une réflexion plus globale ? Emmanuel est un fervent adepte de l'adage qui dit que « la liberté des uns s'arrête là où commence celle des autres ». Et, parmi les autres, il y a les animaux. Mais, sous aucun prétexte, il n'acceptera de se voir taxer d'Occidental cherchant à freiner le progrès africain. Son propos est ailleurs et il concerne la Terre entière.

Faraja, pris sous le feu de la conversation, a conclu, avec un proverbe swahili : « *Tabia ni ngozi* », qui signifie que les habitudes ont la peau dure. Et chacun s'est replongé dans son observation silencieuse, pour accuser le coup.

*

Aujourd'hui, les rangers ont guidé les trois hommes vers des os plus anciens. Des restes de trois éléphants, d'âges différents, détériorés par les parasites. Devant les tibias, les vertèbres et les crânes alvéolés qui jonchent le sol, Emmanuel pense à Shakespeare et à Hamlet : « *To be or not to be, that is the question**. » Ces éléphants, avant de devenir des restes, ont, eux aussi, subi « le fouet et les injures du temps, les avanies de l'oppresseur et le mépris des puissants ». Les crânes des pachydermes remplacent ici le crâne humain de la célèbre photographie, mais le questionnement existentiel qui envahit Emmanuel n'a pas de genre.

La vie ou la mort, le choix de l'espoir ou du désespoir, la résignation ou la résilience ?

* « Être ou ne pas être, telle est la question. »

Les éléphants abandonneront-ils ? Et pourquoi Emmanuel, lui, continue-t-il à se battre ?

Après de longues minutes de silence, derrière son objectif, il se reprend. Il se bat pour ceux qu'il aime et pour ce en quoi il croit. Et personne ne sonnera l'hallali capable de mettre à mort ses convictions.

Soudain, il pense à Roxanne. Elle est la preuve que même lorsque tout semble éteint, le frottement de deux âmes peut rallumer un feu inespéré. À des kilomètres de sa maison de Karatu, ou de son pays d'origine, Emmanuel se sent à la fois plus vulnérable que jamais et plus clairvoyant sur ses sentiments. Le visage et la voix de Roxanne le suivent, chaque jour et chaque nuit, comme une image et un son auxquels il a envie de s'accrocher. Il songe, sans relâche, à ce trouble qu'elle fait naître en lui. Il réexamine en pensée le message qu'il lui a envoyé pour mettre des mots sur l'émotion, comme elle le souhaitait.

« Roxanne, si je devais trouver une métaphore approximativement juste, je dirais que tu es arrivée dans ma vie comme une charge d'éléphant sur une piste dont on ne peut s'extirper. J'ai eu peur de ce que tu allais me faire, nous faire. J'ai mis du temps à comprendre tes intentions. Je n'ai pas reculé parce qu'on ne recule pas face au danger. Et j'ai fini par avancer vers ce que je fixais : de longues défenses, que l'on pourrait prendre pour un avertissement. Et puis j'ai vu toute la beauté autour de l'ivoire. J'ai pris le temps de regarder ta peau, tes yeux qui ont vécu, le halo de lumière qui t'entoure. Je me suis immobilisé. J'ai compris que tu n'étais pas une menace pour moi, pas plus que je n'en étais une pour toi. On s'est brièvement apprivoisés. Et nous avons repris nos routes, conscients de l'unicité de cette rencontre aux airs de confrontation ; comme lorsque l'éléphant reprend son chemin derrière les buissons tandis que l'homme redémarre sa voiture. La distance s'est chargée de magnifier cette collision. Et, jour après jour, les forces que je mettais pour nier mon sentiment se sont épuisées. Alors, c'est ici, dans ce décor bouleversant, que j'ai arrêté de lutter. J'ai accueilli l'idée de toi, même si je ne peux m'empêcher de me trouver trop vieux pour ce genre de flamme et pour ta jeunesse. Je t'embrasse. »

La réaction de Roxanne à cette livraison de mots a été une délivrance. Elle lui a répondu que si la comparaison avec un éléphant dans la bouche d'un autre aurait pu la malmener, dans sa bouche à lui c'était un cadeau. Elle a ajouté que si l'âge était un critère ordinaire pour s'éprendre d'amitié ou d'amour, alors elle aimait être hors des clous et s'autoriser des relations improbables comme celle qu'elle entretient avec Marguerite. Et elle a conclu en disant qu'Emmanuel avait des défenses bien plus longues que les siennes, mais des yeux bleus qu'elle ne voulait sous aucun prétexte perdre de vue.

Depuis, ils se parlent tous les jours, et même lorsqu'ils ne s'appellent pas, ils sont, à l'intérieur, l'un avec l'autre. Alors, face aux ossements, et au poème de Shakespeare qui s'est invité dans sa tête, Emmanuel choisit d'être, ici et maintenant, riche de ses joies, de ses peines et de ses peurs qui prouvent qu'il est bel et bien vivant.

*

Les échanges réguliers de mails avec Pamela Jones sont, incontestablement, la double peine de ce voyage. Il lui envoie ses photographies, témoins de l'inexorable déclin de l'éléphant d'Afrique, et cette communicante se pâme devant l'abject, à coups de « *Dear* », de « *tremendous* » et de « *amazing* ». Il voudrait lui répondre en deux mots : *fake world.* Bien sûr, quelque part, il sait qu'elle ne pense pas à mal, qu'elle s'assure juste de la réussite de l'exposition et de sa promotion, à travers le bon déroulement de son travail à lui. Elle n'a sûrement jamais vu un éléphant de sa vie, en dehors d'un zoo ou d'un cirque. Pourtant, il a du mal à ne pas la mépriser pour sa légèreté. Travaille-t-elle pour l'argent des Walker ou pour les messages que choisit de porter leur fondation ? A-t-elle vraiment conscience du drame qui se joue ou se satisfait-elle de l'audience que le sujet peut attirer et des répercussions sur son poste ? Il aimerait lui poser ces questions mais il s'abstient. La probabilité de recevoir des réponses creuses l'aide à réprimer toute tentative. Elles lui feraient plus de mal que de bien. Alors, il se contente de transférer les nouveaux clichés, au fur et à mesure, et de lui rappeler que, non, il ne sera pas là lors de l'événement à New York. Il sera avec sa grand-mère, dont il doit – et il veut – s'occuper dès que son périple dans le Selous sera terminé. L'insistance de Pamela sur le sujet lui hérisse le poil : il n'a jamais cherché à prendre la lumière sous les caméras. Il aime être dans l'ombre de ses photographies. C'est là sa place. Et il n'a aucune intention d'en bouger.

Las de contrer les arguments de Miss Jones, Emmanuel coupe court pour écrire à Samwel afin de prendre des nouvelles du village de Saitoti, Nembris et Kadogo. Il a besoin de s'assurer que les Walker respectent leur part du marché, en s'occupant de leur transfert prochain et en déployant les moyens nécessaires pour leur installation rapide. Samwel a déjà expliqué à Emmanuel les réticences de Saitoti : les Maasaï n'ont pas pour habitude de se faire prendre en charge et de se sentir assistés. Heureusement, leur lien de parenté a permis à Samwel de lui faire entendre raison, mais l'affaire reste épineuse.

Au cœur des sujets de fond, une vérité demeure : l'ego de l'homme est incommensurable.

30.

Roxanne

POSTÉE SUR UN ROCHER, parmi ceux qui surplombent la mer, Roxanne a décidé de s'isoler aujourd'hui. Elle a parcouru des kilomètres à vélo pour sortir de la ville et trouver un espace, comme une bulle, moins fréquenté par les saisonniers. Un coin de pierre à l'écart du ballet estival, ça se mérite.

Elle tient cette habitude de Bianca qui a toujours été du genre à crapahuter dans les pierriers, les sentiers aux cailloux roulants et la roche escarpée, de préférence en tongs. C'est elle – avec son agilité de petit singe – qui lui a appris, il y a bien longtemps, le charme de ce que l'on trouve au bout de ces chemins-là. Les vagues qui se brisent sur les rochers, les poissons que l'on peut apercevoir, le plaisir du risque que l'on prend en sautant dans l'eau.

Les cheveux attachés pour éviter les frasques du vent, Roxanne laisse son regard se perdre dans le bleu ondulant. De temps à autre, elle se décale de quelques centimètres, pour soulager ses fesses, à la merci des aspérités. Puis, immobile à nouveau, elle s'ancre dans le moment. Elle en saisit les odeurs, les bruits, les couleurs, les sensations sur sa peau.

L'urgence de s'extraire de tout est, sans conteste, la conséquence du week-end passé dans le Vaucluse, sur les terres de son enfance. La tendresse qu'elle a pour la région ne va pas sans l'appréhension qui la harponne chaque fois qu'elle s'y rend. Retrouver les vignes, les champs de lavande, les gorges, les ocres et le mont Ventoux, c'est aussi retrouver la comédie familiale. Son père comme un courant d'air insaisissable. Sa mère et son emprise, comme une ombre qui plane.

Cette fois-ci, il y avait également Eva, une main dans celle de son mari, l'autre dans celle de son fils. Ils encadraient tous deux son ventre rond de quatre mois. Le regard de pitié qu'Eva lui a jeté n'a pas échappé à Roxanne. Un regard navré que la pauvre ne connaisse rien de cette joie – dite ultime – d'être épouse, mère et enceinte.

Ces trois jours auraient été un supplice sans Bianca. Elle s'était d'ailleurs assurée de sa présence avant d'accepter de se déplacer. C'est ainsi qu'elle avait appris que sa petite sœur viendrait accompagnée d'Antoine, avec qui les semaines deviennent des mois et préfigurent les années.

Des présentations officielles d'un côté, et une grossesse de l'autre : Roxanne a légitimement pensé que sa vie ne ferait l'objet d'aucune curiosité invasive. Erreur. Passée la première soirée, toute l'attention convergeait vers sa solitude, son absence d'activité professionnelle, son horloge biologique et son intérêt maladif pour cet Ehpad. Elle s'est défendue, avec le soutien de Bianca. Elle a parlé de la Tanzanie, du départ avec Marguerite, de l'association d'Héloïse, des rêves des vieux, du potager et d'Emmanuel. Elle en a parlé comme on se met à nu. Sans agressivité ni justification, avec passion et conviction.

Très vite, le prénom masculin s'est détaché des autres sujets. Les indiscrétions se sont multipliées, comme si rassembler des renseignements permettrait de donner, ou non, une approbation sur la naissance de cette relation hors normes. Et très vite, elle s'est sentie acculée. *Mais enfin, tu ne vas pas partir vivre en Afrique ? Il n'a plus l'âge de fonder une famille, cet homme. Pourquoi tu t'immisces dans sa relation avec sa grand-mère ? Tu devrais plutôt te concentrer sur ta reconversion, non ? Mais, vous n'êtes pas vraiment ensemble ? C'est un amour platonique à distance ?*

Les questions, comme un feu d'artifice, ont fait monter les larmes. Jusqu'à ce que, d'un coup, d'un ton laconique, son père finisse par demander à sa mère, à Eva et à son beau-frère, de lui lâcher la grappe.

Roxanne a tenu bon jusqu'au bout. Elle a souri pour les photographies du domaine viticole, a encaissé les éruptions verbales, a tenu le rôle qu'on lui avait écrit. Et elle est rentrée chez elle, alourdie d'un poids sous son ventre plat, mais libérée de cet étau qui l'oppresse plus que jamais.

À cet instant, l'écume sur les rochers contrastant avec la clarté de l'eau autour, représente bien l'opacité que sa famille jette sur sa lumière intérieure.

Elle sait, dans sa chair, qu'elle est au bon endroit. Que cette rencontre avec Marguerite – conséquence indirecte du deuil de sa grand-mère et cause directe de sa rencontre avec Emmanuel – a un sens dans son parcours de vie. Et, face à la mer, elle fait le vide de tout le reste.

Plus tard, allongée sur son lit, à la surface des draps, Roxanne écoute l'appel de son corps en manque d'exultation. Elle vient de se séparer de la voix d'Emmanuel après une heure dense en mots et en sourires. Les épreuves qu'ils vivent chacun de leur côté, les difficultés auxquelles ils sont confrontés, la résilience qu'ils portent en bandoulière, les lient, comme un fil invisible qui traverse les frontières. Ils ne se qualifient pas, ne se projettent pas, ne s'enferment pas dans un cadre, mais ils tissent une histoire, sans titre, vibrante de singularité.

Le désir qui envahit Roxanne ne se révèle pas à Emmanuel, mais il demande à s'exprimer dans l'intimité de sa chambre. Elle ferme les yeux et elle l'imagine avec elle. Comment la toucherait-il ? Serait-il fougueux ? Devinerait-il la carte de ses envies ?

Sauraient-ils s'accorder, sans pudeur, sans retenue ?

Les mains de Roxanne, guidées par ses fantasmes, se plaisent à l'envisager.

*

— Allô ?

— Elisabeth ?

— Oui ?

— Bonjour, je suis Roxanne. Je crois qu'Emmanuel et Xavier vous ont parlé de moi.

— Ah oui, un peu. Bonjour !

— Je ne vous dérange pas ?

— J'ai quelques minutes, ne vous inquiétez pas.

— Très bien ! Je vous appelle pour discuter des besoins de l'école à Bashay, et de la création d'une autre école, éventuellement, près du village déplacé. Et puis pour faire connaissance.

— Enchantée, alors. C'est vrai qu'à distance, c'est un peu dur de tout vous expliquer. Xavier m'a évoqué « une liste de besoins » à rédiger, mais elle pourrait être interminable, cette liste, vous savez ?

— J'imagine. On pensait aux besoins premiers, de matériel et de choses indispensables.

— C'est vrai qu'on n'aura jamais trop de stylos, de cahiers et de manuels, mais ça ne suffit pas. Il nous faudrait des enseignants supplémentaires, des bénévoles pour pouvoir prendre contact avec plus de parents, des suivis de santé pour les enfants… Parfois, on se rend compte que si l'enfant ne suit pas, c'est parce qu'il a tout bêtement des problèmes de vue non traités et, pire, non identifiés. Ou des problèmes auditifs par exemple. Et puis, il faudrait s'agrandir encore en termes de locaux, pour qu'ils soient moins nombreux par classe, qu'ils puissent recevoir individuellement plus d'attention. On devrait aussi démocratiser la lecture, pour l'éveil. Enfin, il y a tant à faire, et je ne sais pas ce que l'association de votre Héloïse peut fournir comme aide. Avant tout, je crois qu'il faut venir sur place, pour se rendre compte…

— Je comprends, dit sobrement Roxanne, parce qu'elle sent dans la voix de cette femme un engagement profond qui a dû surmonter bien des déceptions, au fil du temps.

— Vous donnez des cours, vous, il paraît ?

— Oui, à plusieurs niveaux, comme je peux. J'essaie de les intéresser à l'environnement qui est le leur, au domaine du vivant et à la science. Pour les plus jeunes, je leur donne des bases en mathématiques. Mais vous voulez faire quoi ici, vous, précisément ?

Roxanne se tait un instant, prise au dépourvu.

— Je vous mentirais si je vous donnais une réponse, quelle qu'elle soit. J'ai envie d'être utile et je cherche encore à comprendre comment. Je suis désolée de...

— Oh, mais ne vous excusez pas ! On va trouver des chemins ensemble.

— Merci. Et, dites-moi, combien d'élèves sont pris en charge dans cette école ?

— Un millier, environ.

— OK. Et il y a combien de niveaux ?

— Sept, *grade 1 to 7.* De six ans à quinze ans, à peu près.

— Noté.

— Je vais devoir vous quitter, pardon, j'ai un clan de lions qui m'attend si j'ose dire, mais rappelons-nous rapidement ? Je vais réfléchir d'ici là.

— Très bien, moi aussi. Enfin, sauf pour les lions.

Elisabeth éclate de rire.

— Vous avez de l'humour, on va bien s'entendre. À bientôt.

— À bientôt !

*

Les humeurs des vieux sont paradoxalement aussi mouvantes que celles des enfants. Ils s'enthousiasment puis s'agacent, ils s'agitent puis s'endorment, ils s'intéressent puis se désintéressent.

Après un atelier potager qui n'a pas réuni beaucoup de monde aujourd'hui, Roxanne s'installe dans le bureau de Cécile. Elles prennent un café comme on prend des forces parce qu'elles ont prévu d'aborder trois sujets importants : le départ prochain de Marguerite en Tanzanie – qui fait ardemment débat –, les préparatifs du bal de vendredi, ainsi que la rencontre entre Mme Moulin et M. Dubois. Concernant cette rencontre, les directions de leurs Ehpad respectifs y ont songé et l'entrevue s'est révélée physiquement impossible. M. Dubois étant en fauteuil avec des problèmes respiratoires, et Mme Moulin ayant une condition cardiaque très délicate, les risques encourus lors d'un déplacement sont bien trop élevés. Alors, Roxanne a eu une idée qui a retenu l'attention de tous : organiser les retrouvailles de ces anciens amoureux par caméra interposée, le temps d'un thé ou d'un jus. Et c'est après le déjeuner, vers 14 h 30, que ce moment particulier aura lieu tout à l'heure.

— On peut dire qu'en quelques semaines, vous nous aurez fait vivre plus d'expériences inédites que depuis la création de la maison de retraite, soupire presque Cécile.

— Ça vous épuise ? la taquine Roxanne.

— Disons que ce n'est pas de tout repos…

— Mais c'est pour la bonne cause !

— Certes, mais on a tellement d'autres choses à gérer qu'on n'est pas mécontents que les résidents n'aient pas tous un rêve à réaliser.

Roxanne a bien senti, ces derniers jours, que l'entrain de Cécile perdait de la vigueur. Parce que c'est une femme de parole, elle n'est pas revenue sur les engagements déjà pris, mais elle lui a fait comprendre qu'il fallait ralentir la cadence de ses initiatives. Et, lorsque le grand voyage de Marguerite a été évoqué, un froid s'est installé entre les deux femmes. La directrice adjointe a aussitôt pointé du doigt la déraison de cette décision et le directeur, pour une fois, a aussi choisi de s'en mêler. Roxanne a tenté de leur expliquer l'importance de ce dernier vent de liberté pour Marguerite et de la proximité avec son petit-fils. Elle leur a fait part de sa vision quant au respect des choix de chacun. Ils ont argué que la majorité des anciens n'avaient pas cette option, et que ce serait un sacré bazar si tout le monde s'imaginait mourir à plusieurs heures d'avion de chez lui. Cécile a ajouté que ce genre de rêve, c'était bon pour ceux qui avaient encore leur autonomie et que dans le cas de Marguerite, ça ne ferait que précipiter sa fin de vie. Roxanne a clos la polémique en se retranchant derrière un argument péremptoire : la conclusion ne leur appartient pas. Marguerite a toute sa tête, Emmanuel est prêt à la prendre en charge, et elle-même leur donnera les moyens qui leur manquent pour le bon déroulement de cet ultime déménagement.

— Je peux m'occuper de Mme Moulin toute seule, si vous voulez. J'ai pris mon ordinateur portable et je peux l'aider à s'installer dans sa chambre pour la rencontre.

— Ce serait bien, oui, parce que je dois recevoir la famille d'un futur pensionnaire… Et les filles sont débordées avec leurs tâches quotidiennes.

— Aucun problème. Et, pour le bal, tant que vous me confirmez les horaires et le personnel présent, je peux également fignoler les contours de mon côté. Les enfants de certains résidents vont nous donner un coup de main, et le tour sera joué !

— Parfait. Je vous laisse rejoindre Mme Moulin alors, et on se reparle plus tard ?

— On fait ça. Bon courage !

— À vous aussi.

En quittant Cécile, Roxanne décide de chasser de son corps la tension négative qui polluait son bureau. Rien ne lui gâchera le plaisir d'assister à ce rendez-vous entre deux cœurs qui n'ont rien oublié.

31.

Marguerite

DANS LE BUS, MARGUERITE ET LUCIEN sont côte à côte, juste derrière M. Chazot qui a pris le premier rang pour lui tout seul, et juste devant Mme Moulin qui a trouvé en Mme Arnaud une nouvelle paire d'oreilles pour parler de M. Dubois.

La sortie à la mer, venant exaucer le souhait de Mme Huet, a attiré une quinzaine de résidents. Escortée par Coumba, l'infirmière Cassandra à laquelle Roxanne fait désormais appel, et quelques membres de leurs familles, la troupe se dirige vers une plage privée de la Croisette. Roxanne l'a réservée pour quelques heures.

Les rangées sont plus ou moins bavardes. Marguerite et Lucien, eux, discutent du bal de la semaine dernière.

— Vous auriez pu rester un peu plus longtemps, vous avez raté le final.

— J'étais fatiguée, je vous ai dit, répond Marguerite.

— Vous aviez plutôt l'air triste.

— Vous êtes têtu, Lucien. Vous voulez toujours tout savoir. J'adorais danser, avec Auguste, voilà. Aujourd'hui, comme je n'y vois plus clair, je n'ai pas l'équilibre pour ça.

— On a tous perdu des facultés, mais, vous qui avez une ouïe irréprochable et qui aimez tant la chanson française, vous pouviez au moins écouter le chanteur.

— Je l'ai écouté. C'était bien.

— Ah, vous voyez !

— Mais je n'avais pas de points à gagner !

— Vous me faites rire.

— Moi, vous me polluez les oreilles, dit M. Chazot sans se retourner.

— Alors bouchez-les ! Et cousez donc votre bouche, ça nous fera des vacances, répond Lucien pour défendre Marguerite.

— Si seulement vous pouviez tous devenir muets d'un coup, ce serait fantastique.

— Monsieur Chazot, enfin ! intervient Roxanne qui s'empare du micro à l'avant du bus.

— Oh, ça va, marmonne-t-il.

— Non, ça ne va pas. On avait dit que si vous veniez, vous seriez poli avec tout le monde, lui rappelle Roxanne.

— Eh bien, j'ai menti ! Je suis venu pour vous faire chier.

— Je ne vous ai même pas demandé comment étaient habillés les gens. Il y avait des extravagances ? reprend Marguerite.

— Je vous raconterai ça tout à l'heure..., murmure Lucien.

— D'accord.

Roxanne finit par ignorer les grommellements de M. Chazot et réclame l'attention de tous.

— Vous m'entendez bien ? Super ! Alors, avant qu'on arrive, je voulais vous redonner quelques précisions. Le but de cette sortie, c'est de passer un bon moment, tout en ne prenant aucun risque. Donc, personne ne s'approche de la mer sans escorte, on essaie de rester groupés et on prend soin les uns des autres, d'accord ? Si vous avez besoin de quoi que ce soit, vous me faites signe. Et n'oubliez pas les chapeaux et les crèmes dans le bus. Ah oui, et Cassandra, que je vous ai présentée ce matin, est infirmière. Si quelqu'un ne se sent pas bien, c'est à elle qu'il faut en parler directement.

— Merci, Roxanne, dit Mme Huet, qui est d'une humeur affable pour une fois.

— Jésus vous aime, crie Mme Puliano, en guise de conclusion.

Sur la plage, des chaises en fer ont été installées à la lisière de l'eau, pour faciliter l'accès à celles et ceux qui voudraient tremper leurs pieds sans déambulateur ni fauteuil. Et les parasols sont légion, pour rassurer les résidents peu habitués à traîner dehors sous le soleil.

Les corps malhabiles se meuvent comme ils peuvent. Le silence de certains sert de rempart à leur émotion. Mme Huet est la première à solliciter l'aide de Roxanne pour avancer un peu plus loin, jusqu'aux jambes.

— On dirait une poule qui a trouvé un couteau ! s'exclame M. Chazot, dans l'indifférence générale.

Marguerite, installée entre Lucien et Cassandra, serre ses mains autour de l'urne qu'elle a évidemment emportée en promenade. Et elle observe discrètement Lucien, avec une forme de curiosité. Après plusieurs semaines de cohabitation, son enthousiasme l'étonne encore. Si elle a accepté de faire partie de cette excursion, c'est avant tout pour Roxanne, parce qu'elle se décarcasse pour mettre de la lumière dans leur vie. Le seul plaisir qu'elle y trouve, c'est par procuration. Mais Lucien, lui, semblait franchement partant. Cette grande lassitude ne peut pourtant pas l'épargner plus que les autres. Est-ce un masque qu'il arbore pour ne pas révéler ce qu'il ressent au fond de lui ? Le fait-il pour Roxanne également ? Ou pour être près d'elle ? Cet homme est à la fois transparent et insaisissable.

Marguerite peine à déceler ce qui l'anime vraiment. Les dernières miettes de vie avant l'inévitable ? Les sentiments qu'il nourrit à son égard ? La volonté de s'intégrer ? Oui, Lucien est un mystère, qu'elle ne percera peut-être jamais. Il souffre en silence, mais il communique avec vivacité. Il ne parle jamais des maux qui l'habitent et, par pudeur, elle ne l'assaille d'aucune question intrusive. Ils ont trouvé un équilibre dans leurs échanges et s'en contentent.

Si Marguerite fait autant de cas de ce qu'il peut bien ressentir, c'est parce qu'elle sait qu'elle ne peut plus lui taire son départ prochain. Elle se sent contrainte à l'honnêteté, par amitié. Voilà déjà des jours qu'elle veut lui dire, sans trouver le moment propice. Elle appréhende sa réaction autant que le jugement qu'il pourrait émettre sur son choix.

— Vous êtes bien pensive tout à coup.

— Non, enfin pas particulièrement.

— Je commence à vous connaître, Marguerite.

— Vous n'avez pas tort. Il faut que je vous parle de quelque chose.

— Eh bien, je vous écoute, comme toujours.

— Je vais partir, bientôt.

— Ah non ! Vous n'allez pas vous mettre à broyer du noir, pas aujourd'hui.

— Vous n'avez pas compris. Je vais quitter Elia. Emmanuel va venir me chercher pour me prendre avec lui, en Tanzanie.

— Qu'est-ce que vous me dites là ?

— C'est la vérité, Lucien. C'était mon rêve, je l'ai mis dans la boîte. Et Roxanne m'a aidée à trouver les arguments pour le convaincre.

— Vous vouliez partir en vacances ?

— Non, je voulais choisir ma mort. Vous savez bien, je vous l'avais dit. Je suis malade et ça va s'accélérer. Je ne veux pas disparaître en étant loin de lui, dans une chambre qui n'a jamais été vraiment la mienne.

— Comment je vais faire, sans vous, moi ? C'est grâce à vous que j'ai envie de me lever le matin.

— Oh, Lucien, ne dites pas ça. Vous aurez les autres, et puis votre famille…

— Ce n'est pas pareil.

— Vous me manquerez aussi, vous savez. On se téléphonera.

— Vous partez quand ?

— Je n'ai pas encore la date exacte, mais dans les deux prochaines semaines. Emmanuel et Roxanne s'occupent de tout.

— Eh bien, je ne m'attendais pas à ça.

Lucien croise les bras sur son ventre. Il se donne une contenance.

— Je ne voulais pas vous miner, reprend Marguerite.

— C'est loin, la Tanzanie. C'est beaucoup d'heures d'avion…

— Peut-être que je ne tiendrai pas jusque-là, mais au moins j'aurai essayé.

— Ne dites pas de sottises ! Vous êtes bien plus robuste que ce que vous croyez. J'en suis certain.

— Les analyses sont mauvaises, mais tant que j'ai encore ma tête, mes jambes et mon souffle, je peux laisser les jours venir.

— Ne vous faites pas de mouron à l'avance.

— Vous avez raison. Et puis, il y a une bonne nouvelle dans tout ça, malgré tout.

— Laquelle ?

— Ce n'est pas la mort qui nous séparera, mais la distance. C'est bien plus poétique.

— Si vous le dites, Marguerite, si vous le dites.

— Ne soyez pas grognon.

— Laissez-moi accuser le coup, quand même.

— De quoi vous parlez, les amoureux ? leur demande Coumba.

— Enfin, Coumba, la reprend Marguerite. Auguste est juste là, il vous entend.

— Ah oui, pardon, madame Vernier. Bon, vous venez vous tremper un peu ?

— Non, je suis bien ici, dit Marguerite.

— Et vous, monsieur Rey ?

— Non plus ! Je vous regarde.

— Vous n'êtes pas en sucre, s'exclame Mme Huet qui vient de se rasseoir. Vous devriez essayer, vous n'aurez plus l'occasion, après.

— On est bien comme ça, répond Lucien, mais merci.

— On ne va pas attendre jusqu'à la Saint-Glinglin pour manger quelque chose quand même, si ? piaille M. Chazot.

— Il n'y a pas le feu au lac, rétorque Mme Talbot.

— Vous êtes Suisse, vous, maintenant ?

— Vous ne voulez pas essayer de faire le mort, juste pour voir ? le tacle Mme Huet.

— Vous n'allez pas vous y mettre, intervient Coumba. Écoutez donc le bruit des vagues et arrêtez de vous chamailler.

— Je ne les entends pas les vagues, moi, soupire Mme Talbot.

— Oui, mais vous les voyez ! réplique Marguerite.

Elle se concentre sur ce qu'à l'instant elle préfère : l'odeur d'iode dans l'air doux qui lui balaie le visage.

*

De retour au bercail, la troupe se disperse assez franchement, comme s'ils s'étaient tous assez vus. Il y a, dans ces activités, une proximité forcée qui permet, ensuite, de mieux apprécier la solitude de l'âge, répartie dans les étages. Seul Lucien accepte de rester en bas pour faire un Scrabble avec Mme Arnaud, épuisée par Mme Moulin et sa litanie sentimentale. Marguerite décide de rejoindre sa chambre jusqu'au dîner.

Elle prend les comprimés qu'Ismaël lui a préparés et s'allonge sur son lit, harassée. Ses yeux se ferment sans trop y penser et, soudain, elle se met à douter : saura-t-elle suivre le rythme africain ? Passera-t-elle ses dernières journées à l'horizontale ? La douleur qui s'est réveillée dans son ventre ne la rassure pas plus que ses coliques et la perspective de se voir diminuer encore.

L'unique manière de ne plus s'inquiéter est probablement de déclencher le compte à rebours. De choisir d'ores et déjà une date de fin, maintenant qu'elle a le lieu. Une date pour la piqûre, la boîte de médicaments ou le poison qui lui permettra de partir dans la dignité. Cette promesse de liberté l'apaise. Lorsqu'on sait que l'on s'en va, et comment on s'en va, on ne se pose plus de questions. On saisit les derniers moments joyeux et, le reste du temps, on attend. Elle est persuadée qu'il n'y a que deux manières de bien mourir : sans s'en rendre compte ou en ayant tout prévu soi-même. Et elle s'endort sur cette réflexion.

Ce qui la tire du sommeil, après une demi-heure de sieste, c'est une sirène qui n'annonce rien de bon. Une sirène qui, lorsqu'on l'entend si distinctement, s'arrête en général quand le véhicule pénètre dans l'enceinte d'Elia.

Marguerite refuse de se sentir concernée par toute la maisonnée. Elle se serait volontiers rendormie si, quelques minutes plus tard, Coumba n'avait pas toqué à sa porte.

Les mots prononcés rebondissent sur Marguerite, comme des lames de rasoir qu'elle ne veut pas laisser rentrer dans sa peau. Coumba lui prend la main, mais elle ne sent aucune chaleur. Tout est glacial. C'est l'hiver, d'un coup, d'un seul. Il y a plusieurs heures, elle discutait de sa mort avec Lucien, et c'est lui qu'elle est venue frapper en premier. Il s'est effondré sur sa réglette de lettres. Les secours sont arrivés trop tard, son cœur s'est arrêté. Marguerite refuse de descendre le voir partir et, dans un sanglot, elle congédie Coumba. Elle insiste pour qu'on ne vienne pas la chercher pour les repas. La culpabilité, qui se mêle au chagrin, lui tord l'estomac.

Cette violence qui s'abat, une fois encore, une fois de trop, anéantit soudain toute forme de résilience.

32.

Emmanuel

Les journées se suivent et ne se ressemblent pas. Il y a trois jours, Faraja, Peter et Emmanuel n'ont rien aperçu, de près ou de loin. Pas un éléphant mort, pas un éléphant vivant. Seulement quelques traces, et des petits herbivores, ici ou là, entre les herbes hautes et les arbres lourds.

Avant-hier, alors qu'ils s'étaient arrêtés pour déjeuner dans le 4×4, ils ont soudain vu la végétation trembler et le bois s'incliner. Peu avant que les formes grises ne se profilent dans le vert, ils ont même eu le droit au vacarme des barrissements, que Romain Gary appelait le « vieux tonnerre terrestre ». Quel cadeau, quelle joie, de ne pas être là que pour mesurer la désolation dans le paysage. Le clan est passé en *grande trompe*, sans égard pour le véhicule à l'arrêt ; cet intrus silencieux et immobile. Les trois hommes, captivés par la puissance de cette masse coordonnée, n'en ont pas loupé une miette. Cloués par le spectacle, ravis par cette dose d'adrénaline et d'endorphines, ils ont savouré ce dessert qui ne se mangeait pas. Puis, les éléphants ont freiné de l'autre côté de la piste, comme pour faire une halte et se rassasier un peu. Emmanuel a dirigé son objectif vers un grand mâle aux longues défenses poussiéreuses. Tout, chez cet animal, attirait son regard. La légèreté de son pas, l'immensité de son corps, les traces de terre rouge sur sa peau pleine de plis. Il y avait, dans ses mouvements et dans sa manière d'être, une grandeur irréfutable. Une grandeur qui captait la lumière et réjouissait le photographe. Une grandeur qui n'avait pas quitté son clan, comme les mâles plus âgés le font souvent. Après de longues minutes, Emmanuel a pourtant reposé le reflex dans son sac. Il a choisi de profiter simplement avec ses sens, et d'ancrer dans sa mémoire le passage de cette famille.

Hier, Emmanuel s'est entièrement consacré au tri de ses photographies, les travaillant à chaud, comme il est contraint de le faire ici. Il s'est aussi farci Pamela Jones, qu'il imagine volontiers en maillot de bain rouge sur une plage, mais sans velléités de sauver qui que ce soit. Emmanuel est conscient que, la concernant, son jugement abrupt manque de recul, voire de discernement. C'est l'un des écueils de son caractère sauvage, à tendance misanthrope. Surtout quand il s'agit de ceux qui vivent dans l'opulence, sous les paillettes et au gré des besoins futiles en permanence réinventés. Il y a, probablement, sous la surface lisse de ces gens-là quelque profondeur insoupçonnée. Mais, chez Pamela Jones, toute épaisseur et toute intensité doivent être bien dissimulées, sous des couches opaques de désinvolture et de frivolité.

Pourtant, quand il y repense aujourd'hui, il aimerait bien revenir à hier, à sa conversation avec Miss Jones. Elle en a précédé une autre, bien moins inconséquente. Roxanne lui a, avec le plus de délicatesse possible, expliqué que Marguerite ne sortait plus de sa chambre depuis deux jours. Qu'elle acceptait de manger quelques bouchées seulement le midi, et qu'elle ne voulait voir personne d'autre que le personnel soignant, jusqu'à nouvel ordre. Marguerite a même éteint son téléphone, comme Lucien, en partant, a éteint ses dernières bribes d'entrain.

Aussi étrange que cela puisse paraître, Emmanuel s'est désormais fait à l'idée du voyage. Il l'a organisé, à distance, avec Roxanne. Il connaît le prénom de l'infirmière qui l'accompagnera et les suivra jusqu'à la fin ; Cassandra. Il sait que Samwel, le moment venu, saura comment l'aider à changer de rive. Il a les billets d'avion, et le soutien de Xavier et d'Elisabeth, qui les épauleront au mieux. Et il a, à distance, repensé l'agencement de sa maison pour être fin prêt à son retour. Il lui est donc inconcevable que Marguerite, ébranlée, renonce. Roxanne a tenté de l'apaiser en lui assurant qu'elle allait forcer le passage et apporter à sa grand-mère le réconfort dont elle avait sûrement besoin. Il a pris tout ce que, au téléphone, elle voulait bien lui donner. Et, impuissant, il s'en est remis à elle. Elle qui a gagné, depuis un moment déjà, sa confiance, même aveugle.

Cet après-midi, le regain de tension aide Emmanuel à se concentrer sur l'instant. Il y a deux heures, Faraja, Peter et lui se sont retrouvés, avec les rangers, sur une scène de massacre toute fraîche. Sous le bourdonnement incessant des mouches, ils ont découvert le corps d'un éléphant touché par plusieurs flèches empoisonnées. Il venait, de toute évidence, d'être tué et découpé. Malgré son visage entaillé grossièrement, et la boucherie écœurante, Emmanuel l'a reconnu, grâce à ses oreilles. Il se souvenait très bien du cran prononcé à droite, et de la tache plus foncée dans le gris clair. Il était presque plus grand mort que vivant. Même debout, à côté, les hommes semblaient petits. Emmanuel se souvenait aussi de ses défenses qui, selon les rangers, avaient une trop grande réputation. C'est pour cela qu'il était surveillé avec vigilance lorsqu'il apparaissait. Mais une poignée d'hommes ne suffit pas pour couvrir des dizaines de milliers de kilomètres.

Ce mâle d'environ trente ans, que les rangers avaient appelé Bakari, faisait partie de la famille qu'Emmanuel et ses acolytes avaient vu traverser. Bakari ne fera plus vibrer la forêt et ne barrira plus.

Soudain, l'appareil photo a pesé des tonnes dans les mains d'Emmanuel. Il y a trois jours, il captait la vie, sous un ciel idyllique. Tout à l'heure, il saisissait l'enfer. La mort, froide. Son odeur nauséabonde. Sa violence.

Savoir qu'il a dans son ordinateur la photo de Bakari avant le carnage était insoutenable. La preuve que les éléphants continuent de s'éteindre, à la vitesse de la lumière et de la folie humaine. Il s'est senti comme un correspondant de guerre, impuissant, vecteur des images obscènes qui se vendront, comme se vend toujours la monstruosité.

En poursuivant cette sombre séance, il a eu une pensée pour Pamela. Il l'entendait déjà se réjouir de la puissance de cet avant-après qui pourrait ouvrir l'exposition. Deux photos, juxtaposées et horodatées, du même éléphant, mort et vivant.

Pendant qu'il prenait ses photos, les rangers ont reconnu plus que les restes de Bakari. Ils ont aussi reconnu le procédé ; les flèches, plutôt que les balles. La manière de débiter, le choix de l'arme, ainsi que les empreintes et les indices non effacés sont autant de pistes pour identifier les braconniers. Les rangers, qui risquent leur vie pour sauver des vies animales, sont échaudés et attentifs à chaque détail. Tout ce qui peut leur donner des munitions dans cette guerre contre les vices et la lâcheté de l'ennemi est bon à prendre, à relever, à consigner. Ils sont minutieux, vigilants et même zélés.

Voilà, par quelle force de détermination, en suivant les traces de pneus et de pas, ils sont remontés, cet après-midi, du cadavre au reste du camp de fortune des barbares armés.

Ils ont accepté, après quelques pourparlers, de laisser Faraja, Peter et Emmanuel les suivre malgré le danger.

Il n'y a plus personne sur place, mais tout laisse penser qu'ils les ont ratés de peu. Alors, tandis qu'Emmanuel nourrit son reportage photo et que Peter prend des notes, les autres appellent des renforts aériens et terrestres. La poursuite commence et chacun espère qu'elle sera, cette fois-ci, fructueuse. Lorsque la traque est productive, et que les braconniers sont attrapés vivants, les informations glanées sur la filière peuvent faire gagner des années et tomber des têtes. Les exécutants ne sont que de petites mains, un infime maillon de la chaîne du mal. Ceux qui tirent leurs ficelles ne vont pas sur le terrain. Ils attendent, à l'abri dans leur planque, le retour de la cargaison. Ensuite, ils paient maigrement les petites mains, puis ils revendent à un autre intermédiaire, un récepteur, qui lui-même revendra à Hong Kong ou ailleurs.

— Pendant longtemps, le trafic illégal était facilité par le commerce légal de l'ivoire en Chine. Et maintenant qu'elle l'a interdit, les trafiquants se tournent vers le darknet pour vendre l'or blanc. Ils trouvent toujours des moyens de prospérer..., s'énerve un des rangers.
— Pas d'acheteur, pas de vendeur ! l'appuie son coéquipier. Nous, on ne peut que brûler tout ce qu'on trouve, en espérant que ça tue la demande. Mais le destin des éléphants n'est pas entre nos mains...
— C'est affligeant. Les Chinois décorent leurs maisons pendant que l'Afrique compte les carcasses qui pourrissent, s'insurge Peter.

De toute évidence, il veut signifier son soutien aux rangers qui ont besoin d'évacuer leur frustration.

— Et il n'y a pas que la Chine... L'ivoire entre par les frontières poreuses du Laos, du Myanmar, de la Thaïlande, du Vietnam et même de l'Europe ! reprend le premier ranger.
— Oui, et quoi qu'il en soit, les éléphants reculent à mesure que l'homme avance, conclut Peter, avec le fatalisme qui le caractérise.

Pour Emmanuel, le simple fait d'imaginer des familles faisant graver fièrement leur arbre généalogique sur une défense polie est abject. Inconcevable. Que d'aucuns, restant de marbre face à l'horreur, puissent voir une forme de grandeur dans ce résidu de barbarie, que le prétendu esthétisme l'emporte sur toute forme d'humanité, que les croyances tronquées fauchent des joyaux africains : tout cela réveille en lui une violence hors norme. Des centaines ou des milliers d'éléphants, même contre une trentaine d'années de prison, c'est peu cher payé. S'il tenait en joue les responsables, lui, il serait capable de les tuer, après les avoir fait parler.

— Les éléphants ont presque disparu de l'Afrique de l'Ouest et du centre, le massacre ne cesse de s'étendre à l'est et au sud… On est à quoi, quinze ou vingt ans de la disparition totale ? s'interroge Emmanuel à voix haute.

— Quelque chose comme ça, répond Peter.

— Oui, mais il ne faut pas renoncer, reprend le ranger. Si je me bats, c'est pour que mes petits-enfants les voient !

Emmanuel sourit. Voilà le genre de réaction que voulait provoquer sa question, en lui-même et chez les autres. Le renoncement, c'est pour les cyniques et les fainéants. Les passionnés n'ont pas d'autre choix que de continuer à incarner le mouvement de préservation qu'ils voudraient voir se généraliser.

— J'aimerais bien vous accompagner pendant la traque, pour informer le monde, tente Emmanuel.

— Désolé mais, ça, c'est impossible. Ils sont capables de nous tirer dessus, et il faut être prêts à répliquer, répond l'un des rangers.

— D'ailleurs, on a perdu un des nôtres il y a trois mois, ajoute son coéquipier. Allez, il faut qu'on rejoigne les autres, si ça s'agite, ils vont avoir besoin de nous !

— Ouais, et si on ne les attrape pas aujourd'hui, il va falloir surveiller les routes, les bateaux et les containers… Avec tous leurs complices, ça revient à chercher la girafe blanche dans le Tarangire.

— Ils ont beaucoup de complices ici ? s'enquiert Emmanuel.

— Ici ou là-bas, c'est sans fin. Des chefs de police, des hauts fonctionnaires, des membres de l'armée, des membres des compagnies aériennes… C'est lucratif, alors ils ont les moyens de soudoyer les gens !

— J'aimerais tellement vous aider plus.

— Publiez vos photos ! Interpellez l'Europe, les États-Unis, le monde.

— Je le ferai.

Sur ces paroles, les hommes se séparent. Emmanuel peine à chasser la vision des containers rouillés qui emportent au loin les restes de Bakari et des autres plus grands mammifères terrestres.

*

Alors que son expédition touche presque à sa fin, Emmanuel commence à regarder devant. À se concentrer sur l'après. Cette mission l'a secoué et, pourtant, il doit maintenant rassembler toutes ses forces pour les semaines à venir. Il doit mettre de la distance entre le déclin des éléphants et ses pensées, entre le Selous et Karatu, pour ne se dédier bientôt qu'à sa grand-mère. Il veut qu'elle vive le frisson africain. Emmanuel veut revoir le sourire de Marguerite, même si ce doit être la dernière fois. Il est certain que dans ce décor, au milieu de ces odeurs qui lui décriront les paysages avec plus de précisions, au milieu de ces gens et de ces animaux qu'il aime tant, il a le pouvoir de ranimer sa joie.

En attendant, il s'est replongé dans *Les Racines du ciel* et il a envoyé à Roxanne un mémo vocal dans lequel il lui lit la page cinquante-cinq. Celle où Romain Gary décrit les prisonniers qui, depuis leur cellule ou leur cachot, pensaient aux éléphants – libres et puissants –, comme une image d'Épinal qui les rendait, dans leurs songes, invincibles. Ces prisonniers-là avaient un meilleur moral et mouraient moins, parce qu'ils croyaient en quelque chose et qu'ils s'étaient créé, dans leur imaginaire, une référence de taille, pour affronter les heures, les jours et les années.

Il a chargé Roxanne de faire entendre cette lecture à Marguerite, pour combler les brèches, panser les plaies, et lui rappeler que la souffrance, ce sentiment universel, peut se mettre en sourdine si on le lui ordonne. Quelle que soit la peine, il y a une place pour le choix. Et Marguerite le sait mieux que quiconque.

33.

Roxanne

ALLONGÉE SUR SON CANAPÉ, Roxanne se tripote les cheveux d'une main et tient son portable de l'autre.

— Comment a réagi Ma quand tu lui as fait écouter l'extrait de Romain Gary ? demande Emmanuel.

— Elle a souri, un peu.

— Bon, tant mieux. Et elle a rallumé son téléphone ?

— Oui, mais je crois qu'elle a besoin de temps. Elle écoute bien plus qu'elle ne parle pour le moment. Le médecin a parlé de « sidération psychique ». Et, en plus du choc, elle se sent coupable, parce qu'elle a parlé de son départ d'Elia à Lucien, et qu'il est mort quelques heures plus tard.

— La pauvre, comme si elle n'en avait pas assez gros sur le cœur, cette année.

— C'est clair.

— Elle réagit toujours quand tu lui parles de la Tanzanie ? s'enquiert Emmanuel.

— Honnêtement ? À peine… Tu sais, je m'en veux aussi. Il paraît que la sortie à la mer, c'était trop pour eux. Certains pensionnaires sont même en colère contre moi.

— C'est n'importe quoi ! Tu les as encadrés, tu avais pris toutes les précautions, et la plupart d'entre eux étaient ravis. Ne te laisse pas miner, vraiment.

— J'aime bien quand tu me défends…

Un instant de silence se tend, avant qu'Emmanuel ne reprenne :

— Je défends ce qui me semble juste, tu commences à me connaître.

— Oui, enfin, quoi qu'il en soit, la direction m'a fait comprendre que la « boîte à rêves », c'était terminé. Et, maintenant que tout est planté ou semé pour la saison, il n'y aura plus d'atelier potager régulier. J'ai un peu l'impression qu'on me met dehors…

— Ne vois pas ça comme ça : tu n'es pas mise dehors, tu pars en voyage avec nous !

— Enfin, toi, c'est chez toi…

— Oui, mais avec vous deux, ce sera un voyage pour moi aussi.

— Tu es content que je vienne ? ose Roxanne.

— Tu as besoin d'être rassurée ?

— Tu es indécrottable.

— Pourquoi ?

— Parce que je ne sais jamais sur quel pied danser, avec toi. On est à la fois proches…

— Oui…

— Et à la fois si loin. Parfois, j'aimerais pouvoir mettre un mot sur nous.

Roxanne met instinctivement la main sur sa bouche après avoir prononcé le « nous ».

— Tu mettrais quel mot ? insiste-t-elle.

— Moi, je dirais qu'on est atypiques, propose-t-il.

— Ce n'est pas le nom d'une relation ça, c'est un adjectif.

— Tu n'avais pas précisé la nature du mot, aussi.
— Bon.
— Oh, ne te fâche pas, je ne sais pas. Tout ce que je sais c'est que j'ai hâte de te voir. Mais j'ai peur que mes nouveaux cheveux blancs fassent tache à côté de toi, plaisante-t-il.
— Arrête avec ça. Je me moque de ton âge.
— Tu ne diras peut-être pas ça plus tard.
— Plus tard ? relève Roxanne en souriant. Tu veux dire que tu nous projettes dans l'avenir ?
— Je me vois difficilement ne plus jamais entendre parler de toi.

Chacun marque une courte pause, comme pour prendre la mesure de ce qui vient d'être dit.

— C'est fou, c'est la première fois que je suis cette femme-là.
— Quelle femme ?
— La femme qui avance ses pions, la femme qui lève le voile et se jette à l'eau. Ou plutôt, jette des mots...
— Et tu aimes ça ?
— Je ne sais pas trop.
— J'arrête de te taquiner. Moi j'aime ça. Et j'ai envie de te voir... J'ai même envie de savoir ce que ça fait de te prendre dans mes bras.
— D'accord...
— Tu souris ? demande Emmanuel.
— Oui.
— Il faut que je te laisse, on a beaucoup de route aujourd'hui.
— OK. Je t'embrasse et, ne t'en fais pas, je veille sur elle.
— Merci. Je t'embrasse aussi.

*

Certaines personnes ne supportent pas l'ennui. Roxanne ne tombe pas dans cet écueil. Son esprit ne lui laisse que peu de répit et lorsqu'elle n'agit pas, elle réfléchit. Quand elle ne produit pas, elle contemple et se nourrit. Lorsque le temps est long, elle se remet à l'action.

Elle ne se laissera pas ronger par la décision de Cécile Morel. Elle ne s'apitoiera pas sur son sort. Elia ne peut plus faire partie de son quotidien ? Elle aura plus de temps pour l'association d'Héloïse, les enfants et les projets en Tanzanie. Et pour Marguerite. Juste pour elle.

Elle l'a appris, l'existence est mouvement ou contemplation. Et si le décor ne se prête à aucune évasion, c'est à l'intérieur de soi qu'il faut puiser les ressources. Si elle est impuissante face à une situation, elle doit mettre son énergie ailleurs. Bien sûr, parfois ou souvent, elle sombre. La spirale noire a le pouvoir de l'aspirer des heures ou des jours entiers. Et puis, elle se relève.

Elle sait aujourd'hui que Martin veillera sur le potager, et c'était important que quelqu'un reste, l'incarne, le préserve. Il s'est pris de passion pour cette activité bénévole et souhaite continuer à aider, ponctuellement. Il n'était pas là que pour la séduire. Il cherchait sûrement des réponses, lui aussi. Des réponses à des questions qui lui appartiennent.

Le départ de Marguerite en Tanzanie signera la fin d'un cycle et le début d'un autre dans cette grande aventure que Roxanne vit depuis plus d'un an maintenant. Une aventure à laquelle de nouveaux visages se greffent, de mois en mois. Cassandra, qu'elle a les moyens de rémunérer, a accepté de les suivre. Elle vit seule, elle vient de se mettre à son compte, et elle n'a jamais vu l'Afrique. L'infirmière a perçu dans cette proposition une expérience de vie, et Roxanne a compris qu'elle avait les reins suffisamment solides pour s'accommoder de tout ce dont cette expérience sera faite. Reste désormais à trouver où l'une et l'autre pourront se loger, au plus près d'Emmanuel qui ne peut accueillir, dans sa petite maison, que Marguerite. Il a prévu de lui laisser sa chambre et de se cantonner au canapé, avec l'espoir qu'elle se sente à nouveau chez elle parce qu'elle sera chez lui.

*

— Tu sais, j'ai de la place chez moi, dit Elisabeth.

— Mais on ne s'est même pas encore rencontrées..., rétorque Roxanne.

— Et alors ? Ici, on vit autrement, on ne fait pas de chichi. C'était étrange pour moi au départ, si tu m'avais vue à l'époque... Mais j'ai appris depuis. J'ai d'ailleurs beaucoup appris grâce à Emmanuel. Il a un naturel tellement communicatif.

— Tu le connais depuis longtemps ?

— C'est Xavier qui me l'a présenté, il y a un peu plus de trois ans. Il nous trouvait des points communs, et il ne s'était pas trompé. La complicité a été plutôt immédiate.

— C'est-à-dire ? l'interroge Roxanne qui commence à se demander où elle veut en venir.

— On a les mêmes valeurs, pas d'enfants et notre tour est passé de ce côté-là, on est très engagés pour la cause animale et l'écologie, mais on aime aussi profondément l'humain...

— J'ai l'impression que tu l'aimes plus que bien ? la coupe Roxanne, l'air de rien.

— Oui, mais ce n'est pas réciproque. C'est un loup solitaire, alors je me fais une raison.

— Je vois, lâche Roxanne en essayant de réprimer son agacement.

Elisabeth n'a pas la moindre idée des sentiments que Roxanne nourrit à l'égard d'Emmanuel. Elle l'enferme dans une case, comme s'il était impossible d'atteindre son cœur puisqu'elle n'a visiblement pas réussi.

— Et toi, pour voyager autant et envisager des changements de vie, j'imagine que tu es célibataire ?

— Oui, pour le moment, répond Roxanne. Pour en revenir au logement, je ne voudrais pas qu'on s'impose. Le plus simple serait que je puisse louer une maison pour Cassandra, et une autre pour moi.

— Ce n'est pas évident, ici. Les locations sont surtout adaptées aux touristes, pour des périodes assez courtes, et ce sont rarement des maisons entières. Je vais me renseigner et en parler à Xavier. Peut-être qu'il peut vous trouver de la place à Bashay. Quoique, à cette saison, ça m'étonnerait. En tout cas, ce ne sera pas un palace !

— On a juste besoin d'un truc simple. Mais ne t'embête pas, je vais l'appeler directement.

— Si tu changes d'avis, moi j'ai quatre chambres, donc ce n'est pas un problème. Au moins pour vous dépanner au départ. Ça va arriver vite maintenant.

— Merci, Elisabeth, on en reparle, d'accord ?

Roxanne est ennuyée par ce qu'elle vient de comprendre. Pourquoi Emmanuel ne l'a pas informée de la nature de l'affection qu'Elisabeth lui porte ? Il est pudique, mais quand même. Est-ce parce que lui-même en est troublé ? Et comment le savoir sans le confronter ?

Jamais encore, depuis qu'elle l'a rencontré, elle n'avait songé à une éventuelle concurrente. Et, l'idée même de considérer Elisabeth ainsi est déstabilisante. Mais, ne sachant pas ce qu'ils seront l'un pour l'autre dans un avenir proche, peut-elle décemment se poser la question de ce qu'Elisabeth représente pour lui ?

*

Roxanne martèle le sol d'un pas lourd et répétitif. Un pas qui ressemble à une voix familière.

— Tu n'es presque pas venue nous voir depuis que tu es en France et tu repars déjà ?

— Tu ne peux pas arrêter d'être dans le reproche, maman ? Pour UNE fois ?

— Et ton appartement ? Qui va s'en occuper ?

— Ce sont des questions pratiques, ça n'a pas d'importance. Mais, si tu veux tout savoir, je vais le prêter à Bianca et Antoine tout le mois d'août déjà.

— Tu rentreras quand ?

— Je n'en sais rien.

— La vie de ces gens, ce n'est pas la tienne, enfin, Rox, écoute... Tu ne peux pas vivre par procuration.

— Maman, je n'ai plus le temps pour cette conversation ! Je vais à un enterrement, je t'ai dit.

— Bon, comme tu voudras. Je ne peux pas faire les choix à ta place. Si tu veux te gâcher, passer ton temps au cimetière, c'est...

— Bon, arrête. On ne peut pas s'engueuler chaque fois que je t'appelle, sinon, un jour, on ne se téléphonera plus.

— On ne s'engueule pas, on discute.

— Je dois filer.

— Bisous.

— À plus !

Une heure plus tard, elle a tout oublié de la conversation avec sa mère. Elle tient Marguerite d'un bras, tandis que Coumba la tient de l'autre. Leur marche n'a jamais été si silencieuse et désordonnée.

Le corps malhabile de la vieille dame est déjà marqué par cette semaine passée. Marguerite a maigri. Le voir sur son visage est une chose, mais Roxanne le sent surtout sous ses doigts. Il n'y a plus beaucoup de chair entre la peau et l'os.

Dans l'église, l'air frais qui tranche avec la température extérieure vient souligner la froideur du moment et l'ancienneté des pierres. Roxanne n'a jamais été une adepte de l'atmosphère particulière de ces lieux de culte, mais elle est toujours saisie par leur capacité à l'empoigner lors des adieux. D'ordinaire, quand elle pénètre dans la maison de Dieu, dans une ville ou dans une autre, elle ne ressent rien. Elle est hermétique, voire mal à l'aise. Mais, lorsqu'elle assiste à des obsèques, la petite musique religieuse, son cérémonial et son cadre, ne la laissent pas de marbre. Au-delà d'être concernée, endeuillée et impactée par le départ d'un proche ou d'une connaissance, Roxanne reconnaît que ces au revoir-là mettent des coups de pied dans son athéisme.

Sur les bancs, une peine commune réunit des inconnus. Lucien avait, ou avait eu, plus de monde dans sa vie qu'il ne le laissait paraître. Des jeunes, des vieux, des groupes ou des personnes seules sont venus lui rendre un dernier hommage.

Marguerite a les yeux rivés sur le cercueil et elle ne répond aux questions que par des mouvements de tête, mouchoir à la main, mais visage sec. Elle fait partie de ceux qui ne pleurent qu'à l'abri des regards. Roxanne devine que son mutisme est un rempart pour ne pas flancher, pour contenir toute l'eau qui la noie à l'intérieur. Sans plus de mots, elle lui prend la main et essaie d'absorber une partie de l'émotion qui la submerge. Roxanne se souvient des précédents départs et de leur évocation douloureuse : Irène, Auguste, Suzanne, Paulette et d'autres encore. Elle en sent le poids sur le banc, sous le corps de Marguerite qui se tient le plus droit possible.

34.

Marguerite

MÊME LE PARFUM DES PLANTES n'adoucit pas les réveils dans cette chambre qu'elle ne supporte plus. Les matins n'ont plus le même goût, ou, plutôt, ils ont le goût des matins qu'elle ne voulait pas revivre. Les matins qu'elle a surmontés il y a des mois, des années. Ceux qu'elle avait accepté de laisser au passé, grâce à Emmanuel, à Roxanne, puis à Lucien, en s'accrochant à l'idée qu'elle serait la prochaine.

Confinée dans sa tristesse, Marguerite s'autorise à rouvrir l'espace qu'elle consacre à Irène, aux souvenirs avec elle, au souvenir d'elle. Chaque fois qu'elle a eu très mal, qu'elle a dû éprouver un autre départ, elle a osé plonger dans cet endroit, enfoui au fond d'elle-même. Là où sont rangés sa fille et le drame qui a entouré sa trop courte existence. Cette souffrance à laquelle elle s'autorise un accès lui rappelle que rien au monde ne peut être plus douloureux qu'un enfant qui part dormir au firmament. Et, quelque part, cette conviction-là l'apaise.

Les jours passant, elle ressent de moins en moins la faim. La chape de plomb qui s'est abattue sur elle n'a fait qu'accroître la fatigue et la lassitude. Elle ne veut plus voir ni entendre les autres résidents. Coumba a beau lui dire qu'à sa table, on demande après elle, l'information glisse sur sa peau fripée sans l'émouvoir. Ses idées sont noires et elle répète à qui veut l'entendre qu'elle en a marre.

Ismaël, qu'elle a vu hier et qu'elle verra tout à l'heure, essaie de lui tirer des sourires, mais elle ne retrousse plus les joues, même pour lui faire plaisir. C'est comme si la mort de Lucien avait cristallisé sa volonté d'abandonner la partie, de tirer sa révérence. Comme si, en réveillant les assauts du chagrin, il avait éteint le reste de joie de vivre qu'elle parvenait jusqu'alors à faire subsister.

Elle a fait son temps, elle a vu plus de quatre-vingt-dix fois les saisons défiler, elle les a vues aussi se fondre et se mélanger. Le monde a changé d'odeurs, de couleurs, de mœurs. Elle a connu tant d'avant et d'après qu'elle ne peut plus les compter. La guerre, la télévision, le téléphone, les disques vinyle, le Mur de Berlin, l'Internet, le terrorisme, les greffes d'organes ou encore la conquête spatiale : elle les a vus naître et, parfois, disparaître. Elle a même connu les cochers et les chauffeurs VTC. C'est assez.

Marguerite est immobile sur une Terre qui tourne trop vite. Même la langue française n'est plus la même : elle a perdu des mots, changé d'orthographe, et s'est enrichie d'une quantité de nouveautés plus ou moins compréhensibles. Finalement, la langue est comme la gastronomie, elle évolue avec les générations, les convictions et la mondialisation. Hier encore, on mangeait tout ce qui venait d'ici sans se poser de questions. Aujourd'hui, on bâfre ce qui vient d'ailleurs et la production locale s'envole à l'étranger. Là aussi, c'est assez.

Toutes les pensées de Marguerite sont dédiées au bilan avant l'extinction. Elle se convainc, encore un peu et comme pour se donner du courage, qu'elle appartient à une époque révolue.

*

Son départ ne fait plus sens. C'est comme si elle regardait la vieille femme qui a eu cette idée il y a plusieurs mois, et qu'elle ne la reconnaissait pas. Pourquoi mobiliser des gens et de l'argent pour quelqu'un qui a un pied dans la tombe ? Elle est presque en colère de cette importance qu'elle s'est accordée, pendant toutes ces semaines, en suppliant Emmanuel d'entendre sa volonté ; en utilisant Roxanne comme porte-voix. Suzanne est morte ici, Paulette et Lucien aussi. Pourquoi mériterait-elle un traitement de faveur ?

Marguerite se révolte intérieurement. Pourquoi ne ressent-elle plus la même chose ? Pour emmerder le monde ? Pourquoi cette inconstance ? Choisir sa fin en acceptant de vivre chez Elia avec Suzanne, puis vouloir mourir ailleurs, puis revenir au point de départ, avec la même conviction chaque fois : quelle mouche l'a piquée ? Et qui pourrait encore l'entendre désormais ? Maintenant que tout est préparé et qu'Emmanuel vient la chercher, maintenant que Cassandra et Roxanne ont leurs billets pour l'accompagner.

Depuis la mort de Lucien, la culpabilité et la colère la rongent davantage que le cancer. Ou, en tout cas, elles sont plus visibles, plus palpables.

Alors, une fois encore, elle pense aux comprimés. Puis elle pense à Emmanuel. Et à nouveau aux comprimés.

Et elle s'endort, incapable de faire ce choix des adieux sans au revoir. Elle ne prend que les pilules pour dormir, pour s'assommer, pour empêcher son esprit de tourner en rond, sans solution.

La seule échappatoire à disposition risquerait de laisser un goût amer sur d'autres matins que les siens.

35.

Emmanuel

ÊTRE SEUL AVANT L'IMPACT, C'ÉTAIT BIEN. Ne plus avoir ni Peter ni Faraja à ses côtés douze heures par jour, c'était nécessaire. Emmanuel avait besoin de reprendre des forces, en circuit fermé. De composer avec sa mélancolie hirsute et la valse de ses pensées. Ces trois temps, indissociables, imbriqués. Deux gifles pour une caresse. La mort en suspens de sa grand-mère, la disparition progressive des éléphants et le réveil du sentiment amoureux. Les trois, indomptables. Il doit les accueillir, à parts inégales et fluctuantes. Il doit accepter que, sans les deux premiers, il serait passé à côté du troisième, à côté de Roxanne. C'est à la fois évident et inexplicable. L'inévitable a ranimé le possible.

Y a-t-il une grande balance, invisible, qui au fil de l'existence équilibre les joies et les souffrances ? Fallait-il, des années durant, goûter au néant pour retrouver l'émoi ?

Emmanuel a fait tourner les questions, pendant des jours et des nuits. Il s'est aussi demandé pourquoi la déchirure était incontournable, là où l'histoire d'amour était incertaine, soumise à la pudeur, aux peurs et aux menaces extérieures.

Il s'est surpris à observer la fragilité s'infiltrer sous sa peau dure. Alors qu'il s'était enfermé dans une carapace, alors qu'il avait appris à se complaire dans cet étau, il se sent soudain plus perméable à la brutalité du laid et du beau.

Au moment d'embarquer vers ces deux femmes qui l'attendent et pour lesquelles il veut être un roc, un port, il lui reste moins de vingt-quatre heures pour chasser le doute, digérer le trop-plein d'images et d'émotions, et se préparer à faire front.

Emmanuel s'installe dans l'avion en sachant que c'est la dernière fois qu'il fait le voyage vers Marguerite, mais la première fois, depuis longtemps, qu'il rejoint une femme qui lui plaît autant.

*

À la gare de Cannes, sur le quai fourmillant, Emmanuel la voit de loin. Elle l'avait interrogé sur son heure d'arrivée, mais elle ne lui avait pas dit qu'elle viendrait.

Parce qu'il a un temps d'avance sur elle, il savoure cette opportunité de la regarder sans être vu. Sa petite robe noire invite à la contemplation. Ses cheveux lâchés se meuvent sous la brise estivale. Son visage dégage une forme de nervosité et d'impatience. Ses yeux semblent à l'affût d'un point d'ancrage. Et, enfin, ils croisent les siens.

Le monde s'estompe autour d'eux lorsqu'ils parcourent les derniers mètres qui les séparent.

La timidité des mots tranche avec la spontanéité des gestes. Dans les bras l'un de l'autre, ils se respirent sans bruit. Ils s'avouent, avec les mains, la hâte qu'ils avaient de pouvoir se toucher. Comme si retrouver la présence physique de l'autre matérialisait ce qui s'est construit à distance.

Quelques instants plus tard, ils desserrent l'étreinte. Emmanuel et Roxanne cherchent, l'un chez l'autre, la réponse des yeux et des lèvres à leur désir respectif. Puis, elle sourit, se soulève sur la pointe des pieds pour s'approcher de sa bouche et, sans plus réfléchir, il fait le reste du chemin. Ce premier baiser, qu'ils s'arrachent et s'offrent avec une ardeur croissante, fait sauter les verrous. Le temps et l'espace n'existent plus. Ils n'ont plus d'âge, plus de pays, plus de métier. C'est le retour des petites ondes, invisibles mais bavardes. Le retour de l'électricité, de la décharge, des étincelles. Les mêmes qui, dans le bureau de Cécile Morel, avaient mis en exergue, avant eux, le sens de leur rencontre.

L'émotion vient de juguler l'appréhension. Emmanuel effleure la jeunesse de la peau qui lui fait face, libéré de tout sentiment de culpabilité. Et Roxanne, sans surprise, brise le silence avant lui :

— Moi qui me demandais si tu me ferais la bise…

— Tu aurais préféré ?

— Tu le fais exprès ?

— Oui.

— C'est trop bon pour ne pas y goûter, non ?

— Meilleur encore.

— Imagine quand…

— Tu cherches à me faire prendre feu ? l'interrompt Emmanuel.

— Non. Si je cherchais à t'embraser, je te dirais que j'ai terriblement envie de toi, là, tout de suite.

Cette phrase le traverse, de part en part. Et ça doit se voir, parce que Roxanne semble satisfaite de son effet. Elle glisse sa main dans celle d'Emmanuel, sans retenue, comme pour sceller l'évidence de ce qui vient de se passer.

— Il faut qu'on y aille, Marguerite nous attend, dit-elle avec un entrain qui ferait presque oublier, à l'un et à l'autre, la difficulté des prochaines heures.

*

Devant la porte de Marguerite, Emmanuel marque une pause. Roxanne est restée en bas, pour les laisser se retrouver. Elle l'a prévenu des changements visibles et invisibles que les dernières semaines ont engendrés sur sa grand-mère. À présent, il doit les remarquer par décence, mais ne pas les souligner par stratégie.

Il toque, un filet de voix lui répond et il découvre Marguerite émaciée sur son fauteuil. Les retrouvailles n'ont pas le même ton que la fois précédente. Le cœur y est, mais plus l'énergie.

Il s'assoit près d'elle et décide de parler le premier. C'est à lui de donner l'impulsion. Il y avait déjà réfléchi dans l'avion. S'il veut qu'elle quitte ce mutisme barrière, il faut qu'il lui insuffle une raison de le faire. Il faut réveiller l'âme dans la coquille désenchantée. La conduire à respecter, elle-même, sa dernière volonté. Parce que tant qu'elle tient debout, tant qu'elle peut entendre, marcher et respirer, il reste un espoir de lui offrir le dénouement qu'elle appelait de ses vœux.

Emmanuel devine qu'elle ne lui dira rien de ses angoisses et de son chagrin, alors il lui raconte le Selous, comme on conterait une histoire à quelqu'un, pour l'escorter ailleurs. Il lui décrit les gens, les paysages, les animaux et les éléphants. Il ose lui exposer la mort, en parallèle de la vie. Il veut, par là même, lui signifier qu'il a compris. Qu'il a parcouru le chemin vers l'acceptation de la fin, grâce à ce périple, à la fois douloureux et lourd en apprentissage.

Emmanuel choisit donc, à cet instant, de ne pas faire ce que la majorité des gens ferait en pareille situation, mais de dire ce que, il le sait, elle veut entendre de lui. À quoi bon lui servir des mots mièvres et des bons sentiments insignifiants ? À quoi bon nier ce qu'elle s'est échinée à faire valoir ? La seule façon de la sortir d'ici, c'est de prendre au sérieux ce qui se trame, et de la reconduire vers son propre programme. S'il parvient à la convaincre qu'il est en paix avec cet ultime voyage, parce qu'ils l'ont pensé ensemble et le mieux possible, il va lui donner l'impression d'avoir gagné un combat. En tout cas, il l'espère. C'est à son tour de feindre l'apaisement, comme Marguerite l'a fait, il y a cinquante-quatre ans, un enfant sous terre et un bébé dans les bras.

Elle l'écoute, presque religieusement. Elle réagit peu, avec des mimiques et des phrases très courtes. Il jauge ses effets et adapte son discours au besoin. Puis, il passe au meilleur, qu'il avait gardé pour la fin. Il prend sa main frêle, et lui parle de Roxanne, de leur relation qui s'est étoffée au fil des semaines, et du fameux baiser qu'ils viennent, un peu plus tôt, d'échanger. Elle peut être fière de ses intuitions. Marguerite relève la tête et, enfin, sourit. Alors, congédiant sa pudeur, il lui détaille tout ce qui l'a envahi, grâce à Roxanne et tout ce qu'il a le sentiment de redécouvrir, sous un jour nouveau. Et, en voyant les larmes rouler sur ses joues retroussées, il comprend qu'il vient de rééquilibrer quelque chose en elle. C'est peut-être fragile, mais ça a le mérite d'être là et d'exister. Comme il l'avait imaginé, cet aveu était en mesure de ranimer Marguerite.

L'amour, en tout temps et en tout lieu, a toujours été une sève communicative. Il a un don pour – même par procuration – panser les plaies d'un cœur qui se croyait atrophié.

*

Le reste de la journée a été consacré au tri des affaires de Marguerite. Ils l'ont fait à trois, en essayant de mettre des rires dans la morosité. Vider la chambre de sa grand-mère avec l'idée d'une suite à venir, a été égoïstement salutaire pour Emmanuel. Pour Marguerite, c'était difficile. Ça a fait rejaillir tant de souvenirs. Néanmoins, ce grand coup de balai était en accord avec sa résignation, avec la ligne d'arrivée à l'horizon.

Depuis son fauteuil ou son lit, elle a donné ses instructions à Roxanne et Emmanuel. Elle a choisi tout ce qui pouvait tenir dans une valise, et elle a tiré un trait sur le reste, sans trop sourciller. Voilà un moment déjà qu'elle s'est détachée des choses et de l'idée même de possession.

Bien sûr, elle a tenté de leur dire de partir tous les deux, d'être heureux, et de la laisser ici, parce que tout serait bientôt fini. Puis, devant leur détermination, elle a abandonné l'espoir de les faire changer d'avis. Après tout, et Emmanuel le lui a rappelé autant que nécessaire, c'est elle qui a, en premier lieu, tout imaginé. Pour retrouver son élan perdu en cours de route, elle devra se nourrir du leur. C'est le principe des vases communicants, et il est à l'origine de leur trio.

Il n'a pas manqué de lui parler des odeurs, inconnues et étourdissantes, qu'elle allait pouvoir découvrir. Il lui a aussi fait la liste des animaux qu'elle pourrait entendre ou dont elle pourrait distinguer les contours. Et, bien sûr, il lui a vendu la richesse des rencontres, même éphémères, qui l'attendaient, avec Samwel, Xavier, Elisabeth, et le village de Kadogo. Marguerite a fini par convenir que, si elle tenait jusque-là, elle aurait la chance de partir dans des conditions que peu de gens connaissent. Puis, très vite happée par l'instant présent, elle s'est enquise de la future destination de ses plantes adorées. Qu'allaient-elles devenir sans elle ?

Roxanne lui a suggéré d'en faire cadeau à celles et ceux qu'elle voulait remercier ici. L'idée lui a plu. Quelle meilleure façon de dire adieu qu'avec des plantes hautes en couleur et chères à son cœur ?

Parce qu'on a rarement le temps de se dire au revoir dans un endroit comme Elia, Marguerite avait refusé qu'on organise un dîner. Alors, offrir de la vie, même végétale, en guise de reconnaissance, ça lui a semblé adéquat. Comme on répartit les parts d'une galette, elle a donc distribué des prénoms à ses compagnes inanimées. Pour Coumba, pour Ismaël et Andréa, pour Agnès, pour le brave petit Martin, et pour la nouvelle, Mme Arnaud, qui n'a pas encore fait le deuil de son ancien chez-elle. Emmanuel a tout noté.

Plus tard, épaulé par Roxanne, il a déposé dans son petit studio tout ce qui ne serait pas du voyage. L'idée de retrouver, un jour prochain, ses affaires alors qu'elle aura quitté cette terre, l'a fait tressaillir. Il peut mentir aux autres et se mentir à lui-même, mais, tout au fond, il le sait, on est rarement prêt à accueillir le silence éternel d'un être cher. On le surmonte lorsqu'il est là, mais on ne peut se prémunir de l'angoisse du temps d'avant.

Roxanne, qui a sans doute senti son malaise, lui a proposé de dormir chez elle, et il n'a pas songé à décliner. Étrangement, il n'a ni envie ni besoin de solitude.

Demain, il faudra signer les papiers, affronter les regards désapprobateurs de la direction, et assumer pleinement la responsabilité de cette décision. Mais, pour l'heure, en pénétrant dans l'appartement de Roxanne, il se concentre sur la découverte. Il imaginait son monde plus dissemblable du sien. Il avait peint, en pensée, la toile du décor dans lequel une jeune joueuse de poker devait nécessairement habiter. Pourtant, entre ces murs, il y a plus de calme et de volupté que de luxe. Et, quelque part, ça le rassure.

Il ne voit ni métaux précieux, ni marbre, ni cuir, mais il remarque l'affiche d'une exposition de peinture londonienne, des photos de l'Inde et du Vietnam, des tissus qui évoquent l'Amérique latine. Ces reliques de voyage lui rappellent les siennes et il aime ça.

Passés les premiers instants et les prises de marques respectives, le naturel s'invite entre eux. Le flot de leurs conversations reprend ses habitudes, et, conscients qu'ils ne seront plus seuls à l'aube, ils se glissent dans cette bulle qui leur appartient.

— J'ai envie de te poser tellement de questions, dit Emmanuel.

— Vas-y ! Je suis une femme : je peux nous faire à manger et te répondre en même temps…

— Tu as déjà aimé ?

— Ah oui, tu tapes le fond directement.

— Tu as des expressions, parfois…
— Je sais, pardon.
— Si tu préfères ne pas me répondre, c'est ton droit.
— J'ai aimé comme on aime à l'adolescence, mais je n'ai jamais aimé comme j'imagine le grand amour. Et toi ?
— Oui, une fois.
— Il s'est passé quoi, après ?
— Elle a fait un enfant avec un autre.
— Je suis désolée…
— Il ne faut pas, c'est vieux, c'est digéré.
— Tu aimes le gingembre ?
— J'adore ça.

Les oscillations de genres et d'intentions se poursuivent ainsi, entre légèreté – comme on passerait un baume sur une peau irritée –, et intensité – provoquée par leur proximité corporelle. De la conception de l'amour à la passion du voyage, du passif familial à la vision d'un futur plus doux, du poker à la photographie, de leurs désirs à leurs préoccupations, la conversation s'éparpille et les aligne.

Ils repoussent, en pleine conscience, le moment où l'envie des corps dominera la soif d'entendre l'autre se raconter.

36.

Roxanne

La convergence de leurs corps à l'orée du lit transmute l'imagination en réalité. Enfin, leurs peaux s'épousent, leurs souffles se mêlent, leurs envies se rencontrent et se dévoilent. Roxanne, le ventre brûlant de désir, ne s'est jamais sentie autant à sa place que dans ces grands bras-là. Leurs yeux, qui ne se quittent que très peu, racontent tout ce qu'ils ne se disent pas.

La fièvre qui monte, encore et encore, est empreinte d'une émotion que le sexe à lui seul ne saurait procurer. Dans leur danse, dans leur ivresse, ils traduisent les effets de l'attente, les bienfaits de la confiance, les prémices d'une histoire. Tout ce qu'ils avaient arrêté de concéder à des gens de passage, à des gens insignifiants, rejaillit comme l'éruption d'une source trop longtemps en sommeil.

Les mains accrochées au bas de ce dos robuste, Roxanne participe à l'entrain du va-et-vient étourdissant. L'un et l'autre, le sourire en liberté, sont grisés par le contact de leurs corps. Leurs bouches ne se détachent que pour prendre le recul nécessaire à l'observation. Leurs langues se réclament, ici ou là, au rythme de l'exploration.

Tout chez cet homme aux cheveux grisonnants éveille en Roxanne des sentiments jusqu'alors inconnus. La singularité de sa vie, la puissance de son esprit, la conviction derrière l'action, la fermeté de ses mains, la profondeur de son regard bleu, les rides de l'expérience, sa vigueur, sont autant d'éléments que son cœur archive à mesure qu'elle découvre Emmanuel.

D'ordinaire, elle calcule et mesure ses effets lorsqu'elle partage ses draps. Ce soir, elle s'abandonne à son instinct, et à ses pulsions. Elle veut que cette première nuit ne quitte jamais les souvenirs d'Emmanuel, mais elle veut aussi ne rien contenir de tout ce qui l'anime. Elle se fait sauvage et tendre, parce qu'elle ne sait pas être autrement. Et la pression qu'il exerce successivement sur ses seins, son cou, sa nuque et ses cheveux, lui confirme l'alchimie de leur plaisir. L'entrave et la suavité, en alternance, décuplent chez lui, comme chez elle, la délectation.

L'explosion, après toutes ces semaines pour Roxanne, et tous ces mois pour Emmanuel, aurait pu arriver vite, mais ils se retiennent, ils nuancent la cadence. Ils se retournent, ils font des pauses et ralentissent la chute. Parce que leur jouissance est moins dans la finalité que dans le chemin enivrant pour y parvenir.

Retarder le moment d'exulter, c'est prolonger celui qui les unit, seuls au monde, dans cette expression tant attendue de leurs inclinations respectives.

*

Alors que le Sud est déjà loin, et qu'une autre nuit s'abat sur une autre ville, Roxanne rejoue dans sa tête les dernières trente-six heures.

Il est arrivé de Tanzanie en France, puis de Paris jusqu'à Cannes. Ils sont passés de la gare à Elia, d'Elia à son studio, de son chez-lui à son chez-elle. Et ils ont refait, à quatre, le chemin jusqu'à Paris, puis l'aéroport de Roissy. Emmanuel était seul, puis ils étaient deux, puis trois, puis deux à nouveau, et enfin quatre. La multitude d'émotions suscitées par ces heures riches en changements envahit Roxanne. Seule dans sa chambre d'hôtel, elle a bien du mal à trouver le sommeil. Emmanuel et Marguerite sont un étage en dessous, Cassandra est un couloir plus loin. Et son cœur bat la chamade, entre excitation, appréhension et réflexions intarissables.

Elle a rassemblé ses affaires dans une valise et un sac de randonnée, sans savoir pour combien de temps elle quittait son appartement et sans y réfléchir vraiment. Éprise d'aventures par nature, elle ne fait que peu de cas du lieu d'atterrissage parce que ce sont les visages qui l'entourent, les actions à mener et les histoires à vivre qui la guident avant tout.

Au-delà de sa nuit avec Emmanuel, le point d'orgue des deux derniers jours a été le moment où Marguerite a passé les portes d'Elia pour la dernière fois. Les réactions des pensionnaires, comme une rumeur lancinante, ont été multiples, à la mesure de leurs personnalités. Le personnel soignant, lui, a souri, parce que se retirer de cet endroit à la verticale, c'est inédit. Enfin, sauf pour un changement d'établissement.

La page qui s'est tournée, pour eux, pour elle et pour le reste de la troupe en partance, laissera, c'est certain, un goût d'originalité, quoi qu'en pense chacun individuellement.

Dans le taxi, puis dans le train, et dans le taxi à nouveau, Roxanne a observé Marguerite. Tant d'années qu'elle n'avait pas vécu de tels mouvements, et renoué avec de telles activités. Elle était à la fois déboussolée et émue, mais pudique, comme à son habitude. Lorsqu'ils sont arrivés à Paris, l'équipe s'est scindée en deux, pour quelques heures. Emmanuel devait profiter de son passage pour accorder un entretien à son éditeur, et dîner avec lui. Les trois femmes, elles, ont décidé de rejoindre l'hôtel pour épargner à Marguerite, qui ne mange que très peu le soir, la torpeur que lui inspirent désormais les restaurants.

Néanmoins, Roxanne a demandé au chauffeur de faire un crochet dans le quartier de son ancien restaurant, de son ancienne vie. La vie avec Auguste, dont Marguerite lui a tant parlé, lorsqu'elles s'asseyaient sur le fameux banc, devant la maison de retraite. La vie qui, jadis, bouillonnait. Il était environ 18 heures lorsqu'en passant devant un fleuriste, Marguerite est sortie de son mutisme. Elle a demandé à s'arrêter pour prendre une plante, afin de la déposer à Irène, au cimetière, avant qu'il ne ferme ses portes. La proximité physique, et l'imminence de l'adieu à la France, ont fait naître chez elle l'urgence de se recueillir sur la tombe de sa fille. De dire un au revoir qui, pour une fois, avait du sens.

Après ce moment, où le temps s'est suspendu, elles ont repris leur route. Parce qu'elle regardait Paris pour la dernière fois, la lumière dans les yeux de Marguerite a, pour quelques instants, concurrencé les éclairages de la capitale. Puis, le rideau s'est à nouveau baissé, le voile est retombé, et Marguerite a fermé les yeux, en attendant de rejoindre son lit à l'hôtel.

Roxanne a remarqué que sa manière de serrer son urne dans ses mains traduisait désormais un empressement de rejoindre Auguste, de mêler les poussières de deux vies bien remplies, et de laisser le monde tourner sans elle, comme il tourne déjà sans lui.

Ce renoncement la fait cogiter et elle ne cesse de se retourner sur ce matelas étranger. Il y a plusieurs mois, elle a débarqué chez Elia avec cette volonté, presque égoïste, d'être utile aux vieux en bout de course. Inspirée par des modèles américains trop ancrés, elle a voulu les faire rêver, comme d'autres le font avec des enfants malades ou des personnes en difficulté. Elle a voulu se racheter pour les semaines et les mois manqués avec sa grand-mère. Elle s'est bercée d'illusions, pour consoler l'inconsolable. Et, au fond, elle a fait comme elle a pu. Mais, aujourd'hui, dans cette longue cavale vers un rêve qui n'en est plus un pour la principale intéressée, elle s'interroge sur les réels bénéficiaires de cette grande idée. Emmanuel et elle ne sont-ils pas les grands gagnants, là où Marguerite devient un simple liant ? Pour chasser la culpabilité, elle se rassure avec une certitude : c'est le bonheur d'Emmanuel qui fera partir Marguerite en paix. Et elle compte vraiment y contribuer.

*

Roxanne a choisi les vols les plus courts, environ dix heures, en première classe, avec cinquante minutes d'escale à Amsterdam. Si le premier s'est déroulé sans encombre, le second, plus long, a mis Marguerite à l'épreuve. L'altitude, la pression de l'air, et la proximité des odeurs l'ont plus malmenée que l'immobilité à laquelle elle est habituée. Prise de nausées, les oreilles bouchées, et le nez en difficulté, elle n'a quasiment rien mangé de la journée. Cassandra a surveillé ses constantes avec attention, l'a fait boire en quantité et l'a escortée régulièrement aux toilettes. Passée la frayeur d'un étourdissement à mi-parcours, chacun a prié pour que ses forces ne l'abandonnent pas si près du but.

Le dernier atterrissage est un soulagement général. Les voilà, enfin, sur le sol tanzanien. Le décor, sous l'obscurité, ne se révélera pas pleinement ce soir, mais la petite musique de ce pays – inconnu pour les trois femmes –, sa langue nouvelle, et son accueil chaleureux, suffisent à diffuser une humeur joyeuse malgré la fatigue.

La troupe multigénérationnelle ne manque pas de faire réagir les gens entre le tarmac et le hall d'arrivée, et, par respect pour l'âge de Marguerite, on les laisse passer les douanes en premier. Xavier s'était occupé d'envoyer quelqu'un de l'agence pour les visas afin que les formalités prennent le moins de temps possible. Une trentaine de minutes plus tard, valises en main, l'aventure peut commencer.

Samwel les attend devant la sortie, près du parking. Il est exactement comme Roxanne l'avait imaginé. L'allure athlétique, les cheveux très courts, le sourire avenant et le regard tendre. Il porte sur lui une vivacité certaine, mais aussi une histoire qu'elle devine chargée. Sur son bras, elle aperçoit notamment une longue cicatrice. Elle détourne le regard parce qu'elle sait comme ce dernier peut trahir sa curiosité.

Les accolades avec Emmanuel, qui les devançait et que Samwel débarrasse d'une des deux valises, sont franches et enjouées. Puis, les présentations, plus pudiques, se font au fur et à mesure. Samwel serre la main de Marguerite, lui dit qu'il a beaucoup entendu parler d'elle et que c'est un honneur de la rencontrer enfin. D'une voix exténuée, elle le remercie en lui disant que c'est tout à fait réciproque, tout en s'excusant d'être si peu présentable. Parce qu'elle est affaiblie, Emmanuel l'installe directement à l'avant de l'immense Land Cruiser à huit places, tandis que Roxanne, Cassandra et Samwel se saluent plus longuement à leur tour.

Sur la route vers un des lodges de Xavier – situé à mi-chemin entre l'aéroport et la grande ville d'Arusha, à l'extérieur du tintouin, dans un écrin de verdure –, Roxanne tente de percer la nuit et de deviner ce qui se cache sous son voile. Emmanuel veille sur Marguerite presque assoupie, tout en faisant la conversation à Samwel. Et Cassandra, de nature réservée, a, elle aussi, les yeux perdus dans le paysage qui file, impénétrable.

Samwel roule doucement. Par ici, les accidents sont légion la nuit, leur explique-t-il. Entre les animaux, les scooters, les chauffards sans phares et l'absence d'éclairage, il suffit d'un moment d'inattention pour se retrouver au cœur d'un drame ou d'une méchante collision.

Cette première étape, avant de rejoindre Karatu le surlendemain, est déjà pleine d'exotisme. En arrivant à destination, dans une zone protégée et située sur une ancienne plantation de café, chacun, harassé par cette longue expédition commencée il y a près de quarante-huit heures, ne tarde pas à rejoindre son bungalow. Une fois encore, Emmanuel dort avec Marguerite. Ce sont les règles du jeu, collectivement décidées avec Roxanne et Cassandra, pour rassurer la vieille dame et veiller sur elle dans le confort de leur cocon familial. Les deux femmes sont dans des chalets mitoyens et, donc, à portée de main en cas de besoin.

À cette heure tardive, le domaine tropical est silencieux. En Tanzanie, les journées commencent et finissent tôt, au rythme du soleil. Demain, ils pourront profiter des points de vue sur le Kilimandjaro et le mont Méru. Demain, ils goûteront à la cuisine locale, découvriront la faune alentour, essentiellement constituée ici de dik-diks et de plusieurs espèces de singes et d'oiseaux.

Demain, Roxanne l'espère, Marguerite reprendra des forces et sortira de cette apathie, qui les suspend à ses moindres gestes pour tenter de la deviner. Demain, sous les odeurs, les couleurs et les formes perceptibles, Marguerite s'accordera, peut-être, le lâcher-prise, la connexion avec l'instant, plus accessibles ici que de là d'où elle vient.

Et, demain, Roxanne retrouvera, peut-être, les lèvres d'Emmanuel.

37.

Marguerite

LES PREMIÈRES QUARANTE-HUIT HEURES ont été chaotiques pour Marguerite. De l'épuisement du voyage à l'omniprésence des moustiques, en passant par ses dérangements corporels aux sources multiples, c'est comme si tout son corps avait disjoncté. À cela se sont ajoutées la profusion de langues qu'elle ne comprend pas, et les manières de Cassandra, différentes de celles des soignants d'Elia. Elle a eu la sensation d'être sur un manège lancé à grande vitesse, malgré le calme que chacun s'est employé à faire autour d'elle. Et, avant même qu'elle ne puisse s'acclimater à ce bungalow et à cet environnement très arboré, il a fallu se remettre en route pour trois heures, vers la maison d'Emmanuel.

Durant le trajet – qui, en dépit des coussins prévus pour elle, a mis à mal son corps esquinté – Marguerite a pensé qu'elle allait peut-être mourir au cours d'une somnolence. La dureté des amortisseurs, plus adaptés à la piste qu'au goudron, lui a donné cette impression d'être du cristal ancien dans une voiture de chantier, à la merci des à-coups. Alors, dans un demi-sommeil, elle aurait pu tenter de se laisser glisser vers le grand plat, comme on choisit d'arrêter de prendre sa respiration. Pourtant, bouleversée par toute cette attention, et apaisée par la proximité permanente d'Emmanuel, elle se l'est interdit. Ce n'était pas encore l'heure et elle s'en est persuadée, convaincue que l'esprit a, sur le corps et ses mécanismes, un pouvoir indéniable.

Aujourd'hui, elle s'est réveillée pour la première fois dans son ultime demeure et elle a, enfin, eu le sentiment d'être à la bonne place. Loin de l'atmosphère aseptisée de la maison de retraite, les odeurs extérieures envahissent ses narines réceptives et elle retrouve un semblant de sérénité. La chaleur n'est finalement pas plus redoutable que dans le Sud de la France à cette même période, et l'association du ventilateur et du brumisateur fait correctement son effet.

Cassandra l'aide pour la toilette et les soins, Emmanuel lui fait à manger, Roxanne vient chercher la conversation, et ce début de routine-là éponge, en quelque sorte, sa faiblesse. Loin d'elle l'idée de se requinquer pleinement, parce qu'elle n'en verrait plus l'intérêt désormais, mais elle est prête à embrasser ces derniers jours ou, au mieux, ces dernières semaines, avec le sourire que mérite son entourage.

Bientôt, elle ne les verra plus que d'en haut. Depuis longtemps, elle a conscience qu'on *reconnaît le bonheur au bruit qu'il fait quand il s'en va*, comme disait Prévert. Quand Irène est partie, elle a su que le bonheur n'aurait plus jamais la même saveur, si toutefois elle y regoûtait un jour. Alors, chaque minute avec Roxanne et Emmanuel est précieuse. Assister à la naissance d'une histoire d'amour, de surcroît celle de son petit-fils, est un cadeau final de la vie qu'il faut savoir accueillir.

Certes, Lucien lui manque. Oui, elle est en colère contre le sort qui l'a érigée en grand témoin de la mort de ceux qu'elle aimait, ou appréciait. Mais, loin d'Elia, il est vrai qu'elle se détache de la douleur omniprésente. Changer de décor pour changer d'humeur est une recette qui fait ici ses preuves. À des milliers de kilomètres, elle est soulagée de ne plus devoir fuir la table vide de Lucien ; une vision qui l'aurait ramenée à d'autres visages sortis du cadre. Suzanne, Paulette. Plus jamais elle ne devra voir les remplaçants s'installer dans les chambres de ceux qui comptaient ; interminable ballet dont les plus anciens subissent le rythme infernal.

Pendant des jours elle s'est fait pantin sous les mains bienveillantes de son escorte, mais à présent, elle va donner le change. Elle va mettre ses dernières forces dans cette aventure hors du commun, pour laisser un souvenir d'elle à la hauteur de l'amour qu'on lui porte, et qu'on lui montre.

*

Chaque jour, son temps aux toilettes s'allonge, mais elle supporte les vomissements et les ballonnements avec dignité. Chaque jour est aussi, et avant tout, une rencontre, entre deux siestes. Hier, Emmanuel lui a présenté Xavier à l'heure du thé. Cultivé et drôle, cet homme a de quoi faire un bon ami et un bon mari, a-t-elle pensé. Elle l'a écouté lui vanter les mérites de son petit-fils avec une fierté certaine. Elle s'est accrochée quelques minutes à son histoire avec la Tanzanie, avec le safari, et avec Lela. Puis, à un moment, elle a perdu le fil.

Marguerite a de plus en plus de mal à se concentrer sur les longues conversations, ou les longs monologues. Loin d'être une preuve de désintérêt, c'est juste une réalité avec laquelle elle apprend à composer, en s'efforçant de ne vexer personne. Elle se fatigue plus vite depuis plusieurs semaines, depuis la sortie à la mer et le décès de Lucien. Elle est, aussi, plus régulièrement rappelée à l'ordre par ses douleurs. Et elle décline, à un tempo nouveau, rapide, incontrôlable.

Lorsqu'elle prend congé d'Emmanuel ou de ses proches, c'est à la fois un soulagement et un crève-cœur. Mais, une fois dans la chambre, à l'horizontale, elle sait apprécier ce bruit de fond, départi de M. Chazot, de l'écho des déambulateurs contre le sol, *des petits gâteaux et des petits jus si vous voulez*, et des animations trompe-ennui. Ici, elle entend les oiseaux, le vent dans la végétation, les roues sur la terre poussiéreuse, et des voix qu'elle reconnaît ou qu'elle découvre avec un plaisir bref mais sincère. Puis, elle retire ses sonotones et elle s'endort.

Cet après-midi, elle est contente de sortir du lit, parce que c'est au tour d'Elisabeth de venir prendre le thé sur la terrasse. Sournoisement – elle l'admet pour elle-même –, ça l'amuse et l'intrigue de voir Emmanuel pris entre deux femmes qui l'aiment. C'est un feuilleton plus divertissant que tous ceux qu'elle ne regarde plus à la télévision depuis des années. Marguerite aime les contes de la vraie vie, comme celui d'Andréa et d'Ismaël qui l'avait tant passionnée.

Parce qu'elle ne distingue que vaguement leurs visages, elle se focalise sur leurs voix, pour suivre la partie qui se joue ici. Elle doit économiser ses forces et tenir plus longtemps qu'hier. La vivacité de Roxanne tranche assez vite avec la pondération d'Elisabeth, ce qui est davantage une question de génération que de personnalité, *a priori*. Pendant quelques mois, Marguerite avait fondé des espoirs sur cette quinquagénaire dont lui parlait souvent Emmanuel, mais elle ne regrette pas d'avoir misé sur un nouveau cheval.

Espiègle, elle attend de voir quand Roxanne, qui n'est pas dupe, va marquer son territoire. Bien sûr, cette pauvre Elisabeth ne mérite pas d'être giflée par une réalité qui pourrait la blesser, mais si Emmanuel accepte de lui présenter Roxanne sous ce jour-là, cela signifiera qu'il est décidé. Marguerite, elle-même, était du genre à veiller sur son territoire avec Auguste lorsqu'ils étaient plus jeunes. Ça l'intrigue de voir ce que Roxanne a dans le ventre. Est-ce que tout cela n'est pour elle qu'une aventure, ou a-t-elle désormais Emmanuel dans la peau ? Un accès de jalousie la rassurerait en ce sens.

Mais, soudain, elle est prise à partie.

— Marguerite, je peux vous appeler Marguerite ? lui demande Elisabeth.

— Oui, bien sûr.

— Emmanuel m'a fait part de vos difficultés, et je vous ai apporté des plantes. C'est une préparation d'une guérisseuse que je connais, et ça devrait vous aider.

— Merci, c'est gentil, répond-elle.

— Je ne sais pas si c'est une bonne idée, intervient Cassandra. Sans avoir un médecin qui valide la composition du mélange par rapport à sa pathologie, je doute que...

— Ici, on fait de la médecine douce et tout se passe très bien. Tu n'es pas d'accord, Manu ? reprend Elisabeth, doucement.

— Si, bien sûr, mais c'est à Ma de voir. Tu peux prendre une toute petite dose, pour tester ?

— Oui, enfin, Cassandra n'a pas tort, s'en mêle Roxanne. Marguerite n'a pas l'habitude des plantes, et encore moins des plantes d'ici...

— Ne vous asticotez donc pas pour moi, enfin. Je suis déjà en train de mourir et on a dit qu'on arrêtait d'en faire toute une histoire.

— Je pensais juste que ça vous aiderait à faire les déplacements et les visites prévus pour vous, dans les meilleures conditions, souligne Elisabeth.

— Allez, allez, ne vous en faites donc pas. Cassandra veille sur moi, et s'il le faut, on essayera, conclut Marguerite.

À cet instant précis, elle n'a aucune envie d'être le centre de l'attention. Elle veut que Roxanne sorte de sa cachette, et qu'Emmanuel soit obligé de mettre les choses au clair. Il est hors de question qu'elle abandonne son petit-fils dans un triangle amoureux, au péril d'une belle vie à deux. Non, malgré les sentiments dissonants qui l'habitent, malgré les montagnes russes des dernières semaines, l'essentiel lui est à nouveau apparu clairement ce matin : tout ce qu'elle voulait pour lui est à portée de main.

Elisabeth découpe la tarte qu'elle a apportée en faisant quelques manières. Puis, elle évolue autour d'Emmanuel

– qui tente désespérément d'apercevoir Rafiki dans les arbres du jardin –, comme si elle cherchait à démontrer leur complicité. Emmanuel, inquiet de ne pas avoir vu le petit primate depuis son départ dans le Selous, ne semble pas s'émouvoir des manœuvres de son amie.

Tout en essayant d'éviter les effluves de parfum qu'Elisabeth traîne dans son sillage, Marguerite attend que Roxanne reprenne la main. Qu'elle sorte sa gouaille. C'est peut-être un peu pervers, mais tout ce cirque, maquillé en goûter, l'amuse beaucoup. Elle a même l'impression d'être moins fatiguée.

Roxanne demande discrètement à Marguerite si elle peut déplacer l'urne d'Auguste pour faire de la place sur la table. Après avoir acquiescé, Marguerite en profite pour lui chuchoter un encouragement :

— Allez, ma grande, faites-vous donc de la place à vous…

— Hein ?

— Enfin, vous voyez bien qu'il y a deux lionnes pour un seul lion, et vous n'êtes pas du genre à partager, si ?

— Bah, Marguerite, dites donc, s'insurge Roxanne avec un sourire.

— Elle est gentille, Elisabeth, mais elle n'est pas pour lui.

— Vous êtes drôle quand vous vous y mettez. Évidemment, qu'elle n'est pas pour lui. Ce n'est pas le sujet, si ?

Marguerite sent le regard appuyé que Roxanne pose sur elle.

— Même à moitié aveugle, j'y vois plus clair que vous, ce n'est pas possible !

— Qu'est-ce que vous manigancez toutes les deux ? intervient Emmanuel en s'approchant.

— Rien du tout, rétorque Marguerite. On se demandait quand vous alliez venir vous asseoir avec nous ?

— Tu as faim, Ma ?
— Ouh la, doucement. Disons que j'ai soif de thé, ce qui est déjà pas mal.

Emmanuel remplit sa tasse et la dépose devant elle. Roxanne, de son côté, se réveille.

— Tu étudies toujours les lions, alors ? demande-t-elle en se tournant vers Elisabeth.
— Oui, et je ne me vois pas arrêter. Ils sont tellement passionnants, si tu savais.
— Comme ils sont polygames, ce ne sont pas mes préférés, dit Roxanne, faisant glousser Marguerite. Et il y a d'autres biologistes dans le coin ? Des hommes, par exemple ?
— Pour me caser, tu veux dire ? répond Elisabeth avec un rictus qui ne trompe personne, sauf peut-être Cassandra.
— L'amour, autour d'un intérêt commun, ça sonne bien, non ? lance Roxanne qui ne se démonte pas.
— C'est vrai, et ce n'est pas faute d'avoir essayé, dit Elisabeth, en baissant les yeux.

Marguerite se délecte en buvant sa boisson tiède.

— Peut-être que tu ne regardais pas au bon endroit. Tu sais, moi je ne m'attendais pas à rencontrer un homme et à le suivre en Tanzanie, après m'être liée d'amitié avec sa grand-mère, lâche Roxanne, comme une bombe.

Emmanuel avale sa gorgée de travers, et Elisabeth se redresse sur sa chaise, semblant enfin comprendre ce qui se trame.

— Ah, parce que vous êtes… ensemble ? interroge-t-elle à destination de qui veut répondre.
— Je voulais te le dire un peu plus tard, articule Emmanuel.

Elisabeth fourre une grosse bouchée de tarte dans sa bouche, de manière à retarder sa réaction. Marguerite sourit comme elle ne l'avait pas fait depuis longtemps. Cette Roxanne a décidément toute l'audace qu'elle espérait.

— Elle est délicieuse, ta tarte, en tout cas ! s'exclame Roxanne.

— Merci, répond sobrement Elisabeth.

Emmanuel profite de cet intermède pour détourner la conversation, sans grande finesse :

— Bon, puisque vous parliez de lions il y a quelques minutes, je vais vous raconter une histoire. Attendez, je vais chercher le visuel, ce sera plus sympa, dit-il en se levant.

Tandis qu'il rentre dans la maison, chacune maintient ses yeux rivés sur son assiette ou sur sa tasse, en silence. Cassandra, qui paraît toujours un peu ailleurs, se garde bien de se mêler à la tension ambiante.

— Voilà ! brandit Emmanuel, ordinateur portable en main. Vous voyez ma photo, là ? C'est un panneau, à l'entrée d'un village qu'on a croisé entre Dar et le Selous. En swahili, il y a écrit « *Simbu Mlu Watu Amekula Waiu 40 Majerui 7* ». Ce qui veut dire…

— Un lion a mangé des gens, quarante morts et sept blessés, l'interrompt Elisabeth, qui est la seule à parler aussi la langue.

— Exactement. C'est à Kikongono, et ça s'est produit en 2006. C'est Peter, le scientifique de la Tawa avec qui j'ai fait ma mission photo, qui m'a raconté l'histoire…

— Un seul lion a tué quarante personnes ? s'enquiert Marguerite.

— Oui, mais il ne les a pas juste tuées, il les a mangées, comme le dit de manière un peu enfantine le panneau, précise Emmanuel. La Tanzanie paie un lourd tribut humain, et c'est vrai que c'est bon de ne pas l'oublier. C'est comme pour le village maasaï et les éléphants : on ne peut pas traiter le problème de façon manichéenne. C'est bien plus complexe…

— Oui, enfin, aujourd'hui, le lion ne s'aventurerait plus dans ce village, parce qu'il a dû décupler de superficie, affirme Elisabeth.

— Pas faux, dit Emmanuel.

— Mais comment il a pu manger quarante personnes, sans se faire tuer ? demande Roxanne.

— Les villageois sont très superstitieux, et plutôt fatalistes. Ils se défendaient sûrement mal, et puis Peter dit qu'ils étaient aveuglés par leurs croyances.

— C'est-à-dire ? insiste Roxanne.

— En Afrique, dans ces ethnies-là, ils sont du genre à croire au mauvais génie du lion, tu vois ? Ils étaient bien obligés de continuer à sortir du village, malgré les premiers morts. Pour chercher du bois, de l'eau ou des vivres, et à chaque nouveau mort, eh bien ils mettaient ça sur le compte de la fatalité et du mauvais sort qu'avait dû s'attirer la nouvelle victime.

— C'est fou !

— Et tous les quelques jours, jusqu'à ce qu'il soit tué, le lion est revenu se nourrir…

— Oui, se nourrir… c'est de ça dont il s'agit, dit Elisabeth. Ça devait être un vieux lion, sans lionne pour chasser, et il a attaqué pour manger. Quand il ne trouve plus rien à se mettre sous la dent, le lion peut se rapprocher dangereusement des villages à proximité de son territoire et… voilà ce qui se passe. Mais l'homme a une part de responsabilité là-dedans. La chasse, le braconnage, l'occupation d'espaces de plus en plus étendus, ça crée des drames à force.

— Quelle histoire ! ponctue Marguerite qui ne s'est toujours pas endormie, tenue en haleine par ce ping-pong plus récréatif que celui de la veille.

C'est Emmanuel qui conclut la discussion :

— On en revient toujours à la même chose : s'ils n'apprennent pas à vivre en bonne intelligence ensemble, l'homme souffrira, et l'animal, progressivement, disparaîtra.

Marguerite boit ses paroles avec une admiration intacte. Sa fierté devant l'engagement de son petit-fils est immense.

38.

Emmanuel

LE SAFARI DU JOUR NE RESSEMBLERA À AUCUN AUTRE pour Emmanuel. Parce que ce sera la première fois pour Marguerite, Roxanne et Cassandra, ce sera, pour lui aussi, une expérience inédite. L'occasion de guider les trois femmes au cœur de ce monde flamboyant qui a changé sa vie, et qui va, sans aucun doute, marquer la leur.

Samwel, comme beaucoup de guides, conduit sans lunettes de soleil pour ne pas perdre l'acuité de ses yeux entraînés. Il est au volant du long 4×4, mais c'est Emmanuel qui se charge de commenter le paysage et les rencontres qu'il recèle.

Après une pause sur les hauteurs du cratère du Ngorongoro pour profiter du point de vue renversant, ils descendent vers la *caldera* circulaire afin de l'admirer de plus près. Sur leur passage, la piste de terre sinueuse fait danser la poussière sous les rayons du soleil. Marguerite, qui peine à dissimuler son malaise dans les tournants, s'accroche à son siège pour ne pas perdre l'équilibre. Cela n'échappe pas à l'œil attentif de Samwel et, en douceur, il ralentit. Cette route en lacet a vite fait de transformer les passagers des véhicules en quilles de bowling lancées contre les parois. Et si, d'ordinaire, ça peut amuser certains touristes, dans ce cas, ce n'est pas l'ambiance requise.

Sur le bord de cette chenille interminable, ils croisent un Maasaï qui détourne le regard, visage fermé et bâton en main.

— Ils n'aiment pas tellement les touristes ici, même s'ils ont appris à composer avec eux. Ils ont trop l'habitude qu'on les prenne en photo, comme s'ils étaient des animaux, leur explique Emmanuel.

— Ils ont le droit de vivre si près du cratère ? s'étonne Marguerite.

— Oui, ce n'est pas comme dans les parcs nationaux. Cette zone a l'appellation « conservation ». Ça veut dire que les Maasaï ont le droit d'y vivre et d'y faire paître leurs troupeaux. Ça a déjà créé des scènes dantesques, d'ailleurs…

— Comme quoi, par exemple ? lui demande Roxanne.

— Ben, imagine, quand les Maasaï escortaient encore les troupeaux jusqu'au lac Magadi à la saison sèche, au milieu des lions et des autres prédateurs, parce que c'était la manière la plus pratique d'accéder à l'eau et au sel pour les vaches… L'homme, les carnivores et le bétail réunis, ça ne se terminait pas toujours bien.

— Doux Jésus ! s'exclame Marguerite.

— Comme tu dis, Ma. Maintenant, dans le NCA, ils font un boulot formidable pour permettre l'accès à l'eau en continu et au plus grand nombre. Après, le sel, c'est une autre histoire.

Soudain, la terre marron devient rouge et les acacias parasol se multiplient sous leurs yeux, comme une haie d'honneur immobile et accueillante. Progressivement, le vent calme ses ardeurs, et le bleu du ciel qui n'est, aujourd'hui, pas moutonneux jette une lumière éthérée sur l'horizon. Dans l'habitacle, l'intensité du moment est palpable.

Au loin, les parois bleutées de cet ancien volcan, éteint depuis deux millions d'années, encerclent l'espace préservé. Et, à gauche de la piste, au premier plan, sur une pente accidentée et aride, le spectacle est déjà époustouflant.

— Tiens, prends les jumelles, juste pour voir si c'est un peu mieux, dit Emmanuel à Marguerite.

— Ah oui, c'est fou, j'aperçois des animaux. Des zèbres, non ?

— Il y a des zèbres, oui, mais aussi des buffles et des gazelles de Grant. Ils descendent en file indienne pour boire, en contrebas, précise Emmanuel en orientant délicatement les jumelles vers le petit point d'eau.

— C'est le paradis sur terre, ici ! s'exclame Cassandra qui sort de sa réserve habituelle.

Emmanuel sourit.

— Je suis heureux de te l'entendre dire.

— Tu m'avais expliqué qu'à cette époque, une bonne partie des herbivores étaient encore dans le Nord, non ? reprend Marguerite.

— Oui, mais comme partout, il y a une partie résidente à l'année.

— C'est drôle, quand même. Comment ils choisissent ceux qui migrent et ceux qui restent ? s'amuse Roxanne.

— On ne le saura jamais vraiment.

La troupe poursuit son chemin sur la piste et Marguerite s'accroche aux jumelles. Emmanuel ne perd pas une miette de l'émotion de sa grand-mère. Avant de les partager avec le monde, c'est avec elle qu'il a partagé ses photos. C'est à elle qu'il a dévoilé les toutes premières. Lorsqu'elle voyait encore bien, elle commentait les angles, la lumière, mais aussi l'émoi que ses prises de vue pouvaient ou non susciter. Elle a cru en lui au moment où il avait besoin de mêler sa foi à celle de quelqu'un d'autre pour prendre le grand virage de sa vie. Quitter la photographie sportive en faveur de la photographie animalière, plus hasardeuse mais résolument plus enrichissante.

En regardant aujourd'hui son visage froissé dans le halo lumineux, il est ému. L'onde de choc semble derrière elle. Dans une acceptation stoïque, Marguerite apprend la vie tanzanienne à grande vitesse, avant de quitter la vie tout court. Et lui, grâce à elle, il réapprend l'amour, en se préparant à la mort. C'est un mélange ironique de justice et d'injustice. Il a pourtant décidé d'arrêter de se battre contre l'inévitable et d'embrasser les jours comme ils se présentent, avec leur lot d'aventures inespérées et de peurs immodérées.

Marguerite, comme chacun peut l'apprécier, n'est ici pas perdue. Par les histoires qu'il lui a racontées, les clichés qu'il a étalés sous ses yeux, les convictions qu'il lui a transmises, Emmanuel lui a déjà donné la sensation de connaître un peu ce royaume sauvage. C'est comme si elle rencontrait, en chair et en os, les personnages d'un roman ou d'un film qui l'ont, en fiction, accompagnée pendant plus d'une décennie.

— Vous avez de la chance, pour un premier safari. Vous savez pourquoi ? demande Samwel, rieur.

— Pourquoi ? s'enquiert Marguerite.

— Parce qu'il n'y a pas de mouches tsé-tsé dans le cratère ! dit Samwel.

— Elles donnent la maladie du sommeil, ces mouches, réagit Cassandra.

— Oui, enfin, il faut être piqué souvent et pendant des années d'affilée pour en arriver à ça, explique-t-il.

— C'est rassurant.

— Regardez à droite, des gnous qui courent ! Ils ont dû sentir un danger, ils sont bien excités, commente Samwel tandis qu'Emmanuel et Roxanne finissent leur aparté, sur les sièges du fond.

— On dirait des clowns, les gnous, s'en mêle Marguerite. Là, ils bougent trop vite pour que ce soit net, mais j'ai toujours dit à Emmanuel qu'ils avaient l'air loufoques.
— Ils ont un peu l'air drogués, aussi, lance Roxanne.
— Disons que ce ne sont pas les plus gracieux du paysage ! admet Emmanuel. D'ailleurs, en swahili, se faire traiter de « gnou », c'est une insulte.
— J'aurais bien traité M. Chazot de gnou, moi alors, pouffe Marguerite.

Roxanne saisit la perche :

— Comme je vous comprends !

Plus tard, après avoir croisé un chacal, puis observé un moment la mâchoire rosée des hippopotames difformes et leurs yeux globuleux à la lisière de l'eau, Samwel les conduit devant une autre scène grandiose : un clan de lions en pleine digestion, au bord de la route. Grâce aux radios, les chauffeurs communiquent leurs trouvailles les uns avec les autres pour satisfaire plus de regards curieux, avides de rencontres exceptionnelles. Les pointillés d'empreintes dans le sol rouge signifient que les lions se sont baladés sur la piste. Il n'est pas rare, ici ou ailleurs, de les voir se rapprocher par intermittence des véhicules, pour s'allonger à l'ombre d'une roue ou d'une portière.

— Alors, on n'est pas chanceux ? demande Emmanuel.

Marguerite opine du chef en regardant par la fenêtre avec les jumelles, tandis que Roxanne et Cassandra passent leur tête à travers le toit ouvert. À quelques mètres, ils sont une dizaine, à côté d'une carcasse fraîche de gnou, les babines couvertes d'un rouge qui ne laisse aucun doute. Rassasiés, deux lionnes et un lionceau plissent les yeux sous le soleil, d'autres font quelques pas nonchalants dans les herbes sèches, et plus loin, un jeune mâle se frotte contre le pneu d'un 4×4.

Soudain, de l'autre côté de la piste, ils aperçoivent une hyène, alléchée par l'odeur du sang, qui rôde sans oser s'approcher. Seule, elle ne fait pas le poids, mais son hésitation a le mérite de distraire tous ceux qui l'ont repérée.

— Ça sent bizarre, quand même, déclare Marguerite.
— C'est l'odeur de leur repas, répond Samwel.
— Tant que ce n'est pas l'odeur du mien, ça va !

Cassandra porte les mains à son visage pour essuyer une larme, ce qui n'échappe pas à Roxanne.

— Tout va bien ? lui demande-t-elle.
— Oui, c'est juste trop beau. Merci, c'est grâce à vous que je suis là. Je n'ai jamais rien vu d'aussi magique.
— L'éclat de la nature fait souvent déborder les émotions trop longtemps contenues, dit Emmanuel. C'est normal.
— Vous ne pensez pas qu'il pourrait publier des romans avec une verve pareille ? place Marguerite.
— Arrête, Ma. C'est un métier.

Après plusieurs heures à arpenter le cratère, à regarder les troupeaux brouter, à écouter les grues miauler comme des chats, à s'amuser des gazelles et de leurs bonds, à espérer le rhinocéros noir en vain, à scruter les oiseaux et les rapaces, et à s'enivrer de ce ballet grandiose, vient la dernière rencontre. La cerise sur le gâteau. Derrière les buissons, les éléphants, enfin ! Ils jouent de leurs trompes, remuent la queue et se recouvrent de poussière.

— Avant, on disait qu'il n'y avait que des mâles dans le cratère, et que les femelles restaient sur les pourtours, dans les forêts. Mais ça fait des années que je vois les deux, leur apprend Emmanuel.
— Ils sont très impressionnants en vrai, c'est fascinant ! s'enthousiasme Marguerite.

— Tu vois, celui avec les plus grandes défenses, là-bas ? l'interroge-t-il.

— Oui, c'est flou, mais je vois.

— Il ne te rappelle personne ? C'est une des stars de mon livre *Ivoire.*

— Ah oui ? Oh, mon chéri, c'est vraiment quelque chose de les voir en personne.

— Tu es contente ?

— Très, dit-elle en lui agrippant la main.

— Moi aussi.

— Ils ont des défenses de dingue ! s'extasie Roxanne.

— Ici, ils peuvent se le permettre. Heureusement, braconner dans le cratère, c'est presque devenu mission impossible. Ils peuvent creuser la terre volcanique et absorber les minéraux en paix.

Le temps s'arrête dans une contemplation et une communion intenses, poignantes. Le pas lourd mais gracieux des pachydermes, leurs oreilles mouvantes et leur force tranquille constituent le clou de la journée.

*

Cet après-midi, Emmanuel et Marguerite ont décidé de rester tous les deux. Alanguis dans un rayon de soleil qui perce le feuillage, ils discutent autour de la table à l'extérieur de la maison. Rafiki, qui a enfin pointé le bout de son nez, roupille quant à lui dans son arbre préféré.

Ils ont d'abord longuement parlé d'Irène, alors qu'ils ne le font que très peu depuis des années. C'est Marguerite qui a lancé la conversation. Elle lui a demandé s'il y avait d'autres choses qu'il voulait savoir sur elle, parce qu'elle est la dernière à pouvoir assouvir ce besoin de réponses. Il a hésité, au départ, puis il a dégainé quelques questions. Des questions qui se sont invitées spontanément et qui ne suffiront jamais. Comment choisir les bonnes lorsque ce sont les ultimes que l'on peut poser ?

Combien pesait-elle à la naissance ? Avait-elle un rêve, quand elle était adolescente ? En dehors des sports nautiques, qu'aimait-elle le plus ? Comment s'appelait son doudou qu'on a retrouvé dans un carton ? Quel était son animal préféré ?

Marguerite a répondu, sans flancher. Irène avait été un bébé plutôt dodu, de trois kilos quatre, et elle avait pris son temps pour sortir. À treize ans, elle rêvait de devenir astronaute, puis elle s'était intéressée au monde marin, plus accessible que l'espace. Ce qu'elle aimait le plus était sûrement son chien, Igor, enfin le chien de la famille. Il est mort un an avant elle. Son doudou d'enfant, elle l'avait appelé « Gus », comme dans *Cendrillon.* Et son animal préféré, c'était la baleine, qu'elle comptait bien voir un jour en vrai. C'était son éléphant à elle. Comme Emmanuel, elle avait le goût de l'aventure.

Ils ont évoqué les albums photo qu'il pourrait encore regarder pour y lire d'autres histoires. La gourmette de naissance que Marguerite a toujours avec elle. Et ils ont parlé d'Auguste dont l'urne n'est jamais loin de leur vue.

À l'heure du thé, la discussion a changé de visage et de ton. Après avoir reçu un énième mail de Pamela Jones, Emmanuel s'est mis à parler de la Fondation des Walker, du Selous et de l'exposition à venir.

— C'est de la philanthropie capitaliste, tout ça, il ne faut pas être dupe, assène-t-il.

— Mieux vaut cela que du capitalisme tout court, non ? suggère Marguerite pour l'adoucir.

— Oui, enfin, il n'y a pas de grandes différences. Ils donnent un peu ici pour reprendre beaucoup là-bas.

— Qu'importe, ils donnent. Et l'exposition, c'est une tribune comme une autre pour la cause que tu sers. Le reste, il ne faut pas se rendre malade avec ça…

— Tu sais, l'expo, c'est leur budget communication, rien de plus. Ça ne les empêche pas de financer les industries qui sont à l'origine même du massacre de la faune et la flore.

— Tu n'as pas de poids sur ça, mon chéri. En revanche, tu as eu du poids sur le village, et sur la réalité des éléphants… C'est à ça qu'il faut t'accrocher.

— C'est ce que je fais. Il faut se servir d'eux comme ils se servent de nous, mais je n'achète pas la carte de la conscience et de la bienveillance. De toute façon, aujourd'hui, tu ne peux plus être un grand groupe sans prétendre être aussi un bienfaiteur, avec une fondation. Et le territoire africain est leur grand terrain de jeu… Le pire, ce sont les milliardaires qui mettent leurs mains dans les enjeux sanitaires et dans l'industrie de la santé. Heureusement, les Walker se cantonnent à l'écologie et l'éducation.

Marguerite s'ingénie à le détourner de l'agacement qui s'empare de lui :

— Allez, allez, parle-moi plutôt de ton prochain livre. Il part en impression bientôt, non ?

— Oui, et en couleurs ! J'ai dû débattre longtemps pour que ce ne soit pas en noir et blanc.

— Bah oui, ça aurait été idiot puisque tu as pensé les photos en couleurs au départ. Il faut garder l'intention première, pour ne pas les dénaturer.

— Exactement. Mais ce nouvel éditeur n'a que la modernité à la bouche ! La modernité et les gros chiffres.

— Le noir et blanc, moderne ? C'est drôle !

— C'est comme la mode, le vieux redevient jeune et vice versa. C'est cyclique, tout ça.

— Oh, tu sais, dans la cuisine, c'est pareil. Qu'est-ce qu'on a pu nous enquiquiner, ton grand-père et moi, au restaurant. Il fallait garder l'authenticité des recettes, mais les réinventer. La barbe !

— Comme tu dis ! répond Emmanuel en riant.

Il y a, dans la vivacité de cet échange, un amour immense qui n'est pas prêt à capituler.

*

Le lendemain, Emmanuel, Marguerite, Roxanne et Cassandra sont en route pour le village de Kadogo. C'est la première fois qu'Emmanuel va revoir ses habitants, depuis l'accident. Samwel – qui a dû retourner au charbon – a arrangé, à distance, un déjeuner avec Nembris, que Marguerite avait à cœur de rencontrer, même si la fatigue et les symptômes croissants de la maladie ne facilitent pas ses déplacements.

Sur le trajet, comme toujours, Emmanuel fait ses commentaires. Aujourd'hui, c'est lui qui conduit, et il transmet ce qu'il sait pour rendre le voyage plus agréable. Il raconte l'histoire des Maasaï, qui appartiennent aux peuples nilotiques, et qui ont émigré il y a des centaines d'années, à la recherche d'endroits verts pour leur bétail et de nouveaux points d'eau, en accord avec le pastoralisme qui dicte leur mode de vie. En Tanzanie, ils ont d'abord trouvé le lac Victoria, puis le Serengeti, mais avec l'essor des parcs nationaux dédiés aux animaux, ils ont dû déménager, notamment autour du Ngorongoro et de Loliondo au nord-est du cratère, mais aussi sur la route du Tarangire ou près de la rivière Mara. Les trois femmes l'écoutent religieusement et, sous ses airs d'ours, il n'en est pas peu fier.

— C'est vrai qu'ils utilisent les plantes et les papillons pour prévoir la météo ? demande Cassandra, qui s'est visiblement renseignée sur Internet avant le départ.

— Honnêtement, je ne sais pas s'il faut croire tout ce qu'on lit. Mais ils sont très connectés à la nature, et que la météo soit vitale pour eux, c'est certain, répond-il.

Roxanne s'est assise à côté de lui à l'avant. Elle pose une main sur sa cuisse, tandis qu'il continue à décrire le paysage pour Marguerite. Les carrières de terre rouge pour réparer les routes, les marchés entre les différentes ethnies qui achètent ou vendent selon leurs besoins, les femmes qui portent des sacs de riz, de maïs ou encore de haricots sur la tête, les motos avec trois personnes sur leur dos, les charrues avec les ânes ou les vaches qui travaillent, les enfants qui surveillent les troupeaux, les champs de petits pois et les chiens errants qui cherchent quelque chose à se mettre sous la dent : tout ce qui pourrait échapper aux yeux de sa grand-mère n'échappe pas à ses oreilles. Il y met un point d'honneur.

En arrivant au village, il donne un gros billet au chef, Saitoti. Parce qu'ils viennent manger leurs vivres, et parce que pour eux, Roxanne, Marguerite et Cassandra ne sont ni plus ni moins que des touristes, Emmanuel suit les us et coutumes de la région. Même si sa relation avec le village est particulière, il ne veut pas donner l'impression qu'il se croit chez lui. Il est chez eux, et l'essentiel c'est que l'accueil soit chaleureux.

— Karibuni ! dit Nembris.

— Ça veut dire quoi ? chuchote Marguerite à Emmanuel.

— Ça veut dire « soyez les bienvenus » !

39.

Roxanne

Alors que cela fait plus d'une heure qu'elle découvre, dans son nouvel écrin, le fameux village dont elle a tant entendu parler, Roxanne prend conscience qu'elle n'a pas pensé au poker depuis longtemps. Elle sort d'elle-même, juste une minute, comme pour s'observer de plus haut, et elle aime ce qu'elle voit. C'est simple, c'est vrai et c'est fort.

Elle pense à sa grand-mère. Elle lui doit beaucoup de ce qu'elle vit aujourd'hui, même indirectement. Et, en jetant un coup d'œil à ce ciel, qui ne représente pas grand-chose pour elle, sauf quand elle songe aux absents, elle lui parle dans sa tête, au cas où, malgré tout, elle pourrait l'entendre.

Puis, elle regarde Marguerite. Pour la première fois de sa vie, la vieille dame mange avec ses doigts. À quatre-vingt-treize ans. On leur a dit que cette manière africaine de porter les aliments à la bouche permettrait de vérifier la qualité des mets et leur juste cuisson avant de les avaler. Que c'était une façon d'apprécier la nourriture avec un sens de plus ; d'ajouter le toucher au goût, à l'odorat et à la vue.

Nembris a expliqué que le milieu du plat est réservé aux plus anciens donc, ici, à Marguerite. Sceptique au départ, elle se prête à la tradition. À son âge, les couverts sont parfois lourds à porter. Elle déguste donc l'ugali blanc* et les haricots qui l'accompagnent, avec le plaisir de l'expérience.

Roxanne picore tout en observant le décor exotique qui l'entoure. Le bleu et le rouge des tenues, l'arc-en-ciel des bijoux sur le corps des femmes, et les nuances de couleurs chaudes à l'horizon. Un peu plus loin, les vaches, bosse au dos, yeux cernés de noir et robes hétérogènes, ne ressemblent pas à celles qu'elle connaît. Elles ont quelque chose de plus sculptural et de plus sauvage.

Elle pose également les yeux sur Kadogo qui discute avec Emmanuel dans cette langue qu'elle ne comprend pas. Enfin, pas encore. Emmanuel fait régulièrement la traduction pour elles trois, mais pour le moment, il s'autorise une conversation qui n'appartient qu'à lui et au jeune Maasaï. Sans le connaître, elle devine pourquoi il est si cher à Emmanuel. De son regard franc et de sa carrure de jeune homme, émane un mélange d'assurance et de courage qui force l'admiration. Et, quand on sait qu'il a frôlé la mort il y a quelque temps, comment ne pas apprécier toute la ferveur de vivre qui se dégage de lui ?

Plus tard, alors que Cassandra et Marguerite se reposent à l'ombre d'une hutte, Roxanne attire Emmanuel à l'extérieur de la barricade en acacia épineux qui délimite le village. Sous les regards des hommes et des femmes d'ici, elle ne pourra pas faire ce qui lui brûle les lèvres : lui voler un baiser.

*

* Aliment basique et traditionnel en Afrique de l'Est, essentiellement constitué de farine de maïs cuite à l'eau et agglomérée en boules.

Dans la maison de Karatu, qu'elle loue et partage avec Cassandra, Roxanne prend progressivement ses marques. Bien sûr, elle préférerait partager le toit d'Emmanuel. Elle ne sait pas vraiment composer avec l'envie inassouvie. Elle n'a pas l'habitude de se tempérer, ni dans ses passions ni dans ses amours. Mais la situation est aussi inédite que le sentiment qui l'habite. Alors, elle apprend à se contenir, à savourer la lenteur imposée du processus amoureux, et elle réprime ses ardeurs. Les dix minutes de marche qui les séparent l'un de l'autre ne sont que si peu de chose face à la joie que procure la place qu'Emmanuel prend en elle. Cette place vacante, qui espérait la naissance d'un grand feu, et qui n'avait hébergé jusqu'alors que des braises et des petites flammes sans envergure, incapables de résister à l'épreuve du temps.

Un désir en attente est, quelque part, ce dont elle avait besoin pour mesurer à sa juste valeur la chance qu'elle a de l'éprouver.

Ce soir, après une journée riche en émotions dans le village maasaï, Roxanne et Cassandra discutent toutes les deux, autour d'une bouteille de vin sud-africain. Si chacune dispose de sa chambre, une telle proximité leur est, à l'une et à l'autre, plutôt étrangère. Pourtant, les circonstances, le décor et le rythme des journées sont ici si particuliers, qu'elles n'en souffrent pas. Elles s'apprivoisent. La curiosité et le bagou de Roxanne auraient pu, dans un contexte différent, bousculer la réserve de Cassandra, mais, au cœur de cette aventure humaine, il n'en est rien.

— Tu as toujours voulu faire ce métier d'infirmière ? Enfin, je veux dire, c'était une vocation ? demande Roxanne.

— Oui et non. En fait, je m'épanouis en m'occupant des gens, mais je pourrais le faire en exerçant une autre activité, j'imagine. Disons que ça me permet de donner du sens à ma vie, et, on ne va pas se mentir, de la remplir. Mais si je suis devenue libérale, c'est parce que je n'ai pas envie de m'enchaîner ni à un métier ni à un lieu.

— Je ne veux pas être indiscrète, mais, depuis que je t'ai rencontrée, j'ai cette impression que tu fuis quelque chose. Je me trompe ? Tu n'es pas obligée de me répondre, hein.

— Je fuis trois décennies de galères, si tu veux tout savoir, dit Cassandra en soupirant.

— Tu veux en parler ?

— Pas vraiment.

— Parfois, ça soulage, insiste Roxanne.

— Je ne pense pas. En gros, je ne suis pas vraiment perdue, je ne me suis plutôt jamais trouvée. C'est l'effet née sous X, déclare Cassandra sans la regarder.

Elle a l'expression des gens qui n'ont pas coutume de parler d'eux. Roxanne marque une pause, avale une gorgée, et finit par choisir la légèreté :

— Bon, t'es dans l'équipe des cabossés, quoi. On s'est bien trouvés tous les quatre !

Cassandra sourit.

— On n'a pas de prise sur le passé, reprend Roxanne. L'enfance, les départs, les ratés. C'est comme ça. Regarde Marguerite qui a perdu sa fille alors qu'elle mettait au monde son petit-fils. Quel courage ça a dû lui demander de survivre et d'être forte pour lui. Et toi, si tu es ici avec nous, c'est que tu as le courage de te réinventer, d'expérimenter, de te mêler à d'autres histoires que la tienne... Je crois que le bonheur n'est accessible que si on accepte de s'ouvrir à lui. Par quels chemins ? Ça, c'est propre à l'instinct de chacun...

— Et c'était quoi le tien, de chemin ?

— Arrêter le poker, passer des mois avec un sac sur le dos à arpenter des pays sans eau potable, rencontrer des gens qui me reconnectaient à l'essentiel, repenser à ma grand-mère et à tout ce qu'elle m'avait dit, et accepter que là où elle était partie, moi je devais revenir. Il fallait que je retourne à l'endroit où le fil de ma vie s'était brisé, comme pour me retrouver. Je ne savais ni pourquoi ni comment, je savais juste que, le point de départ, c'était la maison de retraite. J'avais l'intuition que ma grand-mère m'avait laissé un truc, là-bas. Et je savais aussi qu'après, je voudrais m'occuper des enfants d'ailleurs.

— C'est fort, quand même...

— Ouais. La vie, en fait, elle se charge de tracer une ligne avec ce que tu lui donnes comme impulsion. Ma grand-mère, Marguerite, Héloïse, Emmanuel puis la Tanzanie et les enfants... Tu vois ? C'est un peu fou quand on y pense, mais ça a beaucoup de sens.

— Tellement. C'est inspirant, conclut Cassandra.

Plus tard, Roxanne, qui a rejoint sa chambre, reçoit un message d'Emmanuel :

« Tu dors ? »

« Non, je pense à toi. »

« Moi aussi. Je me disais qu'au-dessus de mon 4×4, j'ai une tente que je monte souvent pour dormir en brousse. Mais je pourrais la monter pour nous, une nuit... »

« J'adore l'idée. Demain ? »

« Demain ! Et en attendant, je vais continuer à te désirer de loin. »

« J'aime quand tu me parles comme ça... »

*

Alors qu'elle s'isole pour son rendez-vous téléphonique avec Héloïse, Roxanne est encore pleine de l'effervescence du jour.

Depuis la petite terrasse qui donne sur la rue agitée à l'avant de sa maison, elle observe les femmes qui font leurs emplettes de fruits et de légumes dans les échoppes.

Vêtues de la tête aux pieds de tissus verts, bleus, léopard, ou encore à carreaux rouges et jaunes, elles colorent et animent les allées. Roxanne adore les suivre des yeux, imaginer leur vie, celles de leurs aînés et de leurs enfants. C'est comme si leurs vêtements, qui ne laissent souvent à découvert que leurs mains, leur visage et leurs pieds, racontaient leur personnalité, leur histoire, et parfois même leurs combats.

Connectée au wifi, maigre mais suffisant, elle clique sur le profil d'Héloïse.

— Salut, Rox !

— Salut !

— Comment tu vas ?

— Comme une femme amoureuse, qui découvre une des merveilles de l'Afrique de l'Est !

— C'est vrai qu'il y a pire...

— Bon, bien sûr, je sais que le choc est proche avec Marguerite, mais on essaie de ne pas y penser. On essaie de vivre tout au maximum.

— Vous avez raison.

— Et toi ? Quoi de neuf ?

— Rien de spécial, si ce n'est que ma fille me tanne pour aller en Tanzanie, depuis qu'elle t'a rencontrée.

— Ah, ah ! Sacrée Jade ! Pourquoi pas, plus tard ?

— Oui, on verra ça. Sinon, le boulot à l'agence, Martin qui fait une petite dépression post-toi, la recherche de financiers pour les missions de l'asso, la routine, quoi.

Roxanne s'en veut presque à l'évocation de Martin, mais n'en dit rien.

— À ce propos, j'ai plein d'idées ! Je suis allée à l'école de Bashay aujourd'hui, pour prendre la température et pour donner les fournitures que j'avais mises dans ma valise supplémentaire, tu sais ? Et puis, j'ai discuté avec le directeur, avec Xavier et Elisabeth, et je crois qu'on peut vraiment faire des choses ici...

— Tu vas rester là-bas, tu penses ?

— C'est trop tôt pour le savoir, mais franchement je n'aurais rien contre. Bon, dans un premier temps, il faut que j'apprenne le swahili.

— Ce n'est pas une mince affaire ! s'exclame Héloïse.

— Oui. Et il faut que je prenne mes marques avec l'école. Figure-toi qu'il y a un potager, juste à côté. Ce serait une bonne manière d'apprendre à connaître les enfants, autour d'une activité.

— Toi et les potagers, décidément !

— T'as vu, c'est le destin, non ?

— Oui...

— Attends, ça grésille un peu, je bouge, dit Roxanne en se décalant de quelques centimètres. Vas-y, parle !

— Je parle...

— C'est mieux. Je me disais aussi que je pourrais donner quelques cours d'anglais bénévolement, en passant par le jeu, et pourquoi pas les cartes, avec les plus petits.

— Bonne idée ! Et comment tu vois les prochaines semaines ? l'interroge Héloïse.

— Comme une manière de prendre la température ! Elisabeth m'a déjà expliqué que certaines jeunes filles auraient vraiment besoin d'aide. Elles sont brillantes, mais corvéables à merci dans les villages et ça les empêche d'accéder au secondaire...

— C'est un très bon axe d'action : ça va plaire à Jade. C'est moins tendu avec Elisabeth, d'ailleurs ?

— Oui. Je l'ai prise à part et je me suis un peu excusée pour la façon dont je lui ai annoncé ma relation avec Emmanuel. C'est vrai que j'y suis allée avec mes gros sabots. Et puis, comme je veux aider et qu'elle est dans le système depuis longtemps, on a un terrain d'entente. C'est une belle personne en plus. Enfin, tant qu'elle garde ses distances...

— T'es bien accro, toi dis donc !

Roxanne sourit si franchement qu'un passant lui sourit en retour, depuis la rue.

— Je ne peux rien te cacher !

— Et tu imagines les choses comment, pour ces filles ?

— Il faut qu'on réfléchisse ensemble, mais on pourrait ouvrir une antenne officielle de ton association ici, et je pourrais la gérer ? Je pourrais trouver des mécènes anglophones, repérer d'autres écoles qui ont besoin de soutien et, pourquoi pas, créer un internat, pour permettre à ces filles qui ont du potentiel d'accéder à l'éducation supérieure. Le plus dur, ce sera de convaincre les parents et, pour ça, il faut des sous.

— C'est un gros chantier, mais si tu as les reins pour, je te suis !

L'enthousiasme d'Héloïse, en miroir du sien, est stimulant.

— Écoute, c'est tout neuf, mais quand je me lève le matin, j'ai l'impression que ça donne du sens à ma vie. Et c'est exactement ce qui me manquait avant : le sens.

— Amen ! Et tu verras, ça ne fait que commencer…

*

Alors que le jour décroît et que Rafiki s'éveille, Roxanne et Emmanuel partagent un moment aussi loufoque que la personnalité du petit primate. Ils inversent les rôles. Cette fois, c'est elle qui se tient derrière l'objectif, et Emmanuel qui se tient devant. Pamela Jones l'ayant harcelé pour avoir une nouvelle photo de lui – une photo intime, prise dans le contexte de sa vie et non un portrait officiel –, Emmanuel apprend à Roxanne comment être lui. Et, elle, elle lui apprend comment prendre la lumière, lui dont la place est si souvent dans les contre-jours. Elle trouve les mots pour transpercer sa pudeur, et lui la guide dans cet art dont il maîtrise les rouages.

Leur relation, dont l'intensité croissante n'échappe à personne, ne s'est jamais départie des épines qui font mériter la fleur. Ils se chamaillent, se testent, se bousculent, et s'équilibrent. Ils ont tout des jeunes amoureux, fougueux, passionnés et attendrissants.

Marguerite et Cassandra, dans leur coin, s'amusent de cette scène que l'une entend et que l'autre peut aussi voir.

Plus tard, Roxanne et Emmanuel se sont installés dans la tente de fortune, au-dessus du 4×4. Cassandra a accepté de dormir sur le canapé, pour être au plus près de Marguerite.

La tête posée sur le ventre d'Emmanuel, et les jambes à l'équerre contre la toile, Roxanne l'écoute. Elle a compris comment il fonctionne et elle ne le martèle pas de questions. Elle se contente de le laisser se dévoiler, à son rythme. Il parle avec plus d'aisance de tous les sujets extérieurs à lui, de tout ce qui concerne l'autre et l'amène à réfléchir.

— Les Walker pourraient jouer un rôle dans cette idée d'internat pour les filles. Je n'ai pas une grande confiance en eux, mais...

— Mais faut avouer que ce qu'ils ont fait pour le village, c'est réussi, dit Roxanne pour finir sa phrase.

— Voilà.

— Tu crois qu'on pourrait organiser une rencontre ?

— Pourquoi pas, quand vous aurez avancé sur le projet. D'ailleurs, il faudrait que le programme sensibilise aussi aux problèmes que la Tanzanie va rencontrer, à la surpopulation, tout ça... Et à la nécessité de préserver le monde sauvage. Sinon, le pays perdra son attrait touristique.

— On est très loin du programme, à ce stade, Manu. Mais si on mène cette idée à son terme, on s'entourera des meilleurs. Héloïse est très forte !

— J'aime bien quand tu m'appelles Manu. Tu viendras à Gombe avec moi ?

— Sans transition..., répond-elle en tournant la tête vers lui. C'est où, Gombe ?

— À l'ouest.

— Et tu y vas quand ?

— Dans trois mois. C'est là où la scientifique Jane Goodall a tant œuvré pour les chimpanzés. Tu la connais ?

— Oui ! Elle est super inspirante, cette femme. J'avais vu un reportage sur elle. Quel culot elle a eu, à vingt-cinq ou vingt-six ans, de vivre au milieu des grands singes !

Pendant quelques minutes, ils se projettent ensemble, là-bas, dans un autre joyau tanzanien encore préservé. Ils s'avouent ainsi, une fois de plus, qu'ils n'imaginent pas l'horizon l'un sans l'autre.

Et, alors que la toile de tente claque sous les rafales du vent soudain colérique, ils décident d'abandonner les mots, pour se consacrer aux plaisirs des corps. Leurs peaux, qui se réclamaient depuis des jours, se retrouvent avec délectation.

40.

Marguerite

En l'espace de quinze jours, Marguerite a vécu plus intensément que n'importe quelle personne de son âge. Elle a visité le cratère du Ngorongoro et le parc national du lac Manyara. Elle a rencontré des Maasaï dont elle avait suivi les péripéties à distance depuis des années. Et elle a pu apercevoir des paysages et des animaux qu'elle n'avait jusqu'alors croisés qu'en photographies. Elle a appris tant de choses qui ont nourri et agité son esprit au crépuscule de son existence. Si d'aucuns pourraient penser qu'il est inutile de s'enrichir d'une telle quantité d'informations avant de disparaître, elle, elle pense que la satiété du cerveau, à l'heure de la grande révérence, vaut plus que le vide éprouvé par la majorité. Alors, elle ne regrette rien.

Allongée dans son lit, elle ressasse ces informations, comme pour s'étourdir et détourner son attention de son corps en déliquescence.

Le drapeau tanzanien représente la nature, les minéraux, les gens et la mer. Les éléphants adorent les arbres balanites. Les lions dorment dix-sept heures par jour.

Une autruche peut courir après une hyène pour la chasser de ses œufs, et c'est très courageux. Les herbivores préfèrent manger à l'aube, et dans les herbes courtes, pour s'abreuver de la rosée et éviter les prédateurs qui se dissimulent souvent dans les herbes hautes et près des points d'eau quand le soleil est au zénith. Les anciens Maasaï ne connaissent pas leur âge, mais seulement la saison à laquelle ils sont nés et le cycle de la lune à ce moment-là. Les trous dans leurs oreilles sont bien plus larges qu'elle ne l'imaginait aussi. Trois buffles sont plus dangereux pour l'homme qu'une centaine, parce que leur agressivité est décuplée lorsqu'ils ne se sentent pas assez nombreux. Les mangoustes font un sacré bruit en poussant des cris lorsqu'elles trouvent un festin et qu'elles veulent rameuter leurs congénères. Les impalas peuvent faire des bonds à plus de trois mètres. L'éland est l'une des plus grandes antilopes d'Afrique. La girafe est l'emblème national tanzanien et elle est aussi le repère pour les autres animaux qui se réfèrent à ses réactions pour appréhender le danger. Il est fréquent que les grands félidés mangent les bébés les uns des autres pour éliminer la compétition dans la course à la nourriture. Emmanuel trouve que ce comportement n'est pas si éloigné de celui de l'homme qui vole les ressources de son voisin pour asseoir sa domination sur lui. Marguerite n'en pense pas moins, même si elle n'a plus d'énergie pour quelque combat que ce soit.

Le Kilimandjaro c'est pour les autres. Pour elle, c'est trop tard.

Si tout ce savoir lui est aussi précieux, c'est parce qu'il lui a été transmis par son petit-fils. Elle a aimé apprendre de sa bouche, mais ce qu'elle aime le plus, c'est le voir à nouveau goûter au bonheur d'être deux. Quelle meilleure fin aurait-elle pu espérer pour le film de sa vie que celle-ci ?

Partir, c'est aussi laisser les autres derrière soi. Et, enfin, elle va jouer le rôle de celle qui s'en va. Pourtant, alors qu'elle appelle cette chute de ses vœux depuis un moment, elle avait besoin de s'assurer qu'elle ne laissait pas son petit sur le carreau, dans une solitude amère et inconsolable. Désormais, grâce à Roxanne, elle sait qu'il se relèvera. Et elle espère qu'il fondera sa propre famille, pour que le clan des Vernier ne s'éteigne pas.

Cela fait deux jours qu'elle n'a pas quitté son lit. Son ventre gonfle et chaque mouvement est devenu une épreuve à surmonter. Ce matin, saisie par la douleur qui ne s'évanouit plus, elle sait que l'heure est venue.

Cassandra, toujours ponctuelle, arrive dans sa chambre avec un sourire que Marguerite va devoir éteindre.

— Asseyez-vous donc près de moi, il faut que je vous parle, lui dit-elle alors que l'infirmière repousse la porte sans la fermer.

— Dites-moi..., répond Cassandra en s'installant à ses côtés.

— Je suis très fatiguée, et je voudrais dormir, sans me réveiller. C'est maintenant, et il va falloir être forts, tous ensemble, d'accord ?

— Déjà, vous êtes sûre ?

— Oui, plus personne ne pourra me tourneboule la cervelle à ce stade. Je ne veux pas que ça devienne plus moche que ça. Vous comprenez ?

Cassandra baisse les yeux.

— Je comprends.

— Vous saviez qu'on en arriverait là, n'est-ce pas ?

— Oui.

— Alors j'ai besoin que vous soyez un roc pour eux, parce qu'ils vont forcément s'effondrer. Mais, vous, vous me connaissez moins, et c'est votre métier, donc il ne faut pas que vous craquiez avec eux. Vous pensez y arriver, pour moi ?

— Ne vous inquiétez pas pour ça.

— Très bien. Dans la valise, là, il y a une paire de chaussures dans un sac et, à l'intérieur, il y a une boîte pleine de pilules. Des médicaments et des somnifères, ça devrait faire l'affaire.

Emmanuel, dont les oreilles ne sont jamais loin, pénètre à son tour dans la chambre. Son visage trahit son indiscrétion.

— Ma…
— Mon chéri, je suis désolée, mais…
— Ne t'excuse pas, surtout pas, dit-il en s'asseyant à la place que Cassandra vient de libérer.
— J'expliquais à Cassandra que…
— J'ai entendu, mais on ne va pas procéder comme ça, si tu veux bien.
— Mais comment, alors ?
— Samwel a demandé à Nembris et il y a un cactus dont la sève, à haute dose, est… Enfin, tu vois.
— Je vois. Ça m'éteindra, avec un somnifère ?
— Voilà.
— Ce soir ?
— Demain, si tu veux bien ?
— Demain, alors.
— Je voudrais rester avec toi aujourd'hui. Et demain, promis, je te laisserai partir.
— Demain, je passerai la main à Roxanne et c'est elle qui dormira près de toi, mon chéri. Pense à ça…
— Oui.
— J'aimerais juste qu'on fasse ça sous les étoiles.
— Alors, on fera ça sous les étoiles, dit Emmanuel en caressant la main de sa grand-mère.

41.

Emmanuel

Une à deux fois par an, dans le Nord tanzanien, dans la vallée du Grand Rift, la terre tremble. Aujourd'hui, l'activité sismique, les plaques qui se séparent et le tremblement de terre qui en découle sont dans le cœur d'Emmanuel.

Son enfance, son adolescence, ses souvenirs en famille lui reviennent comme un boomerang. Les odeurs de cuisine à la maison ou au restaurant, les sapins de Noël aux allures de clown démodé, les goûters d'anniversaire gargantuesques pour compenser les absents, les week-ends à la mer qui lui ont donné le goût du voyage, les promenades dans les parcs et la naissance de sa passion pour la photographie, les heures à bricoler avec Auguste et les heures de lecture avec Marguerite : tout rejaillit et se disperse en pensée, comme une cohorte d'étincelles.

Il revoit ses grands-parents qui venaient le chercher à l'école au milieu des parents des autres. Cette cellule familiale différente, mais soudée. Celle grâce à laquelle il s'est façonné, en marge et libre de l'être.

Marguerite s'est assoupie. Cassandra et Roxanne se sont mises à l'écart. Alors, il laisse les larmes couler, en silence. Elles sont rares mais, ici, incontrôlables. Peut-être qu'en les expulsant, il expulsera ne serait-ce qu'une infime partie de la peine qui l'envahit ? Il s'en veut d'être si fragile devant l'inévitable qui, pourtant, s'était annoncé.

Durant plus de cinquante ans, cette femme a été son roc, son étoile du Berger. Il lui a si longtemps semblé qu'aucune tempête ne pourrait la faire plier, qu'elle était incassable, qu'elle s'adaptait aux affronts de la vie et de la mort avec une résilience désarmante. Mais, devant son corps plus frêle encore qu'il y a quinze jours, il prend pleinement conscience qu'il est temps de lui dire au revoir. Et il se sent comme un éléphanteau devant sa mère s'apprêtant à pousser son dernier soupir.

Il cherche les mots pour aujourd'hui et pour demain. Comment accompagner un proche quand on sait qu'il s'en va ? Lorsqu'Auguste est parti, personne n'a pu lui faire ses adieux. Il est mort, comme la majorité des gens, sans prévenir, foudroyé par un accident vasculaire cérébral. Mais, le départ de Marguerite, lui, est orchestré. Et, s'il a su diffuser de la lumière dans ces dernières semaines, comment va-t-il, dans quelques heures, lui tenir la main sans flancher ?

On ne peut jamais dire assez, parce qu'on n'a jamais fini de parler à quelqu'un qu'on aime autant.

On ne peut jamais regarder l'autre assez, parce qu'on n'est jamais rassasié de son visage.

Le seul rempart à sa détresse, c'est de faire passer l'apaisement de sa grand-mère avant la douleur qui lui brûle le ventre.

*

— Mon chéri, dit Marguerite en se réveillant.

— Oui, Ma, je suis là.

— J'ai eu une longue vie, tu sais.

— Je sais.
— Et on a eu plein de bons moments.
— Oui, tellement.
— Il faut que tu penses à toi, maintenant. À toi, à Roxanne, à tes photos et à tout ce qui te rend heureux, murmure-t-elle dans un filet de voix.

Emmanuel baisse les yeux, il contient l'eau, il se bat contre ses assauts.

— Tu veux bien me promettre quelque chose ? reprend-elle.
— Ce que tu veux.
— Promets-moi que tu vas essayer de te concentrer plus sur la vie, et un peu moins sur tout ce qui te révolte. La colère, ça ronge, même quand elle est justifiée. Tu ne peux pas porter toute la misère du monde et toute la misère des éléphants...
— Je te promets d'essayer. Tu ne veux pas manger un petit truc ? Roxanne a fait une tarte aux légumes...
— Non, s'il te plaît, non.
— Bois un peu, au moins.

Marguerite se relève comme elle peut et il l'aide à mettre la paille en bambou dans sa bouche, pour qu'elle avale quelques gorgées d'eau.

— Merci, mon grand. Tu as été un des plus grands bonheurs de ma vie, avec ta mère, ton grand-père et ta grand-tante.
— Ma...
— Tu n'es pas obligé d'être fort, tout le temps. Tu peux te laisser aller, mon chéri. Je sais que c'est difficile.
— Toi, tu es si forte.
— Seulement quand on me regarde. Je ne suis pas surhumaine, personne ne l'est. Enfin, sauf là-haut.

Marguerite passe ses mains derrière sa nuque, puis elle reprend :

— Tiens, prends ma croix, elle te protégera. Et, un jour peut-être, tu la donneras à ton tour…

Emmanuel s'effondre. Marguerite l'invite à poser sa tête sur son ventre, comme lorsqu'il était enfant et qu'il avait un gros chagrin.

Dehors, le ciel s'assombrit à mesure que la nuit s'installe. Et cette obscurité est comme un habit respectueux de leur pudeur dans l'adieu.

42.

Roxanne

En quelques heures, tout est remonté à la surface. L'impact des mots lorsqu'on lui avait annoncé la mort d'Hélène au téléphone, la sensation de vide dans le silence qui avait suivi. Tous les visages qu'elle a dû croiser et regarder pour arrêter de n'en voir qu'un, translucide et insaisissable, qui occultait le monde derrière lui. Le visage de sa grand-mère a repris dans sa mémoire sa juste place, plus paisible, au fur et à mesure que Roxanne a marché, de ville en ville, et volé de pays en pays, pour combler le trou béant, à coups de rencontres, d'expériences humaines et chamaniques.

Puis, elle a rencontré le visage de Marguerite, qu'elle n'avait jamais remarqué avant, lors de ses anciennes visites, à l'époque où elle ne prenait pas le temps d'ouvrir grand les yeux. Et, sur ce visage-là, elle a lu une curiosité et une histoire, dans un mélange d'espièglerie en sommeil et de lassitude mal camouflée. Sur ce visage, aujourd'hui, elle voit les traits communs avec l'homme qu'elle aime. Alors, l'idée de ne plus l'avoir près d'elle, l'idée de ne plus e cette voix qui a porté tant de messages l'ébranle ;us qu'elle ne le voudrait.

abri des regards, sous la lune, elle tire nerveusement ur un cigarillo au fond du jardin. Ici, la fumée n'incommodera personne. Elle observe Rafiki qui chasse son repas, et elle essaie de chasser la morosité. Elle veut être l'épaule solide dont Emmanuel a besoin et que Marguerite souhaitait pour lui. Elle lui doit bien ça.

*

Dans la tente au-dessus du 4×4, Roxanne s'adapte au rythme d'Emmanuel. Une alternance de mots et de silence. Elle éponge ce qu'elle peut, mais ne contrôle rien. Il s'abandonne à elle, et elle se fait le réceptacle de l'amour et du déchirement qui débordent. Elle entoure sa peur, celle avec laquelle il va encore devoir cohabiter des heures. Jusqu'au soir, aux étoiles et à l'au revoir.

— J'espère vraiment qu'elle va partir en douceur.

— On va tout faire pour, répond Roxanne.

— Normalement, avec la sève du cactus et le somnifère, ça devrait aller.

— Si Nembris l'a confirmé à Samwel, c'est qu'ils savent ce qu'ils font, ne t'inquiète pas.

— Oui… Il va me l'apporter demain matin, il m'a dit qu'il me réexpliquerait comment il faut procéder, dit gravement Emmanuel.

— C'est un mec bien, Samwel.

— Tu sais que c'est vraiment par amitié qu'ils nous aident, tous les deux. Ici, on n'aide pas les gens à mourir. On les aide à vivre, jusqu'au bout.

— Ils sont très croyants, c'est pour ça, j'imagine.

— Oui, ce n'est pas dans leur culture, et ça va contre leur foi de faire ça. Enfin, Sam, lui, c'est un peu différent, parce qu'il est animiste.

— Ça lui va bien, cette croyance. En tout cas, c'est une belle preuve d'amour et de respect pour toi et pour Marguerite. Accroche-toi à ça, aussi…

— Je m'accroche surtout à toi, dit Emmanuel en serrant Roxanne dans ses bras. Merci d'être là pour nous.

— C'est tout autant par amour, tu sais, répond-elle en approchant son visage du sien.

Leurs lèvres se retrouvent et s'animent dans la nuit calme qui ressemble à l'œil d'un cyclone. Leurs deux corps reprennent le pouvoir sur l'instant, comme, plus tard, la vie reprendra ses droits après la mort.

*

Roxanne et Emmanuel n'ont jamais trouvé le sommeil. Depuis qu'ils se sont levés, ils sont dans une sorte de mode automatique. Il a fait le café, elle a découpé quelques fruits pour le petit déjeuner, et Cassandra a aidé Marguerite à faire sa toilette. Cette dernière a insisté : elle veut mourir propre, habillée, dans la dignité. Alors, comme des petites fourmis autour de leur reine, aujourd'hui, ils vont respecter chacune de ses volontés.

Pendant qu'Emmanuel guette l'arrivée de Samwel, Roxanne se décide à aller, à son tour, au chevet de la vieille dame. Elle tremble, mais n'en montre rien lorsque, après avoir toqué à sa porte, elle entre dans la pièce.

— C'est un vrai défilé, dit Marguerite, qui essaie, avec humour, de garder une contenance.

— Vous n'aviez qu'à pas compter autant pour nous, répond Roxanne, sur le même ton.

— Bon, bon, ce n'est pas la fin du monde, c'est juste la fin d'un cycle.

— Comment vous sentez-vous ?

— Étrangement mieux depuis quelques heures. C'est sûrement le mieux d'avant la mort, mais ce n'est pas désagréable. Et vous ?

— Moi ? Ça n'a aucune importance.

— Mais, si enfin. Pourquoi vous dites ça ? Tout va bien avec Emmanuel ?

— Oh ça, oui.

— Ah, vous voyez ! Tout n'est pas noir !

La voix de Marguerite est faible, mais sa verve est toujours là.

— Vous allez beaucoup me manquer.

— Je vais peut-être retrouver votre grand-mère, et la rencontrer pour de vrai, cette fois-ci, qui sait ? Je lui dirai tout le bien que je pense de vous.

— J'aimerais vachement croire à ça.

— Eh bien, laissez-moi y croire pour vous.

Roxanne acquiesce, en essayant de réprimer le malaise qu'elle ressent. Ce matin, Marguerite n'a pas l'air de quelqu'un qui s'apprête à mourir. C'est déconcertant.

— Vous voulez manger, ce midi ?

— Juste un morceau de chocolat. Un dernier.

— OK.

— Et j'aimerais bien que vous me fassiez votre méditation après... Pour que je me repose mieux avant ce soir. Il faut que j'aie la force d'aller jusqu'au jardin.

— Ne vous en faites donc pas pour ça ! Nous, on a toute la force qu'il faut pour vous porter. Mais avec plaisir pour la méditation.

— Vous aimez bien la tenue que j'ai choisie ? demande Marguerite en passant sa main sur le tissu.

— C'est très élégant, comme vous.

— Merci, ma grande. Allez donc voir Emmanuel, il a plus besoin de vous que moi, maintenant...

— Je reviens un peu plus tard avec le chocolat, d'accord ?

— Oui, et si vous pouvez me renvoyer Cassandra, ce serait parfait.

— D'accord. À tout à l'heure.

*

En Tanzanie, le soleil se lève et se couche tôt. Roxanne aurait voulu que ce soir, il se couche beaucoup plus tard. Elle aurait préféré que les étoiles mettent des heures à se dévoiler, qu'elles se fassent désirer.

Sur la table, le dernier repas à partager n'a enchanté personne. Les ventres sont restés vides, ou presque, comme pour contrebalancer le trop-plein dans le cœur de chacun.

Alors qu'elle fume dans son coin, Roxanne observe Emmanuel et Marguerite, de loin. Bientôt, elle ne pourra plus jamais les voir ensemble. Elle tente de fixer les images dans sa tête. Marguerite est allongée sur un duvet, tandis qu'Emmanuel s'occupe du petit feu de camp qu'il entretient depuis une heure dans le brasero en métal de son jardin.

Roxanne souffre pour lui, pour eux. Marguerite a beau garder la face, elle ne doit pas moins endurer les adieux.

Roxanne souffre avec eux. Elle aime tellement cette dame qui, un jour, s'est présentée à son atelier de jeu de cartes, avec sa canne et ses yeux épuisés d'avoir trop vu. Elle aussi a, étrangement, l'impression de quitter un membre de sa famille.

43.

Marguerite

Les flammes dansent dans les pupilles de Marguerite qui s'est redressée face au feu, aidée par Emmanuel. Le dos contre le torse de son petit-fils, assise entre ses grands bras, elle s'apprête à porter à sa bouche la bouteille en verre qui contient la préparation.

Elle n'est plus autant en forme que ce matin, mais, pour eux, elle a donné tout ce qu'il lui restait. Les uns à côté des autres, ils ont admiré les étoiles. Emmanuel en a profité pour lui décrire le ciel, et lui expliquer que les Maasaï ne voyaient pas les étoiles comme eux. Là où la majorité voit le baudrier d'Orion, les Maasaï voient trois femmes de mauvaise vie qui ont quitté le village. Et surtout, ils voient les étoiles en couleur.

Marguerite a trouvé ça étonnant, mais poétique.

Un peu après, les yeux perdus dans l'immensité insaisissable, elle a demandé à Emmanuel de s'allonger près d'elle et d'écouter. Elle lui a dit que si elle avait voulu mourir dans la nuit, choisir son heure en plus de son jour, c'est parce qu'elle voulait qu'il se souvienne d'elle vivante. Que les morts, ça hante, et qu'elle en savait quelque chose. Elle a ajouté qu'il faudrait ensuite aller chercher un drap et que lorsqu'il sentirait qu'elle s'en va, il faudrait le mettre sur elle. Elle a assigné cette mission à Cassandra. Après cela, elle a demandé à être déposée sur son lit, en attendant qu'on vienne chercher son corps. Il faudrait qu'ils soient forts, et qu'ils ne touchent plus ce drap. Emmanuel a acquiescé, sans prononcer un mot. À cet instant, rien ne semblait plus passer le barrage de sa gorge nouée.

L'urne d'Auguste contre son flanc, elle regarde une dernière fois Roxanne et respire l'odeur de la peau d'Emmanuel, tout près d'elle. Avec le sentiment d'avoir tout dit à ses petits, elle avale le somnifère. Puis, elle boit le litre d'eau qui contient les trente doses du cactus *Orpopong'i.*

Elle n'a pas peur. Au fil des gorgées, elle pense successivement à Irène, à Auguste, à Suzanne, à Paulette et à Lucien. S'ils y sont tous, elle peut y aller aussi, où que ce soit. Elle est prête.

Emmanuel lui masse doucement les épaules tandis qu'elle finit le dernier quart de son interminable boisson.

Tout le monde devrait mourir ainsi, pense-t-elle. Entourée d'amour, sous un ciel clément, dans un jardin, avec un petit singe qui traîne pas loin. Mourir au cœur de la vie, avec délicatesse. Éteindre la douleur au moment opportun. Avoir le choix, le contrôle de l'interrupteur.

Marguerite se rallonge enfin. Désormais, elle économise son souffle.

Emmanuel, toujours derrière elle, est lui-même enlacé par Roxanne. Cassandra se tient à côté de leur file indienne. Ils restent un moment comme ça, immobiles et silencieux.

Puis, Marguerite s'agite un peu. Et Emmanuel, doucement, commence à lui murmurer le poème qu'il a appris par cœur la nuit dernière.

À son oreille, elle entend les mots de Simone Veil. Les vers de son poème intitulé « Il restera de toi ». Certains de ces vers la retiennent, pour un instant : « Ce que tu as donné, en d'autres fleurira », « Il restera de toi ce que tu as perdu », « Il restera de toi ce que tu as semé »...

Et, sans plus penser, elle se laisse glisser. Ailleurs, peut-être, les absents d'ici l'attendent.

44.

Emmanuel

LES JAMBES D'EMMANUEL ne pèsent pas moins lourd que les pattes d'un éléphant. Chaque mouvement lui coûte. Se mouvoir, c'est être dans la vie, et, aujourd'hui, c'est être dans la vie sans elle. Il n'est pas encore en accord avec cette réalité-là. Il a, à la fois, le sentiment du devoir accompli et celui du manque que rien ne viendra combler.

Le corps de Marguerite est parti et, bientôt, il sera incinéré, à Arusha. Il doit s'occuper des formalités auprès du consulat, sans éveiller de soupçons sur la mort pas tout à fait naturelle de sa grand-mère. Mais, à un âge pareil, et sans autre famille, personne ne viendra s'en soucier.

Comme elle le souhaitait, elle reposera dans une urne, près de celle d'Auguste, dans le caveau familial où reposent déjà Irène et ses grands-parents paternels. En attendant l'heure de la réunion des corps et des cendres à Paris, elle a demandé à Emmanuel de garder son urne près de lui, comme elle l'a fait tant d'années avec Auguste.

Lui, qui a toujours trouvé loufoque mais attendrissante cette manie de trimballer son grand-père, ne sait pas encore comment il va s'approprier cette idée.

Tout ce qui a trait à la mort, à la crémation, au cimetière et à la poussière ne l'a jamais intéressé. Il a fui ces rendez-vous-là, qui ne faisaient que lui rappeler, d'une certaine manière, que sa naissance avait tué sa mère.

Aujourd'hui, pourtant, il est le dernier Vernier à pouvoir s'en occuper. Marguerite ne peut plus le suppléer comme elle l'a fait toute sa vie. C'est à son tour de faire front, de regarder la mort et ses restes en face, comme dans le Selous, il a affronté les os, les cadavres et les errances de ceux qui avaient survécu.

La différence, c'est que les éléphants, eux, n'ont pas de sépulture. Ils sont simplement rendus à la nature.

*

En entrant dans cette chambre – qui a toujours été la sienne et qui, en quelques semaines, est devenue celle de Marguerite –, Emmanuel retrouve le parfum de sa grand-mère. Il n'a pas quitté la pièce. Il est toujours accroché aux tissus, aux murs, à ses affaires. C'est comme si, en baissant les paupières, il pouvait rembobiner, et se retrouver dans son étreinte, dans ses bras.

Pourtant, il le sait, elle n'est plus là.

Sur le lit, sur l'oreiller, il y a des enveloppes, posées en évidence. Il s'approche et les saisit. Une est à son nom, une autre à celui de Roxanne, et les deux dernières sont pour Sylvie et Ismaël.

— Rox ? appelle-t-il.

— Oui ?

— Viens voir…

— J'arrive.

— Ma nous a laissé des lettres, lui dit-il tandis qu'elle le rejoint.

— Tu veux les lire maintenant ? l'interroge-t-elle.

— Je ne sais pas. T'en penses quoi ?

— Moi, je ne suis pas patiente, donc mon avis ne compte pas.

— On les lit ensemble ?

— Oh, il y en a une pour Ismaël ! s'exclame Roxanne en les manipulant.

— Il faudra qu'on lui fasse suivre.

— Mais non, Cassandra lui donnera en main propre en rentrant, c'est encore mieux !

— Tu as raison.

— C'est qui Sylvie ? demande Roxanne.

— Une vieille amie, qui vit à Paris.

— OK. On lit les nôtres, alors ?

— Oui. On commence par laquelle ?

— La tienne ? suggère-t-elle.

— D'accord.

Assis l'un à côté de l'autre sur le lit, flanc contre flanc, ils se donnent du courage sans se le dire. Emmanuel ouvre son enveloppe et déplie le papier, Roxanne se rapproche encore et pose une main sur sa cuisse.

— Ce n'est pas l'écriture de Ma..., dit-il.

— Elle a dû demander à Cassandra de tenir le stylo pour elle, suppose Roxanne.

— Sûrement. C'était vraiment bien qu'elle soit avec nous.

Roxanne sourit, parce qu'elle sait que c'est sa façon à lui de dire merci. Puis, à voix haute, il commence la lecture.

« Mon chéri,

Je sais qu'en lisant cette lettre, tu auras le cœur lourd. Je sais aussi que tu vas essayer de ne rien montrer. Et c'est pour cela que je devais t'écrire. Tout le chagrin que tu as contenu...

Emmanuel s'interrompt, sa voix subit déjà la rupture que provoquent ces mots-là. Alors, elle prend délicatement le relais, sans lui retirer la feuille des doigts.

...Tout le chagrin que tu as contenu, toutes les émotions que tu as enfermées à double tour lorsque tu étais petit, et puis après l'histoire avec Anissa, il faut les laisser sortir. Il n'y a que comme ça que tu trouveras la paix. En acceptant de ne plus rien verrouiller. Tu n'es pas juste un réceptacle pour ces fardeaux. Tu es un homme comme on en fait peu, et tu mérites d'être heureux.

Je te l'ai déjà dit, mais aujourd'hui, je te l'écris : je suis extrêmement fière de toi, mon grand. Je suis fière des risques que tu as pris, je suis fière de cette bonté dans ton cœur, je suis fière de ton courage – que tu as encore démontré en allant photographier les restes des éléphants –, et je suis fière de t'avoir vu tomber le bouclier avec Roxanne. C'était si beau d'assister à cette métamorphose... Si beau de pouvoir vous observer tous les deux avant de partir...

Je voudrais que tu saches que tu as le droit au bonheur. Je voudrais que tu chasses les croyances et les peurs qui t'ont parfois paralysé. L'histoire ne fait pas que se répéter. Laisse sa chance à cette opportunité de te construire ta propre trajectoire sentimentale, et familiale. S'il n'était pas trop tard pour que je voie ta Tanzanie, il n'est jamais trop tard pour rien.

De là-haut, je veillerai sur toi, mon chéri. Je serai la caresse du vent, le rayon de soleil sur ta peau, la pluie quand tu as trop chaud. Et, tant que tu vis, je vivrai en toi.

Je t'aime, jusqu'aux étoiles.

Ta Ma »

Sur leurs visages, les larmes roulent, mais les phrases de Marguerite les font aussi sourire, même dans la mélancolie de l'instant.

Emmanuel laisse Roxanne ouvrir et lire la lettre qui lui est adressée.

« Chère Roxanne,

Je t'ai toujours vouvoyée, mais, maintenant que tu fais partie de la famille, j'ai envie de te dire « tu ».

Je bénis le jour où j'ai décidé de descendre à ton atelier pour me dégourdir les jambes et me divertir de ta jeunesse. Tu imagines, si j'étais restée dans ma chambre au troisième, tout ce que nous aurions manqué ? Mais, je crois que, sans le savoir, nous avions rendez-vous.

Comme je suis heureuse de partir en sachant que tu es là pour lui, et qu'il est là pour toi. J'aime bien l'idée d'avoir participé. Vous porterez, dans votre histoire, un peu de moi.

Avant de te laisser, et de ne t'accompagner plus qu'en pensées, j'ai quand même plusieurs choses à te dire :

J'espère que tu trouveras le chemin de la réconciliation avec ta maman, et ta sœur, Eva. Je n'ai pas tous les tenants et les aboutissants de cette guerre froide, mais, tu le sais, on vit mal avec les regrets.

Je pense que tu vas faire de grandes choses ici : fais-toi confiance. Les enfants sont l'avenir, et tu t'es déjà bien assez occupée des vieux...

Tu avais raison, le poker, ce n'était plus ta route. Et je suis fière de toi, comme l'est sûrement Hélène, depuis son nuage où elle doit trouver le moyen de faire trop de bruit.

Enfin, il faut absolument que tu arrêtes de fumer, parce que ça sent très mauvais et que ça diminue la fertilité...

Prends soin de toi et de lui.

Avec toute mon affection,

Marguerite »

*

Depuis deux jours, Emmanuel et Roxanne ne répondent qu'à leurs besoins primaires, enfermés dans leur cocon, sans quitter la maison. Ils font l'amour, ils pleurent, ils se tiennent chaud, ils mangent, et ils recommencent.

Au fur et à mesure, parce qu'ils épuisent leurs corps, la sensation de faim revient.

Las de dormir dans la tente et ne concevant pas de dormir dans la chambre, ils se sont constitué une couche de fortune, à même le sol. Enroulés dans les draps, les cheveux en bataille et la peau en nage, ils combattent la peine par le plaisir. Ils s'abandonnent l'un à l'autre et ils se font du bien.

La douceur et la fougue de leurs ébats réaniment la femme et l'homme. Ils ne sont plus simplement le fils, la fille, le petit-fils ou la petite-fille, ils sont aussi deux êtres humains qui redécouvrent, un peu plus chaque jour, la plénitude que confère le sentiment amoureux.

Lorsqu'il caresse Roxanne, lorsqu'il sent les vibrations sous sa peau, Emmanuel n'est plus hanté par ce qui pourrait ressembler à un syndrome de l'imposteur. Il n'a plus cette impression de lui voler sa jeunesse. Certaines connexions dépassent ce genre de considérations. Marguerite, dans sa sagesse, l'a toujours su et toujours démontré.

Si le nombre d'années inscrites au compteur de chacun est une réalité, ça ne pèse pas lourd face à l'évidence d'une rencontre.

Ensemble, Emmanuel et Roxanne ne font pas que recoller les morceaux et reconnaître les fêlures, ils dessinent aussi un chemin, dans une zone inexplorée et pleine de promesses.

Plus tard, alors que Cassandra, qui rentre de safari, raconte à Roxanne ce que ce monde sauvage a éveillé en elle, Emmanuel, retrouve soudain l'envie d'aller se reconnecter à la terre et aux autres. L'envie de faire un foot, comme au bon vieux temps.

En allant récupérer Cassandra à Bashay, ils sont passés devant le terrain où les jeunes du coin dépensent leur surplus d'énergie en fin de journée. Et, avec quelques minutes de décalage, Emmanuel a répondu à leur invitation, en les rejoignant en petites foulées.

L'air qui circule de ses poumons à ses narines, dans une cadence particulière, lui rappelle que la vie continue, même si une étoile de plus brille désormais dans la nuit. Une étoile qu'il aimerait, comme d'autres, voir en couleur, pour la reconnaître.

45.

Roxanne

Roxanne s'est installée sur la table extérieure pour découper quelques légumes et préparer le dîner sous les lampadaires. Autour d'elle, Rafiki zigzague à lui en donner le tournis depuis qu'il s'est réveillé. Il rentre et sort de la maison, à la vitesse de la lumière et à sa guise. Si elle est habituée à ce quart d'heure de folie du primate, elle ne s'attendait pourtant pas à ce qu'il vienne la narguer, avec un préservatif dans la bouche. Elle n'en croit pas ses yeux.

— Mais, rends-moi ça tout de suite ! s'exclame-t-elle.

L'animal, toujours aussi peu concerné par les rappels à l'ordre des humains qui vivent ici, fait quelques bonds dans la direction opposée.

— Rafiki ! insiste-t-elle.

Rafiki, ses yeux ronds, sa queue en panache et son museau de fouine déploient toute leur insolence et sortent du halo de lumière pour se cacher dans l'obscurité.

— Ce singe est une plaie !

— Tu parles toute seule ? demande Emmanuel qui arrive au cœur de l'agitation.

— Non, je parle à ton singe.

— Ce n'est pas MON singe, dit-il en souriant.

— Oui, enfin tu vois ce que je veux dire.

— Il t'a piqué un truc sur la table ?

— Non, pire ! Il nous a volé un préservatif et il joue avec figure-toi…

— Ah ! Bon, on en a d'autres.

Roxanne soupire.

— C'est vrai.

— Cela dit, il y a quelques jours, j'ai déjà trouvé la boîte renversée, et je me demandais pourquoi. Maintenant, tout s'explique. Il faut que je fasse du troc pour récupérer celui-là avant qu'il l'abandonne dans la nature.

— Ça ferait tache, c'est sûr. Ça a les dents coupantes, un *bush baby* ?

— Pointues, comme des aiguilles, dit Emmanuel en cherchant ce qu'il va pouvoir utiliser en monnaie d'échange.

— C'est rassurant, réplique Roxanne en regardant intensément Emmanuel.

— Oh, ne t'inquiète pas, il ne va pas venir te mordre les fesses. Il mord surtout les objets inertes, comme mes chaussures. Et, dans le vivant, il préfère les insectes.

Roxanne n'insiste pas. Après tout, quelle est la probabilité ? Elle replonge la tête dans les légumes, en détournant le regard de cette petite tornade effrontée.

Emmanuel, quant à lui, tente le coup avec une fleur dans une main, et un peu de gomme d'arbre dans l'autre. Mais Rafiki n'en a pas fini avec sa trouvaille.

— Je crois qu'il va falloir que je trouve un coléoptère ! peste-t-il en revenant bredouille.

Le lien qu'il a tissé avec ce *bush baby* est trop fort pour se formaliser de son comportement. Et, finalement, Roxanne trouve ça attendrissant.

Un peu plus tard, elle ne peut, malgré tout, réprimer l'envie d'aller observer les chaussures d'Emmanuel. Quand on y fait bien attention, on peut, en effet, voir les traces du passage de Rafiki par là. De minuscules trous, discrets.

*

Roxanne n'a jamais aimé les au revoir. Souvent, lorsqu'elle prenait l'avion pour une nouvelle destination, un prochain casino, un nouveau tournoi, elle s'éclipsait sans bruit et sans mots. S'il y avait un homme dans son lit, un ami dans l'appartement, ou un membre de sa famille dans une pièce voisine, elle savait qu'elle se ferait pardonner la fois suivante. Enfin, sauf pour l'homme que, sans doute, elle ne reverrait pas.

Pourtant, à quelques minutes du départ de Cassandra, les choses sont différentes. Dans cet au revoir-là, il y a tant d'émotions entremêlées. La reconnaissance réciproque, le sentiment d'une mission accomplie, la fin d'une époque et le début d'une autre.

Avant de monter dans la voiture qui la conduira à l'aéroport, Cassandra leur dit qu'elle n'est pas tout à fait la même en quittant ce pays, et qu'elle les en remercie. Emmanuel lui répond que c'est bon signe pour la suite, et Roxanne lui fait promettre de lui donner des nouvelles d'elle, d'Elia et de la lettre pour Ismaël.

Puis, ils s'installent à leur tour dans un 4×4, avec les urnes de Marguerite et d'Auguste coincées dans les filets à l'arrière de leurs sièges. C'est leur première sortie depuis le fameux soir sous les étoiles. Aujourd'hui, ils vont voir des éléphants vivants.

Alors qu'ils avancent doucement dans le parc national de Tarangire, Roxanne et Emmanuel croisent une première scène sauvage, autour d'un point d'eau. Emmanuel coupe le moteur. Roxanne est émerveillée. Sous les nuages, ils observent des impalas et des zèbres qui foulent la terre aride vers la mare salvatrice. Comme tous les herbivores et comme toutes les proies potentielles, ils sont à l'affût du moindre bruit. Leur regard fuse de tous les côtés tandis qu'ils se baissent à contretemps pour laper quelques gorgées.

Moins de deux kilomètres plus loin, au point d'eau suivant, les éléphants sont déjà là, sous leurs yeux désireux.

— Tu vas voir, il y en a partout, ici. Le Tarangire, c'est leur paradis en Tanzanie. La plus grande concentration de pachydermes, dit Emmanuel.

— Qu'est-ce que c'est beau ! Je ne pensais pas en voir autant !

— Ce n'est que le début...

— Il y en a combien ? Une vingtaine au moins ?

— Oui, et regarde, là-bas, derrière...

— La vache !

Certains prennent un bain, d'autres se désaltèrent au bord de l'eau. D'autres encore se dandinent contre les arbres, de la trompe à la croupe, avec un plaisir palpable.

— Il est trop drôle, lui ! s'esclaffe Roxanne en regardant un éléphant qui se frotte inlassablement contre un acacia déraciné.

Le pachyderme en question, dont les pattes avant et les pattes arrière sont séparées par le tronc de l'arbre à l'horizontale, se balance de gauche à droite, comme pour se gratter le ventre contre l'écorce morte.

Emmanuel sort son appareil pour immortaliser les poses cocasses que lui offre ce jeune mâle d'une quinzaine d'années. Quelle meilleure façon de retrouver un équilibre qu'en figeant la vie, l'insouciance d'un instant et l'allégresse communicative ?

Roxanne est soudain débordée par son émotion. Le voir, pour la première fois, photographier ces êtres majestueux en mouvement, savoir que les cendres de Marguerite sont avec eux, et prendre conscience qu'il est suffisamment à l'aise avec elle pour s'adonner à son art en sa présence, c'est beaucoup pour une même matinée. Alors, elle évacue le trop-plein et le balaie d'un geste de la main, sans faire de bruit. Pour rien au monde elle ne voudrait perturber l'harmonie de ce moment.

*

Une semaine plus tard, Roxanne est avec Xavier, deux enseignantes et une trentaine de jeunes enfants. Au cœur du potager de Bashay, ils sont accueillis par Julius, le Tanzanien responsable des lieux. Roxanne est tout de suite frappée par l'immensité de ses mains. Des mains de travailleur. Les mains de quelqu'un qu'on a envie de respecter, instinctivement.

Comme Julius ne parle pas un mot d'anglais, et que Roxanne n'a appris que trois mots de swahili, Xavier – toujours fier de montrer l'ampleur de ce potager qu'il a financé – se charge de faire l'interprète. Les enfants semblent en terrain familier.

Avec un sourire généreux, Julius explique que les crottes de chèvre, dont ils vont avoir besoin pour préparer le sol, sont dans le vieux tracteur à l'entrée. Le Massey Ferguson de 1960 que Xavier a fait recarrosser et repeindre, il y a quelques années. Dans cet écopotager, il n'est pas question d'utiliser des produits toxiques et agressifs. Tout est pensé pour cultiver le terrain de la manière la plus pure, afin de produire des denrées biologiques. Pour travailler la terre, ils ont donc recours à ce fumier naturel et très accessible.

Tout autour des vingt-sept sortes de légumes, il y a des rangées d'œillets d'Inde utilisés comme des répulsifs freinant l'invasion des insectes, ainsi que des fruits de la passion, qui ont les mêmes propriétés. Xavier précise à Roxanne que les autres insecticides dont ils se servent sont essentiellement fabriqués à base de purin d'ortie. Les deux cents arbres fruitiers ont été disposés de manière à offrir l'ombre nécessaire aux cultures. En Tanzanie, en effet, le problème n'est pas le manque de soleil et le froid, mais le trop-plein d'eau à la saison des pluies et le risque de voir les légumes griller lorsque le soleil tape trop fort. Il faut donc être astucieux dès le départ. C'est pourquoi ils ont aussi opté pour un arrosage au goutte-à-goutte que l'on appelle le « *dripping system* ». Ces grands tuyaux noirs poreux permettent d'économiser l'eau, tout en arrosant en permanence.

Si, comme les enfants, Roxanne découvre les techniques privilégiées ici, elle n'est pas mécontente d'avoir été à l'origine de cette initiative conviviale. Elle permet aux petits d'occuper leurs mains autrement dans ce cadre scolaire, et de relever les différences entre cette manière de cultiver et ce qu'ils ont déjà pu observer chez eux.

Les maîtres mots sont clairs : être en harmonie avec la nature.

Ici, même à six ou sept ans, les enfants savent travailler la terre, mais ils n'ont pas forcément la connaissance des outils modernes et respectueux de l'environnement. Pourtant, comme les pensionnaires chez Elia, ils ont un enthousiasme débordant, et déjà une opinion. Malgré la différence de lieu et d'âge, Roxanne a une étonnante impression de déjà-vu.

Avant de pouvoir planter des tomates, des aubergines ou encore des épinards, il va falloir préparer les lits de semence. La troupe volontaire s'organise et, même si la barrière de la langue l'empêche d'en être le chef d'orchestre, elle est heureuse de relever ses manches sous les feuilles d'un bananier. Elle est heureuse d'être entourée par cette jeunesse en uniforme, dynamique et rieuse, qui a soif de faire et de bien faire.

Dans quelques heures, les enfants rejoindront leurs parents, avec des fruits et légumes qu'ils auront récoltés eux-mêmes.

*

Lorsqu'elle rentre à Karatu, Roxanne retrouve Emmanuel, concentré à son bureau. Pendant qu'elle prenait ses marques avec les écoliers, lui travaillait sur ses projets en cours et dessinait à distance les contours de son prochain livre avec son éditeur. Il lui laisse ainsi l'espace de liberté nécessaire pour qu'elle trouve sa place ici.

Depuis le départ de Marguerite, Roxanne découvre la vie à deux. Elle le regarde prendre le dessus sur son chagrin grâce à sa bulle créative. Et le courage dont il fait preuve chaque jour est une source infinie d'inspiration pour ses propres défis.

Ce soir, elle lui a néanmoins concocté une échappatoire différente. La respiration par le travail ne suffit pas, alors elle a organisé une partie de poker avec Xavier, Lela et Samwel, dans le lodge géré par Alvin.

Doucement, elle le sort de son cocon de concentration.

Aimer quelqu'un, c'est aussi savoir lui faire quitter sa zone de confort, dans son propre intérêt. Et, en l'occurrence, le conduire sur un terrain inconnu pour lui, qu'elle-même maîtrise à la perfection.

Pour elle, c'est également une manière de réinventer un plaisir, en le partageant, sans compétition, avec de nouveaux visages.

46.

Roxanne et Emmanuel

Six mois plus tard.

DANS LE FROID DE FÉVRIER, sous le vent harassant, Roxanne et Emmanuel avancent, blottis l'un contre l'autre, vers le taxi qui les attend. Paris est polaire, mais, comme un écrin de lumière dans la nuit, elle réchauffe le cœur des passants de la petite musique si particulière qui émane de ses rues. Le vrombissement des moteurs et les sirènes se mêlent aux bruits de la vie, depuis les terrasses chauffées, les portes qui s'ouvrent ou se ferment, et les trottoirs encore animés.

Sur la banquette arrière de la voiture, Emmanuel ne desserre pas l'étreinte autour des épaules de Roxanne. Ce soir encore, sa présence a mis du sel dans toutes ces choses qu'il avait l'habitude de faire seul depuis si longtemps. Avoir cette femme près de lui, se perdre dans son regard au milieu de tous ces yeux inconnus, a décuplé l'excitation que représentait cette rencontre en librairie. Depuis toujours, les signatures de ses livres photos sont à la fois des heures gratifiantes et un tourbillon étourdissant de visages. Mais, avec Roxanne à ses côtés, tout était un peu différent. Il avait un point d'ancrage.

— C'était bon de revoir Ismaël et Cassandra ! dit-elle en claquant des dents, frigorifiée.

— Oui, ça remue, mais j'ai été touché qu'ils se déplacent.

— C'est très sympa. Elle doit sourire, si elle nous voit. Elle a créé beaucoup de liens, mine de rien.

— C'est vrai. Sacrée Ma, répond Emmanuel en regardant, à ses pieds, le sac à dos qui contient l'urne.

Il ne peut pas se résoudre à la sortir en public, mais il continue à respecter la volonté de Marguerite et à l'avoir près de lui, à l'abri des regards, dans les moments importants. Cette soirée de partage avec les amateurs de ses photographies en était un. Pourtant, ce premier voyage à Paris depuis son décès signe la fin de cette étrange habitude. Bientôt, les deux urnes rejoindront leur dernière demeure. Et, parce qu'il redoute cette séparation finale, cet impact à venir avec le caveau froid, Emmanuel s'accroche davantage aux cendres qu'hier.

De retour dans leur appartement de location, Roxanne se rue sous le plaid du canapé, et Emmanuel leur prépare deux infusions. Voilà quelques jours qu'ils font leur nid ici et qu'ils réapprennent la vie en ville. Si c'est plus naturel pour elle, elle s'est aussi parfaitement acclimatée au quotidien qui est le leur désormais, à Karatu. Depuis le premier grand départ, elle n'est rentrée qu'une seule fois en France, pour mettre ses affaires en ordre, voir sa famille et honorer des rendez-vous, avec Héloïse entre autres. En dehors de ces obligations-là, elle n'a jamais ressenti le besoin de s'extraire de son nouveau décor. Elle a trouvé, là-bas, une place qu'elle n'avait auparavant trouvée nulle part.

— Ah, enfin ! s'exclame Emmanuel.

— Enfin, quoi ?

— J'ai reçu la photo de Samwel et de sa copine.
— Montre !
— Attends, je regarde.

Roxanne, dont l'impatience n'est plus à démontrer, se lève d'un bond pour assouvir sa curiosité.

— Ils sont mignons ! C'est lui qui te l'a envoyée ?
— Non, tu penses. C'est Xavier qui les a pris pendant leur dîner !
— Je me disais bien…
— Si même Samwel tombe amoureux, tout est possible alors, s'amuse Emmanuel.
— Bah, et toi ? Tu es bien tombé amoureux ? le provoque Roxanne.
— Oui, mais moi c'est différent. Je ne suis pas une arme de séduction massive comme lui.
— Mouais, d'après ce que tu m'as raconté, tu en as eu quelques-unes, des femmes dans les ports, hein. Avec tous tes voyages…
— Tu t'en souviens plus que moi, dit Emmanuel en l'embrassant dans le cou.
— Et il ne t'a pas envoyé des photos des ruches, à Ormataï ?
— Pas encore.
— C'est fou que ça suffise à éloigner les éléphants.
— C'est aussi parce qu'ils ont trouvé le système de la vanille, pour les faire passer sous un pont. Ça a aidé à les faire changer de direction.
— Qu'ils soient gourmands, je comprends, mais qu'ils aient peur des abeilles, c'est un mystère pour moi.
— Les voies de la nature sont impénétrables…, conclut Emmanuel.

Un peu plus tard, ils discutent sur l'oreiller et le ton commence à monter. Ils étaient en train de parler du dîner qu'ils ont partagé avec Bianca et son compagnon, il y a deux jours, et Emmanuel a insisté pour aborder un sujet sensible : les parents de Roxanne, et notamment sa mère. Il tente de la convaincre que, si les ascendants sont butés, c'est aux enfants de faire les premiers pas pour resserrer le lien. Roxanne n'en démord pas : ce n'est pas à elle de les recontacter après le cinéma que sa mère lui a fait, lors de sa dernière et seule visite en sept mois.

— Elle n'est que dans le jugement et dans l'apparence. C'est impossible d'avoir une relation normale, avec elle. Tu ne te rends pas compte !

— J'aurais préféré une mère difficile que pas de mère du tout, répond Emmanuel.

— Oh, ce n'est pas ce que je voulais dire, arrête !

— Tu manques de recul. Je veux juste t'aider à regarder tout ça en prenant de la hauteur.

— Tu ne la connais pas…

— Justement. Tu ne crois pas que c'est plus important d'apaiser les choses ? C'est ta famille…

— C'est à elle de le faire. Je ne vois pas pourquoi elle réagit comme ça par rapport à toi.

— C'est normal qu'elle ait du mal à accepter. J'ai dix-neuf ans de plus que toi, et je vis en Afrique. Tu es butée, Rox.

— Comme toi avec ton éditeur, non ? Moi, à ta place, j'aurais essayé de comprendre ce qu'il dit sur le marché actuel plutôt que de l'envoyer paître et de changer de maison d'édition !

— Tu parles ! Avec ton caractère, ça m'étonnerait. Et puis, ça n'a rien à voir.

— Mon caractère ?

— Rox !

— Quoi ?

— Tu es chiante. Mais je t'aime quand même…

— Toi aussi, tu es chiant. Bon.

— Dans quelques mois, tout sera différent, tu verras.

Emmanuel l'étreint un instant, et, en un sourire, tout redescend. Ils sont comme un volcan qui, après l'éruption, retrouve son calme. Un volcan que tout le monde remarque dans le paysage. Un volcan solidement ancré sur terre.

Malgré sa réaction, Roxanne souffre de sa situation familiale. Elle essaie de se calmer en faisant défiler des prénoms dans sa tête. Des prénoms qu'elle aime bien. Rose, Maya, Louise, Céleste…

*

Dans un restaurant parisien trop guindé pour lui, Emmanuel, Roxanne et Héloïse dînent avec les Walker. Ce rendez-vous attendu signera certainement l'émergence d'une nouvelle ère pour « Crayons à l'horizon ». La création d'un internat d'une telle envergure, et réservé aux filles, est inédite dans l'histoire de l'association.

Les tenues des convives sont aussi hétéroclites que leur parcours de vie et leur personnalité. Et il en va de même pour ce qu'ils ont dans l'assiette. La juxtaposition du homard de M. Walker et de la salade d'algues d'Emmanuel est détonante. Roxanne a opté, quant à elle, pour du thon épicé, Mme Walker pour des langoustines sautées et Héloïse pour une cassolette de champignons au maroilles.

Avant de rentrer dans le vif du sujet, l'heure est aux bavardages et à la mise en route. Mme Walker revient sur l'exposition d'août dernier et la vive émotion qu'a suscitée le diptyque « Bakari ». Son mari se félicite que les éléphants soient toujours là pour le moment. Emmanuel, toujours aussi gêné par l'emphase dont ils font preuve, et hermétique à la manière dont ils abordent la question des animaux, se contente d'opiner. Ce soir, il n'est pas là pour lui, mais pour Roxanne et Héloïse. Il est l'intermédiaire entre leur grand projet et l'argent qui pourra leur permettre de le réaliser. Alors, il se montre affable et conciliant. Il les écoute parler du village de Saitoti, comme s'ils y avaient mis les pieds. Il les écoute s'autocongratuler, et il met son cynisme de côté. Après tout, mieux vaut ceux qui font et qui se glorifient de faire, que ceux qui ne font rien, alors qu'ils auraient les moyens d'agir. Et puis, tant que Pamela Jones n'est pas dans les parages, tout est supportable.

Roxanne, qui a une opinion bien moins tranchée que lui, est comme un poisson dans l'eau. Elle sait parler à ces gens-là. Elle capte leur attention et prend la lumière. Elle décèle le meilleur chez eux et s'y accroche, un peu comme Xavier. Elle les félicite pour les ruches à Ormataï, le puits qui facilite la vie du village de Kadogo, la portée internationale de l'exposition, et elle les brosse dans le sens du poil. C'est naturel pour elle, ça ne lui coûte rien. Elle regarde au loin, elle voit la finalité, et elle embrasse tout itinéraire pour y parvenir.

Pendant que Mme Walker parle à Emmanuel de sa passion pour les roses et les serres qu'elle a pu visiter à Arusha, Héloïse en profite pour glisser quelques mots à Roxanne en français, à voix basse :

— Tu as des nouvelles d'Elisabeth ?

— Oui, on s'entend très bien maintenant, tu sais. Elle est heureuse pour nous.

— Ce serait bien de lui proposer un rôle dans ce projet.

— C'est prévu, ne t'inquiète pas, mais on n'en est pas encore là.

— Tu t'en sors comme un chef ! On va y arriver, dit Héloïse.

— J'ai tout appris de toi !

— Arrête ! Flatte-les donc eux, ils en ont plus besoin que moi.

Une heure plus tard, alors qu'ils attaquent à peine leur plat de résistance, le sujet de la *boarding school* gratuite prend, enfin, tout l'espace dans la conversation. Roxanne raconte comment, depuis six mois, elle a dessiné les contours de ce projet avec le directeur de l'école de Bashay. Elle réexplique aux Walker pourquoi cet internat pourrait changer la vie de ces jeunes filles qui peinent à avoir accès au secondaire en Tanzanie. Elles sont d'une aide si précieuse pour leur famille, qu'elles n'ont que très peu de temps à consacrer à leurs études. Même les plus brillantes d'entre elles finissent par étouffer leur potentiel et prendre le chemin du travail domestique, puis de la maternité précoce.

— Il faudrait leur parler de contraception, aussi, dit Mme Walker.

— Oui, mais c'est délicat, répond Roxanne en se touchant instinctivement le ventre. On ne peut pas se mettre à dos les familles. Il ne faut pas les prendre trop frontalement sur des thématiques comme celle-ci.

Emmanuel abonde dans son sens en donnant des exemples parmi tout ce qu'il a pu observer depuis des années. Il parle du choc culturel, du poids de la religion, et de la pédagogie nécessaire à l'évolution des mentalités. Roxanne reprend la parole en expliquant que l'approbation des familles est le nœud de l'histoire, et que la seule manière de l'obtenir est de compenser financièrement le manque à gagner si les filles ne sont plus corvéables à merci. Elle évoque aussi la construction du dortoir, des sanitaires, de la cantine, et le budget pour leur éducation, leur nourriture, et leurs conditions de vie.

— L'idée serait de pouvoir accueillir cent cinquante jeunes filles, à partir de douze et jusqu'à dix-huit ans, précise Héloïse.

L'indemnisation des parents fait sourciller les Walker, mais ils n'y semblent pas réfractaires, d'autant qu'il s'agirait d'une centaine de dollars par mois et par enfant. Roxanne argumente : elle a pu rencontrer des parents grâce au directeur de Bashay Primary School et le dédommagement pèsera très lourd dans la balance pour qu'ils acceptent de laisser leurs filles étudier. Le but est évidemment de leur permettre, ensuite, d'aller à l'université. Statistiquement, à la fin du primaire, ce sont elles les meilleures. Le seul problème, c'est qu'elles sont nées femmes, et que, pour le moment, ce destin-là n'est pas encore ancré dans la culture locale de la plupart des villages.

— Vous en parlez bien, vous êtes une vraie passionnée ! s'exclame Mme Walker, visiblement plus impactée que son mari par la démonstration de Roxanne.

— Merci.

— Vous avez appris à parler la langue, me disiez-vous ?

— Oui, enfin je suis loin d'être bilingue. Mais je peux tenir des conversations, répond Roxanne.

— Comment vous avez fait, si vite ? Moi, j'ai toujours rêvé de parler français, mais, vous voyez, c'est raté, dit Mme Walker en gloussant.

— J'ai une mémoire auditive et visuelle. J'ai donc beaucoup lu et beaucoup écouté depuis l'été dernier.

— Bravo ! Et, à quel âge les enfants commencent à parler anglais, à l'école de Bashay ?

— Autour de dix ans, pour les plus avancés.

Au moment du dessert, M. Walker entreprend d'énumérer toutes les actions de la fondation dans le domaine de l'écologie et de l'éducation. Il a desserré un peu sa cravate et semble progressivement contaminé par la décontraction de la tablée. Roxanne et Emmanuel l'écoutent attentivement, conscients qu'il faut en passer par là pour arriver à la possible signature d'un gros chèque. Héloïse a les yeux qui brillent : grâce à Roxanne, son association pourrait désormais toucher des financiers anglophones. Si les Walker s'engagent avec elles, d'autres suivront. L'exemple fera des émules chez tous ceux qui cherchent à se racheter une conscience publiquement.

Pour « Crayons à l'horizon », et tous les enfants concernés par ses engagements, ce soir, les dollars américains sont plus que jamais à portée de main.

*

Emmanuel a tant redouté cette journée. Si le temps détricote le chagrin, il lui en faudra davantage pour faire le deuil de sa grand-mère.

Il n'a jamais aimé ni les tombes ni les cimetières. Marguerite et Auguste ont respecté ce choix-là, sans chercher à le convaincre. Pour lui, la dalle en pierre, en marbre ou en granit symbolisait, dès son plus jeune âge, l'irréparable.

En ce samedi, pourtant, tout est différent. Il n'est pas ici pour lui, mais pour ses grands-parents. Et il est là, avec la femme qu'il aime, pour réunir ceux qui se sont tant aimés.

Dans l'intimité, ils se tiennent tous les trois autour du caveau ouvert. Roxanne et Emmanuel n'ont pas choisi cette date par hasard. Ce jour était aussi celui de la deuxième échographie. Celle sur laquelle le corps et le visage de leur fille se sont dessinés avec plus de précision. Le ventre rond de Roxanne, au-dessus du trou prêt à accueillir les deux urnes, met un surplus de vie à côté de la mort. Emmanuel y trouve un sens : partager avec cette mère et ses arrière-grands-parents qu'il n'a pas connus, et dont il voit pour la première fois les noms et prénoms gravés, le bonheur de sa paternité à venir.

Ici, il solde son passé, riche d'un avenir qui s'ouvre avec cet enfant inespéré. À présent, parce qu'ils sont tous là, parce que ce caveau ne renferme plus des inconnus mais aussi celle et celui avec lesquels il a longtemps vécu, il ne boudera plus ce lieu. Il reviendra.

À tour de rôle, ils disent quelques mots, pour Auguste et, surtout, pour Marguerite. Ils lui parlent de Rafiki, qu'ils aiment désormais considérer comme la main du destin. Rafiki qui, en s'amusant à donner des coups de dents, a probablement chassé les questions, éliminé la phase de réflexion, et provoqué cet heureux événement. Ils n'en auront jamais la certitude, mais l'idée leur plaît et elle aurait plu à Marguerite.

En laissant partir les urnes avec lesquelles ils ont cohabité pendant de longs mois, ils ont le cœur lourd et léger à la fois.

Et, alors qu'elle y pense depuis des semaines, Roxanne est soudain frappée par une évidence : le prénom, qu'il faut associer au nom qu'elle prendra bientôt, est là, sous ses yeux.

Irène. Irène Vernier.

ÉPILOGUE

Trois mois plus tard.

IL EST **7 HEURES** EN TANZANIE et la vie tombe sur la terre, dans une poche blanche qui ne tarde pas à se disloquer. Sous les barrissements de sa mère et sous la pluie, un éléphanteau roule, pour la première fois, dans l'herbe verte du mois de mai. Encouragé par ceux qui constituent déjà son clan, il cherche à se lever, il cherche son équilibre. La famille, qui se tenait à distance pendant la mise bas, se rapproche, formant ainsi le cercle de protection nécessaire. Déjà, elle tente de le préserver des dangers du monde, pendant qu'il s'évertue à trouver sa position dans le troupeau.

La trompe de sa mère accompagne ses mouvements, lui donne la force dont il manque encore à cet instant. Elle dégage de ses pattes les restes de l'enveloppe fœtale, caresse son ventre, soulève sa tête, et lui montre la voie. Les oiseaux curieux assistent à la poésie de la scène qui ne laisse aucun doute sur la puissance de cet amour maternel et familial.

Les pattes pliées, puis écartées, l'éléphanteau se laisse guider et ne renonce pas. Pour être sur cette planète, il doit se battre et ça commence maintenant.

Lorsqu'enfin il se tient droit, lorsqu'il fait ses premiers pas, il frotte sa tête à la patte de celle qui vient de lui donner la vie, comme s'il savait déjà qu'elle serait son repère et sa boussole dans les longues traversées qui l'attendent.

*

Il est **6 heures** à Paris lorsque retentissent les premiers cris. La nuit a été longue pour Roxanne. Longue et éreintante. Tandis que dans la salle de travail, elle dépassait sa douleur et sa fatigue pour mettre au monde leur bébé, Emmanuel, lui, attendait dans le couloir, la peur au ventre. Durant des heures, dans sa tête, il a parlé à Marguerite et au ciel, hanté par le passé qu'on lui a un jour raconté. Hanté par la crainte que l'histoire ne se répète.

Et soudain, les cris ont percé les murs. Ils étaient le signal attendu, annonçant que l'infirmière allait venir le chercher.

Il entre dans la pièce, et les joues roses des deux visages qui se découvrent pour la première fois chassent toute inquiétude. Roxanne, en sueur, est toujours vivante et leur fille est là, potelée, normale, éveillée.

Sous le sourire du personnel soignant, Emmanuel embrasse sa femme et rencontre son enfant. Submergé par tout cet amour, fasciné par ces si petites mains, et captivé par le regard flamboyant de Roxanne, il a une pensée pour Marguerite sans qui cette scène lumineuse n'aurait jamais eu lieu.

En caressant les pieds de son bébé, Roxanne songe au fait qu'Irène fait revivre les prénom et nom de la mère d'Emmanuel. Fera-t-elle, aussi, revivre autrement sa relation avec la sienne ?

Cette naissance, comme le début d'un nouveau cycle, ouvre certainement le champ des possibles.

*

Un jour, peut-être, sous le même fuseau horaire, cet éléphanteau et cet enfant fouleront la même terre ; un jour, peut-être, ils en partageront les ressources et les kilomètres carrés avec équité.

REMERCIEMENTS

Quelle aventure que ce huitième roman ! Chaque période d'écriture, relative à une histoire, est une expérience de vie, une source de réflexion et d'apprentissage.

Écrire sur les sujets qui m'occupent et faire naître des personnages pour les incarner, c'est aussi avoir la chance de croiser des destins, de rencontrer des êtres qui me seraient probablement restés étrangers sans ce point de départ qu'est le livre et sa construction.

Celui que j'appelle affectueusement « mon éléphant » n'existerait pas si vous n'aviez pas été là.

Merci...

À Yoann et Denis Lebouteux pour tout ce que, l'un et l'autre, vous m'avez apporté et pour ces belles amitiés que nous avons créées. Grâce à vous, et à Tanganyika Expéditions, je peux aussi remercier Philipo, Rashid, Hélène, André, Peter, Philippe, Gégé, Salomon et Lilian. J'ai découvert la Tanzanie et ses trésors avec vous tous. Et, si ce voyage a donné du corps à ce roman, il a, avant tout, marqué ma vie.

À Samwel, pour tout ce que tu es, tout ce que tu sais si bien transmettre et tout ce que nous sommes, même de loin.

À Laurent Baheux, pour cet entretien téléphonique qui m'a appris les premiers contours de votre métier et m'a permis d'en savoir davantage sur l'homme derrière l'objectif.

À Adrien Martin, Céline, Agnès et toute l'équipe de l'EHPAD Sofia à Yerres, ainsi que ses résidents. Ginette, Jeannette, Simone, Lucette et Michel. Merci pour le temps que vous m'avez accordé, et pour les instants de vie que nous avons partagés. Merci aussi à Nicole et mon amie, Émilie, pour leur aide.

À Ismaël. Je vous ai trouvé si solaire et si inspirant que je me suis permis d'emprunter des bouts de vous pour un personnage. Merci pour cette rencontre touchante.

À ma Caroline Michel pour tes annotations et les mots que tu as posés sur ce roman. Parce qu'ils viennent de toi, ils comptent.

À LN, Marie, Jérôme. Merci d'avoir été parmi mes premiers lecteurs, une fois encore. Merci de me prêter vos yeux, de m'offrir vos heures, de m'accompagner avec vos mots.

À toute l'équipe des éditions Charleston, et à ma chère éditrice, Danaé, qui, en un déjeuner, a vu l'histoire n'existant, à l'époque, que dans ma tête. Merci d'avoir cru en ce mélange des générations, des genres et des paysages. Et merci pour cette justesse et cet entrain qu'il fait bon avoir près de moi.

À Camille. Nos échanges ont été d'une grande richesse. Tu m'as indéniablement beaucoup appris. Et, comme ce sont les remerciements, je m'autorise un adverbe superflu !

À mes lectrices et mes lecteurs, pour votre fidélité et votre patience. Comme j'ai hâte de vous retrouver sur les routes, dans les librairies et les salons. C'est avec vous que chaque roman commence sa seconde vie.

Enfin, merci à ma grand-tante, toi qui m'as donné tant d'inspiration et qui ne pourras jamais le savoir. J'espère que, là-haut, sur un nuage, tu es, comme Marguerite, en paix.

Retrouvez l'auteure sur les réseaux sociaux :

@lauratrompette

Laura Trompette

@lauratrompette

Ce roman vous a plu ? Dites-le-nous !

Rejoignez la communauté Charleston
et échangez sur vos lectures

Retrouvez-nous sur

editionscharleston.fr

et sur

Cet ouvrage est composé de matériaux issus de forêts gérées durablement certifiées PEFC™.

Le Programme de reconnaissance des certifications forestières (PEFC™) est le plus grand organisme mondial indépendant de contrôle pour une gestion durable des forêts. Pour en savoir plus, consultez le site *www.pefc-france.org*

Certifié PEFC
Ce produit est issu de forêts gérées durablement et de sources contrôlées.
PEFC
10-31-3068
pefc-france.org

Achevé d'imprimer en janvier 2021
par CPI Bussière
À Saint-Amand-Montrond (18)
Dépôt légal : février 2021
N° d'impression : 2054773
Imprimé en France